秋 霜

遥夜一美人，

罗衣沾秋霜。

四 季

不老的是岁月，

变化的永远是人生。

盛 唐

它的生命不只是

时间意义上的生命，

更是一种精神生命。

清　朝

历史的想象力，

超过任何一位政治家和艺术家。

春 潮

这是一个“大天大地大文章”的大时代。

甲秀楼

飞甍翘角，石柱托檐，

雕栏环护，屹立江流。

# 品味日子

顾伯冲 著

作家出版社

图书在版编目（CIP）数据

品味日子 / 顾伯冲著. -- 北京：作家出版社，2023. 7
ISBN 978-7-5212-2222-7

Ⅰ. ①品… Ⅱ. ①顾… Ⅲ. ①散文集-中国-当代
Ⅳ. ①I267

中国国家版本馆CIP数据核字（2023）第041513号

品味日子

作　　者：顾伯冲
责任编辑：小　寒
装帧设计：孙惟静
出版发行：作家出版社有限公司
社　　址：北京农展馆南里10号　　邮　　编：100125
电话传真：86-10-65067186（发行中心及邮购部）
　　　　　86-10-65004079（总编室）
E-mail:zuojia@zuojia.net.cn
http://www.zuojiachubanshe.com
印　　刷：北京中科印刷有限公司
成品尺寸：152×230
字　　数：100千
印　　张：15.5
版　　次：2023年7月第1版
印　　次：2023年7月第1次印刷
ISBN　978-7-5212-2222-7
定　　价：45. 00元

# 目录

# 2 走进历史深处



# 3 行走中华大地

## 4 追寻诗意生活

# 把百感交集的日子调成美味（自序）

所谓日子，就是早出晚归的忙碌，柴米油盐的琐碎，酸甜苦辣的喜悲。一个个平凡的日子，对于一个个平凡的人来说，就像槿柳花朝开暮落，周而复始，生生不息地盛放，一次次凋谢，只为迎来明日的璀璨。

从生到死，人生就是一种体验，是味道，有苦有甜。有人说：前半生，懵懵懂懂；后半生，忙忙碌碌。回头看这一生，百感交集。就像马尔克斯说的，生活不是我们活过的日子，而是我们记住的日子。

自然的日子给予每个人的一样，无非时间、空气、阳光，还有雨露。对于日子的态度，每个人却不一样。不同的态度就会有不同的行动，不同的行动有不同的结果。有的人活得味同嚼蜡，他们的思维与行动总在反复；而有的人，把百感交集的日子调成了美味。

人活着，最重要的是修心，心态好了，一切才会好。真正的修心，无关出身，无关贫富，是内心的恬淡富足。尝遍了生活的酸甜苦辣，经历了人间的人情冷暖，才能做到真正的修心。修心到了一定境界，你就会变得豁达、超脱，就会变得宽容、慈祥，正能量越来越大。

修心的过程便是蜕变。电视剧《在远方》里路中祥说过一句话：

一个没有经历过蜕变的人，是体会不到《流浪者之歌》所演奏出的那种悲怆感的。生活的蜕变是什么？字面上讲，“蜕变”即褪去陈旧的躯壳，获得新生。蜕变，先蜕再变，是凤凰涅槃，是脱胎换骨，是置之死地而后生。

修心，是追求植根于内心深处的素质和教养，以及设身处地为别人着想的淳朴善良，更是一种人文道德的修炼。消除了异化的小我，见到了自性的大我。

心底无私天地宽。

刀在石上磨，人在事上练。修心是一辈子的事，不可一蹴而就。贾宝玉经过大纠缠、大喜悦、大震动、大悲哀而开悟，唐僧师徒四人经过“九九八十一难”才终于取得真经。历事炼心，心性合一，人方能蜕变，成为大写的人。

只有这样的人，才会懂得如何将庸常的生活变成精神的享受；在辛苦与忙碌中，调试出一份宁静、甘美的心境；工作中收放自如，乐观向上；生活中有品有位，真诚善良。

以上发自内心，权作为序。

2022年3月10日

# 1 品读四季味道

## 春潮，向着远方奔涌

——献给二十一世纪二十年代第一个初春

### 一

奔涌着，奔涌着。

从云飞浪卷的太平洋深处，汹涌至宁静而秀丽的夏威夷海滩；从椰风海韵的南国，一路播绿到似乎还在沉睡的西伯利亚原野；从东海岸的岛屿礁石，终于濡湿秦岭深处少女清纯的脸庞。

奔涌着，追求着。

追求着冰雪消融时刻树枝上暴出的鲜嫩的细芽，追求着大河开凌时万马奔腾般的壮观，追求着岂止“江南岸”的绿色海洋。

春潮，自从你在蔚蓝色的赤道孕育的那天起，你就载取着时空，呼吸着寒气，吞吐着古今，认定绿色是你的抱负、燕舞是你的所爱、生机是你的追求。为了心中的梦想，为了不懈的追寻，你万里坎坷、万里苦难、万里跋涉，不知唱了多少曲情歌，滋润了多少的情思。崇山峻岭、深沟峡谷，还有那些有形无形的分水岭，都挡不住你旖旎的梦幻，你雄奇的理想，你伟岸的精神。

春潮，你亲吻海岸、滋润大地的那天，沉睡了一冬的春雷，所有凝聚的能量，都在这一刻爆发。风儿因你的奔涌而瞬间变换了节奏，雷声因你的奔涌而倏忽更新了音符，冰川因你的奔涌而即刻消融，田野因你的奔涌而开始复苏。大自然又完成了一次辉煌的分娩。

## 二

奔涌着，奔涌着。

当万物还在大地母亲怀抱中冬眠，边关的冷月还挂在光秃秃的枝头，当大河上下顿失滔滔的时候，你已蓄势待发，即将汹涌澎湃。

排空，你会欢歌；

拍击，是你最爱。

春潮，凡是你奔涌过的江河，总是唤醒阵阵的春雷；凡是你润泽过的大地，万物注足生命的浆液；凡是你荡涤过的地方，埋葬了落后、贫穷、苦难、愚昧、奸诈与一切人类的糟粕。

春潮，无论港湾、海峡、沙滩，还是礁石、急流、航道，处处都有你浪花的飞溅，处处回荡你春天的凯旋曲；无论群山、平川、丘陵，还是深壑、田野、村庄，处处可见春潮滋润的回报，处处听到礼赞春天的呼号。

任凭沧桑变幻，浊浪逆流，惟有你无畏地贯穿南北，横亘古今，激荡中华民族的勇敢和智慧，见证神州大地的历史与传奇。

## 三

奔涌着，奔涌着。

春潮，斗转星移，你总是如约而至，年年低调，岁岁守信，从不发表任何宣誓，从不鸣唱什么高调。你真是有大美而不言，有明法而不议。

春潮，你像诗人一样有韵有形，但更像一位哲人，有着自己的意志和生活方式。有时浪涛耸立，仰天咆哮，这是你对虚伪、狂妄、苛刻、嘲讽、凶恶、势利的愤怒；有时波光潋滟，好似妩媚的少女，这是你对真诚、谦逊、宽容、善良、友好的赞许。

然而，不管你以怎样的面貌出现，不管有着怎样变幻无羁的性格，你总是带着高山巍峨的向往、草原绿色的憧憬、戈壁荒漠的渴望、森林葱郁的幻想，澎湃激荡，永不止息。湖风拂面，柳岸闻莺，姹紫嫣红，原来这就是你留下来的生命密码。

感谢你，春潮，因为有了你不竭的奔涌，才有了北方的雄浑、南方的婉约、西方的理性、东方的神秘。因为有了你不竭的奔涌，才让我想起那些千古常新的诗句，想起曹孟德的“烈士暮年，壮心不已”，李太白的“乘风破浪会有时”，张九龄的“海上生明月，天涯共此时”。

春潮，你有如此壮美的大手笔却始终不言，是一切洞若观火的冷峻，还是自得其乐的悠然不足为外人道？呵，我明白了，你是经历了更大视野，体悟了更深意趣，难以言之的深沉缄默，你用所有的生命热能，演绎着“春天的故事”。

## 四

我敬仰一切春潮似的理想抱负、春潮般的千秋伟业、春潮式的弄潮人物，我仰慕春潮的气魄与格局，我神往春天的故事。

一切开拓创新、造福人类、正义进步的事业，就是春潮式的汹涌奔流；一切有灵魂、有担当、有血性、有眼光的人们，就是奔涌的春潮。

春潮，你把思想写上蓝天，精神泼向海洋。你不能没有奔涌的杰作，失去了奔涌的杰作，便失去了跌宕的层次和丰厚的内涵；你不能没有奔涌的奇观，失去了奔涌的奇观，便失去了澎湃的性格；你不能没有一往无前的生命奔流，失去了一往无前的生命奔流，就失去了不朽的灵魂。

日月星辰，天之文也；五岳四海，地之文也；城阙朝仪，人之文也。春潮，你是写在蔚蓝色星球上的绝世诗行。

岁月悠悠，你不知疲倦地在奔涌；峰回路转，你一路坚定地涌向远方。隆隆的潮声，像似唱着一支充满憧憬的希望之歌。

二十年代第一个奔涌的春潮，正像每日的黎明倾尽自己全部的深情去拥抱太阳一样，去拥抱那充满生机和希望的未来。

奔涌吧，春潮！大海与大洋的奔涌，大江与大河的奔涌，昨天与今天的奔涌，大地与心灵的奔涌。向着梦想与远方，永远地奔涌、不竭地奔涌。

## 夏雨，滋润绽放的梦想

——献给二十一世纪二十年代第一个盛夏

一

我出生于长江之畔一个美丽而宁静的鱼米之乡，儿时的夏日，常常听着夏雨和着雷电的交响。那时，只见那风追着雨，雨赶着风，大雷小雷在乌云中奔逐。也许是“蓄谋”已久，夏雨总像一个壮实的大汉，在劳作间隙尽情地挥洒热汗，满足着一种酣畅淋漓的痛快，雨水散发出的雾气荡漾在朦胧的天地之间。不多一会儿，雨后复斜阳，风把云牵走了，水把天揩净了，天把水染蓝了，大自然呈现出了最原始的一面。田野上红湿翠碧，喇叭花、玉米穗，紫油油、黄澄澄，布谷鸟传播着大地的信息，一切显得本色、纯粹。

正是向往“诗和远方”的年龄，我喜欢在雨水积蓄的河道边，仰望彩虹，神接八荒，充满幻想。儿时青涩单纯，对未来心怀憧憬。梦想与现实或许相隔千里，但我心中总是期盼夏雨的滋润，相信就像小草在夏雨中生机盎然，我也会茁壮成长。就像五颜六色的鲜花，吸足了生命的营养，在富饶的大地上，绽开如火如荼的信念。如果说春天是生命的萌动，给予未来的是一种希冀，那么，夏天就是整个梦想的全部绽放，绽放得淋漓尽致，把激情与奋进带给未来。感谢你，激越的夏雨，浇灌着大地，滋润着万物。

儿时的乡野，有我丢失的童年，那纯洁如同月光的天真。雨幕中，曾经与我相隔遥远的记忆，如幻灯片般一幅幅切入大脑，唤醒了我深藏睡梦的童年记忆，美丽着优雅的心事，优雅着快乐的哀伤，一切近在咫尺，一切又远在天涯。沟河边的回忆，杨柳下的童年，少年的我愉快地成长着，梦想和体魄一起在夏雨中腾动、延伸。

## 二

而后我踏进五彩缤纷的社会，来到南国繁华的海滨城市。太平洋的暖湿气流总是把这里的夏季拉得很长很长，夏雨借着狂啸的台风，随着一阵隆隆雷声从头顶滚过，噼里啪啦地砸下来。虽然来势凶猛，去得也快，干干脆脆，从不拖泥带水。一会儿，天空被简化了，除了蓝天，就是白云，蓝得纯真，白得天真。随手抓一把微风，手掌里弥漫着湿漉漉的气息，也能攥出鲜花与树木的甜香。虎仔山上，清和别墅，夏天像充满活力的少女，让人感到无边的烂漫。

积攒着思索，也积攒着梦想，沉寂的大地欢腾了。伴随着夏雨的荡涤，人们走出了思想的沙漠，也复苏了干涸多时的梦想。而我，戎装守卫在这弯弯曲曲的海岸，也漫步在如梦如幻的厦大校园；沐浴着南国吹来的风，也编织着植根于故土的梦。“好雨知时节”，那些久远的诗句像清泉一样，从心中汩汩流出。夏雨，你给万物以清净，给鲜花以绚烂，给果实以丰满，给绿叶以养分，给大地以滋润，给空气以纯净。

时令与时事一样鲜活，心灵与世俗彼此和谐。人们用无限的欢乐与激情，迎接那呼来狂风、唤来雷暴的夏雨的冲刷。雨后，我看到少女的裙衫像蝴蝶像玫瑰像雨后五颜六色的彩虹，燃烧的木棉花摇曳着新枝荡着火红的朝霞，广袤的大地绿色的紫色的红色的山峦彼此深情遥望。正是这样的色彩、旋律、线条、节奏，织出了一个梦想盛开的壮丽季节。

## 三

在六朝古都我度过人生的初夏，时光老人把我生命的朝霞，洒向了梦幻般的天穹。古城盛夏的天，犹如孩子的脸，一会儿哭，一会儿笑，天空全被染黑了，房顶上、街道上，溅起一层白蒙蒙的雨雾，宛如缥缈的白纱；硕大的梧桐树叶和暴雨演奏了一曲曲悠扬而动听的音乐，就连雷声也为此而奏出了欢快的鼓点，合奏出一曲大自然美丽的华章。太阳露出了鲜红的脸，又闯出自己的一片天地，赤橙黄绿青蓝紫，一条彩虹横卧天空，气势雄伟。

改革为时代定义，南方谈话给梦想插翅。那是我跨出春的播种的时节，古城炎炎的夏日，点燃了我的热情，崇高的信念，把梦想一点一滴植入心田，让它走向秋的成熟。这些经过夏雨滋润的梦想，在这激越的时代里渐渐褪去了神奇的色彩，却像一串串晶莹璀璨的珍珠，一直在我灵魂的深处闪烁着光芒。夏雨，你让我感受到耕耘的力量，体会到奋斗的甘畅，也成为值得我铭记终身的诗行。

一个个盛夏，暴雨涤荡一切陈腐与守旧，冲破无数藩篱和束缚。梦想与晶莹饱满的雨珠一道，演奏出一曲曲激昂而动听的音乐，就连轰隆隆的雷声也奏出欢快的鼓点，震撼着美丽的大自然。好似要立志洗净这世间所有的庸俗与肮脏，夏雨勇敢地砸碎桎梏，解开思想，把满腔遏压不住的情感，连同夏雨后天空晴朗的阳光，一起洒向憧憬和希望铺成的大道。以夏天暴雨的速度和力度，人们疾步走向壮阔的远方。

## 四

偶然的机遇让我近距离地感受到了祖国心脏跳动的脉搏，领略了她的温馨，找到了我心中的圣殿、理想的依傍。夏雨，使者中的精灵，精灵中的使者，如约而至，倾盆直泻，来势凶猛，把炎炎夏日的感觉全部淹没在连绵的雨丝中。夏雨，多么伟大！给炙热的大地献上一份动人的礼物，给大自然这位所有生灵的母亲带来无限的生机。

夏雨，你融入江河，与不息的波涛一起翻卷，流过商周秦汉，流过唐宋明清，流入今天的新时代。梦想在召唤，未来在期待。夏雨之中，是春的孕育，秋的分娩。送走了三春匆匆花事，一切关于果实的事业，都在夏雨里酝酿。被夏雨滋润的梦想仿佛一股热源，给予我无穷的力量；犹如一架罗盘，改变了我人生的走向；好似一道霓虹，给我原本单调的生活增添了绮丽。走过青葱的青涩时光，步入壮年的成熟岁月，时常温习那个业已消逝的梦境，一路认真走过，把雨丝当成了旋律，将雨声当成了音乐，一路无限风光。

夏季永远恪守着她不变的定律，演绎着生命的真谛。夏雨，总是以不同的姿态，贡献这个热情的季节。在夏雨的滋润下，鲜花用她的鲜艳，青草用她的翠绿，庄稼用她的果实，江河用她的爱情，而我则用生命的真实与全部炽热，为这个梦想绽放的季节编织着闪烁时代异彩的花环。

# 秋霜，点染金色的季节

## ——致敬二十一世纪二十年代第一个金秋

### 一

秋霜，你是冬雪的使节，你是大地的画师。秋日像一个句号，结束了四季中最炎热的时光，你开始描绘世界，点染这个金色的季节。

漫山遍野的草木舒枝展叶，美如锦、红似火、色如霞，泥土的潮气和野草、瓜果、庄稼散发出的气味，汇聚成秋野特有的芬芳；长烟、落日、闲云，都静静地浓缩在天地苍茫间、岁月尘埃里，为这个季节更添一抹雄浑的色彩。

抬眼望，只见旭日放出一缕缕希冀的光束；蓝天飘着几片云，犹如一匹匹刚刚织出的彩缎；南归的大雁驮着阳光列队向远方飞去，一路留下此起彼伏的叫声，平仄交错，仿佛来自岁月深处的某种叮咛或提示。看远方，树上、草上、路上，屋顶、山峦、河滩，都披一袭薄薄的衾衣，那么素净，那么清秀，晶莹剔透，形状各异，朦朦胧胧，真可谓“遥夜一美人，罗衣沾秋霜”。

秋霜，年年岁岁静静守候着季节的轮回与气候的变化，在这无言的重复中把风雨和时间转化为染料，给大自然绘出色彩斑斓的画卷，犹如沧桑的花絮点缀于岁月的情节。

有秋霜的地方就有风景，有秋霜的地方就有色彩和魅力。“芦花白，芦花美，花絮满天飞，千丝万缕意绵绵，路上彩云追……”那动人魂魄的秋之声，宁静多彩的秋之色，如此妥帖地结合在一起，让心灵的梦想、冥想、玄想一齐飞升，令多少人感情的湖面泛起层层涟漪，澎湃起激流般的生命激情，也给多少历经世事沧桑的人带来难以忘怀的记忆。

## 二

秋霜，你是深秋的精灵，你是上苍的赐予，像一把金色的钥匙，打开了丰收的大门。人们从土地中收割，堆积起丰登的五谷，也摆开了年复一年对酒高歌的千米长宴。

你听，金色的田野、烂漫的山坡，到处都响起了报捷的呼叫：熟了，熟了！……凡是在春天里付出努力的人，请品尝自己用汗水换来的成果：种瓜的，请得瓜；种豆的，请得豆。秋霜，带来新鲜美味的瓜菜果蔬，送来一个色彩缤纷的世界。没有哪个季节，能像金秋这样惹人如痴如醉，再高超的丹青妙手，也难以调配出那样的瑰丽。

飒飒秋风，千层叠嶂，七彩世界是霜打万物后的神奇，甘美和丰满是霜染呈现的杰作。那一片片庄稼，远看，深深浅浅，随风起伏，好似翻滚着千层波浪，蔚为壮观；近看，稻谷笑弯了腰，高粱涨红了脸，玉米乐开了怀。眼前一切好似一幅油画，占据了人们的视野，充满了人们全部的心灵与生命空间。

秋日面孔宁静，用盈盈的目光，欣喜地俯视着场园里排列的清香的稻捆——这金色的娃娃躺在乡村静谧的梦中，给你以丰盈、殷实，给你以遐想、欢畅。霜凝大地，把粮仓堆满了，把大家的心也装满了，沐浴着充沛的秋光，显得那样安详与坦然。

“稻花香里说丰年，听取蛙声一片”。月华如水的秋夜，总是让人感动，在每一个中国人梦中心头，巧笑倩兮，顾盼千年。

## 三

秋霜，你是洁白的音符，你是诗词的意蕴，在寒意中打磨、镌刻自己，凝结着秋天的身影，孕育着无数骚人墨客的绵绵情思。一轮千秋明月照彻了诗坛古今，与中国多少诗词结下了不解之缘。

秋收、秋耕、秋种、秋祀、秋试……这些仪式最终化成了我们祖先的生活方式、行为方式，化成乡愁，化成日子，化成秉性，化成一个民族千年的文明。秋的文明，不仅仅是人们对大自然的欣赏，更是大自然以其神奇的力量作用于生命的美丽撞击。

穿过中华文化长廊，时而会进入一片秋色。沐浴秋光，融入自然，怎么能不让人感受“秋风吹不尽，总是玉关情”的豪迈，“空山新雨后，天气晚来秋”的丰俊，“长风万里送秋雁，对此可以酣高楼”的淋漓，还有“暮云收尽溢清寒，银汉无声转玉盘”的高远，“晴空一鹤排云上，便引诗情到碧霄”的幽雅，“落霞与孤鹜齐飞，秋水共长天一色”的壮阔。秋天是中国文人笔下永恒的主题，也在中国文学长河中形成了一种“秋色文化”。

秋霜，正是你用一颗透明的心，让秋水更加澄净和透亮，让大地更加五彩斑斓，也令一代代文人的心为之悸动。这些灿若星河的古诗词，或豪放，壮志豪情；或婉约，柔美含蓄。从《诗经·郑风·萚兮》到李白的《子夜秋歌》，从苏东坡的《水调歌头·明月几时有》，到李清照的《一剪梅·红藕香残玉簟秋》，都会让人不禁赞叹古人对秋感悟的深邃，敬佩他们将汉语的魅力发挥到极致。千百年来，在岁月深处，很多文人墨客曾久久凝望过被秋霜点染过的秋天，受到激发，吟风弄月，以自己也遏制不住的天才挥毫泼墨。

秋霜，给人双重的供给和慰藉，既有稻谷的分外清香，又有唐诗宋词的淳风醇俗、万般风韵。金秋，因此成为一年中最富诗意的一个时节！

## 四

秋霜，你是深秋的沉思，你是哲理的昭示，用短暂的生命装扮了晚秋的美景，以最美的图画诠释哲学的道理，让人看见了凄清，更让人看到了重生。

经过了凄冷的夜晚，经过了秋寒的考验，经过了痛苦的洗礼，秋霜才展示出它骄人的高洁和晶莹中藏着的精彩。金秋里蕴含着多少哲理的诗意，像黄金一样，闪亮在苍茫的原野。叶的呼吸，花的呐喊，光的颤动，充满周围的空气，充满野兔偾张的血脉。秋以它最美的姿态，展示自然的美好，又以它的成熟和厚重，使人们自觉地继承着某种共同的哲学理想和审美趣味。人在这静默的秋色之中，心与之共沉浮，收获人生的真谛。

秋天，树叶迎风飞翔，像一只只蜻蜓飞在空中，最后全部沉淀于潮湿的大地，化作原野与庄稼的细胞。从生命的原点出发，最终回归于生命的原点，这是生命的大美。感受秋霜，感受生命，以一种谦卑的姿态看待世界，留一分寂寞给生命，留一分简单给生活，用自己的阳光照亮自己。

秋天如书，比之于其他时节的风景，朴实无华，大美不言。大自然有落寞也有繁华，人生中有平淡也有精彩。于时光中撷取一分淡然，于岁月中拥有一分宁静，回归自然，回归心灵。

春华秋实，周而复始，宏静旷远，溟蒙无限。喧嚣过后是沉寂，是积淀，是升华。领略了“岁月几何流水逝，山川如旧古人遥”的沧桑，自然会进入“停车坐爱枫林晚，霜叶红于二月花”的潇洒，“自古逢秋悲寂寥，我言秋日胜春朝”的豁达。

秋霜，如同一点浓墨，在日子里晕开，点染着这个万物有灵的世界，也诠释着许多深奥玄妙的哲学。

# 冬雪，孕育盎然的生机

## ——致敬二十一世纪二十年代第一个冬天

### 一

“千里黄云白日曛，北风吹雁雪纷纷。”

冬雪，宛如盛开在天空中的白莲，灿烂在每个寒冷的季节，五彩缤纷的世界因你改变了颜色，大地一片银白、一片洁净，如诗如画，仿佛梦境一样旖旎。

下雪了，下雪了……大朵大朵的雪花在空中飘舞，一时间，田野仿佛盖了一层厚厚的被子，高山宛如披了一件长长的披风，大树好像裹了一件崭新的大衣，楼房似乎戴了一顶洁白的帽子。河流山川，万里一色，如同白色的天堂，肖似一个襁褓的婴儿。极目雪后远山，袅袅炊烟柔软而洁白，像被风提拽游走的丝线，在苍穹这块幽蓝的大幕上，涂上了一层层朦胧，也绣出各种各样漂亮的图案。那是天然的“民间工艺品”，还带着泥土的气息与柴火的焦香。

冬雪，闻风飞舞，纷纷扬扬，这个粉妆玉砌的世界，给庸常的日子增添了太多的快乐。堆雪人、打雪仗、滑雪板、坐雪橇，欢声笑语伴随着孩子们度过这漫长的冬天，也让他们真正摸到了阳光。雪地留下过童年欢乐的足印，难以忘怀的记忆，印成脑海里一个白色的梦，从此萦绕悠悠梦魂。

冬雪，是天上的美玉之花，涂改的已经不仅仅是眼前的世俗万物，也一次次更新了我激情的诗行。有人说雪是上苍心中酝酿已久的偏爱，飘洒在人地，填满山林沟壑，勾勒一个剔透的童话世界。我要说，雪还是冬的语言和灵魂，唯美的精灵，圣洁的天使。

站在雪花纷扬的雪世界，一切都慢悠悠的，时间从容地流淌，我品味一种人生难得的宁静，用最冷静、最成熟的心审视一切，心和雪交融，心随雪起舞，品雪之韵，感雪之魂。

## 二

“如今好上高楼望，盖尽人间恶路岐。”

冬雪，你像一位勇士，该出手时就出手，以“冻死苍蝇未足奇”的气魄，掩埋了大地的垃圾、害虫、污泥、浊水；以襟怀坦荡的品德情操，洗去那阴暗角落里的耻辱、肮脏、污秽、腐败；以高贵的心灵、灿烂的篇章，将烦恼、自私、平庸和一切人类的糟粕埋葬，带给世上更多至情与文明。

下雪了，下雪了……千姿百态的雪花，在空中就憋着一股誓把世界洗个干净的韧劲，铺天盖地飘洒，顷刻寥宇茫茫，乾坤相衔，狠狠遮住了一个喧嚣的世界，造出一个宁静清纯的空间，创造出了地球上最伟大的奇观。一切被纯洁的白雪所覆盖，飞尘浊气被纯洁涤荡，眼前兀然一个晶莹剔透、毫无纤尘的世界，世俗尘埃洗净，万物如入明镜。

北风怒号，雪子击地，这是对污浊的蔑视和警告；白蝶纷飞，雪虐风饕，这是对假恶丑无情的鞭打和怒击。太阳出来了，雪水融化了，沿着瓦隙滑到檐边，滴答滴答，敲打在石阶上，雪的清澈，使那些言行卑劣、道德败坏的伪君子自惭形秽，无地自容。

冬雪，你以博大的胸襟包裹着裸露的大地，用冷毅的性情让我们生存的世界洁净无瑕、一尘不染。当你返回宇宙深处的故乡，不带世俗中的泥浊与尘埃，仍是一片明净与明丽，真是“质本洁来还洁去”。这孕育生命与回归原点的双重裸裎，在纯白与苍凉的背景上，显得那么庄严美丽。

千古男儿，都赞美你，冬雪——岑参爱你美艳，写下了“忽如一夜春风来，千树万树梨花开”的优美篇章，李白爱你大气，吟出了“燕山雪花大如席，片片吹落轩辕台”的不朽诗篇。我也爱你，爱你的无私，在我的心中为你筑起一座水晶般的殿堂。

## 三

“风雨送春归，飞雪迎春到。”

冬雪，你好像一条白色的地毯，铺盖在大地上，宇宙被银色霸据，成片的麦苗在土地之下，默默孕育着春的活力。你用自己特有的洒脱，从天穹深处潇潇而下，与大地万物保持心贴心的亲密。

下雪了，下雪了……纷纷扬扬地飘落，不慌不忙，不紧不慢；铺天盖地，遍宇琼瑶，以博大的胸襟与平等的气度，不偏不倚，不厚不薄，天不分东西南北皆苍茫一色，地不分远近尊卑都银装素裹。地上地下的万物在单调的白色深处，孕育着萌动的生命。冬雪显现出博大朴素的品格，单调中透洒出超凡脱俗的内质。

当春回大地，冬雪渐渐地融化为春水，可它对自己的消失一点儿也不在意，用生命去滋润万物。大地爱你，你爱大地，你默默融化自己，滋润万物生长，村民们可以期待来年的丰收，你却从不图任何回报。感谢大自然的恩赐与洗礼，是你哺育了人世间魁梧的身躯、辉煌的智慧、美丽的脸容、高尚的灵魂。

啊，冬雪，你是那么伟大，那么气势磅礴，壮美无比。那高耸入云的崇山峻岭，那一望无际的三江之源，一直留着白雪描绘的时间的印痕，像万年松柏的年轮，记载着生命的荣枯。千百年来，冬雪年复一年地积攒力量，划开浓雾，跳跃、舞蹈、降落，直到暖暖春风扑面吹，捎来丝丝细雨情。你弹奏出千年的恋歌，以永恒不变的庄严，在那沉积了久远而深重的苦难、凝聚着世代希求的大地上，护佑着一代又一代的华夏民族子孙繁衍不止，生生不息。

冬雪，你是高尚的，你是无私的奉献者。

## 四

“有梅无雪不精神，有雪无诗俗了人。”

冬雪，你宛若一幅幽清幽静幽迷幽醉的“风花雪夜”图，不知是天造还是地就，清晰呈现在人们面前，没有华丽的粉饰，却有世界上唯一纯圣的爱的语言，怎么能不让人读到短暂却充实美丽的生命过程，读到一个真实空灵的灵魂，读出历史隽永悠长的回音。

下雪了，下雪了……在皑皑白雪面前，古往今来曾有多少文人墨客，顶风冒雪，辗转深山荒滩，顿生了那种欲与天、地、人，与万物生灵对话的强烈冲动；多少英雄豪杰以雪作赋，挥洒出多少气势恢宏的词章，咏出多少惊天动地的千古绝唱。“北国风光，千里冰封，万里雪飘”“江山不夜月千里，天地无私玉万家”。一篇篇用雪堆起的妙文，是民族文化的缩影，是历史的沉淀和堆积。

冬雪，是你用最抒情最诗意的魂灵渲染着这一切，你飘曳在静与动的奇幻之中，显露出深奥的内涵和自然的精魂，你用最纯正的目光，读着沧桑变迁，古今春秋，读着人间昨天的浮沉和今天的奋斗，读着文明也读着野蛮，读着贫穷也读着富有，读着卑污也读着高尚。

冬雪，你天然地具备了一种大时空、大跨度、大手笔、大胸怀的气度，只有在广袤的大地上才能得到淋漓的彰显。

冬雪，你与生俱来的坚韧不拔、百折不回、矢志不渝、锲而不舍的精神，融化成条条江河，呼唤携带着湖泊、平原、城市的豪情壮志，向着大海澎湃而去，孕育着多彩的世界和盎然的生机。

我和我的信念，凝望着冬雪与大地的亲密，陶醉着冬雪广博的胸怀和无边的情怀！

# 清明古诗词的三重情怀

清明节，是承载着中华民族血脉传承、文化认同的重要节日，在这个莺飞草长、气清景明、“暖风迟日醉梨花”的日子，先贤往往由家及国、由人及天地，思考并回应人类社会的诸多终极命题，更有人寄情诗赋，使节日文化的内涵更加丰满。

在我国异彩纷呈的古诗词中，以清明为题的经典自古以来无一不是智慧的深泉、文化的航标、思想的峰峦，其中有很多抒发了有关家人、家乡、家国的深沉情怀。那些熟悉的文字，关乎爱与恨、喜与悲、生与死、豪情与希望，至今读者仍被其中的真情撞击心扉，深受感染。

## 凄婉中蕴人本

人，是家与国的第一要素。换句话说，抽去了每个个体的“人”，家国的价值就变成空洞的概念。中国传统文化的“人本”思想，是诗人精神的皈依，对古代诗词的内容题材、艺术风格和审美标准等皆产生不小的影响。清明诗中，不少含有“以人为本”的哲学理念和人文关怀，体现在对祖先的感恩，对于孝的感知、传递和继承等，是慎终追远的文化传统的流动与传递。对前人的敬畏，是这种思想显著的特征之一，也是生命意识在特定条件特定方式下的反映。

宋代高翥的《清明》记录了人们熟悉的清明祭扫的景象。“南北山头多墓田，清明祭扫各纷然。纸灰飞作白蝴蝶，泪血染成红杜鹃。日落狐狸眠冢上，夜归儿女笑灯前。人生有酒须当醉，一滴何曾到九泉。”“作古”可谓最唯物的问题，它是人生的一部分，亦是人生的终点。正是由于人生有限，生命此消彼长地存在，才衍生人生的选择、人生的意义等话题。清明节祭奠，是一种仪式，更蕴含了人生思考。

祭祖扫墓、追思亲友，是清明节在“家”层面上亘古绵远的动作。诗人们洞察人生的意义，懂得生命的大美，才使作品产生余味无穷的审美效应。

杜牧、陈与义等诗人的《清明》等名作，都早已渗入了中国文化的肌理，变成了清明节最生动、最富有人情味的写照。清明节早已不仅仅是一个传统节日，更蕴涵深刻的人文精神。后人在这一天缅怀逝去的先人，体悟血脉相连的庄重，诗人将这种感情寄予诗歌，完成心灵上的一种告慰和升华。

## 沉郁中见乡情

人这一生，能够去的地方很多很多，但能够用“回”这个动词前往的地方却很少很少，也许只有家与故乡。家，很小，却是每个人离不开的牵系；故乡的小道，是条条横穿古今的血脉。流淌于华夏儿女血脉的灵动的清明诗歌，如同时光留下的足印，承载着悠长的历史回音，似乎在向后人讲述那些地老天荒的久远故事。

我们的先人在清明诗中，用他们对乡土的热爱、对百姓的体察，创造了不朽的诗篇。唐代诗人王建在《寒食行》中道：“寒食家家出古城，老人看屋少年行。丘垄年年无旧道，车徒散行入衰草。牧儿驱牛下冢头，畏有家人来洒扫。远人无坟水头祭，还引妇姑望乡拜。”这首诗书写清明时节民间家家出城扫坟的风俗，牧儿误踩人家坟头，找不到祖先墓地的人们只好临河祭拜。这清冷悲凉的景象，写出清明固有的气氛与人们深深眷恋的情怀，是诗人真情实感的强烈表露。

清明诗中有故乡的草木与人情，更有这片土地上勤劳的人们和他们祖辈父辈的苦难和希冀、快乐与痛苦，有他们真挚强烈的情感和刻骨铭心的思念。这些诗句给后人以强烈的震撼，引起他们感情与思想的共鸣。

清明诗，滋润了传统，也记下了乡愁。孟浩然在《清明即事》中写道：“帝里重清明，人心自愁思。车声上路合，柳色东城翠。花落草齐生，莺飞蝶双戏。空堂坐相忆，酌茗聊代醉。”源于对故土真切的眷恋，对血脉传承的恩情的怀想，清明的草木气息、故乡味道才更惹动愁思。

明初“四子”之一的高启，在他《送陈秀才还沙上省墓》中有吟：“满衣血泪与尘埃，乱后还乡亦可哀。风雨梨花寒食过，几家坟上子孙来？”凄凉的字词间，蕴藏着浓烈的乡土意味，乱后还乡的乡音乡情，能不令人肝肠寸断。

还有李德裕《谪岭南道中作》：“不堪肠断思乡处，红槿花中越鸟啼。”李颀《送陈章甫》中的：“青山朝别暮还见，嘶马出门思旧乡。”曹组《忆少年·年时酒伴》：“清明又近也，却天涯为客。”……

故乡，那儿时的纯真和嬉戏，那些无关名利情仇的乡里乡亲，许多已经安静地站在记忆的阡陌里，守望着曾经的青春与梦想，那种朴实执着、无怨无悔的美丽。这些，都是清明诗寄怀乡愁的丰饶的情感和认知价值。诗人们对无限倾注的家乡情怀，无疑增加了清明节的厚重感和历史感。

## 俊爽中忧家国

国家观是价值观的最高境界，爱国主义是诗人的永恒主题，绵长久远的家国情怀，欲说不尽、欲写难休。汗牛充栋的史书典籍，篇章中浸润的是“家国”情结；卷帙浩繁的诗词歌赋，氤氲在字里行间里的是“家国”心绪。

清明诗中，不少表达了诗人对国家命运的忧虑之情。透过短短的诗篇，执着、深沉、热烈、真挚的爱国激情跃然纸上。诗人们以个性、抒情、多样的表达，书写着流淌在血液中的共同情愫，使清明节“怀思追远”的情怀，扩展到更为宏阔的“国”之层面。

唐代宋之问在《途中寒食》中云：“马上逢寒食，途中属暮春。可怜江浦望，不见洛桥人。北极怀明主，南溟作逐臣。故园肠断处，日夜柳条新。”这是一首五言律诗，是诗人被贬到泷洲后，次年春秘密逃还洛阳探望同样落难的友人而作。正是寒食，暮春三月，作者借用途中所遇江景柳色，抒发对故园的怀念、对友人的思念，更表达对君主的惦念、对国家的忧虑。令人读之心潮难平，忧愤不尽。

清明诗在风格上一般具有自然、清奇、飘逸和悲慨等特点，特别是在王朝末年的多事之秋，诗人忧国忧民的情绪尤其突出。清代黄遵宪在《寒食》中有这样的描写：“几日春阴画不成，才过寒食又清明。霏霏红雨花初落，袅袅白波萍又生。栏外轻寒帘内暖，竹中微滴柳梢晴。浮云万变寻常事，一瞬光阴既娄更。”诗中有一种淡淡的哀愁，从自然气候的变化，悟出社会人生的哲理。世事如浮云，雨过会天晴，把变化当作寻常事，黎明的曙光就会在不远处招手。正值三千年未有之变局的晚清之际，诗中对时政的忧虑和家国飘摇的无奈，可见一斑。

清明时节，站在自然文化和人文精神的交叉点上，穿越历史的烟霭，去勾起时空的那份凄美，去体会诗人们的悲叹和痛惜。春雨的意境，冰冰凉凉，凄凄清清；清明的韵味，清新隽永，寓意深远。清明，成为了中华儿女共同的生命体验和文化记忆，融入我们的文化血液与民族性格，也成为我们追逐“中国梦”的不竭动力。

# 端午古诗词的忠臣情结

又将端午，人们自然地想起了赛龙舟、吃粽子、怀念屈原。一个人与一个节日、一种民俗关系如此之紧密，中国历史上唯此一人。数千年来，中国文学园地中有关这方面的诗词甚多，形成了一种独特的“端午风景”。感谢司马迁，从亘古不息的汨罗江中，从浩浩汤汤的历史长河里，打捞起这位中国古代伟大的政治家、思想家、外交家、文学家，在《史记》中用了一千二百多字，让后世记住了他不屈的脊梁。对忠臣的追忆、缅怀和赞誉，是端午古诗词的一大特色，这些主题，极大地增强了端午作品的思想穿透力和艺术感染力。离开忠臣情结谈端午文学，就好像喜马拉雅山没有珠穆朗玛峰，会失去一种高耸入云的精神。

## 追思——忠臣的品格

古代中国有着悠久绵长的“忠孝”文化。青史中，从来不乏守护国家的忠臣良将，良将战场马革裹尸，忠臣朝堂义正词严。古代文人的忠臣情结，既是当时社会的现实需要，也是传统文化熏陶的结果。

公元前278年五月初五，中国历史上第一位伟大的爱国诗人屈原，在落日的余晖中，抱着一块大石头，向汨罗江走去。江水接纳了他。那时，夕阳氤氲着无限的依恋，把无数金丝线抛向喧嚣的尘世。清凉而温存的汨罗江，从此掀起悲切不息的波澜。

屈原把刚烈的生命，终结在如此美丽的河流里。对世俗，这是一种不屈的抗争；对个人，这是一种永恒的艺术选择。屈原的忠臣形象不断沉淀，穿越数千年的风风雨雨，令后人尊敬仰慕，感慨万千。

千百年来，无数文人赞美屈原的品格，抒发对他的缅怀之情。南宋词人刘克庄在《贺新郎》中写道："灵均标致高如许。忆生平、既纫兰佩，更怀椒糈。谁信骚魂千载后，波底垂涎角黍，又说是、蛟馋龙怒。把似而今醒到了，料当年、醉死差无苦。聊一笑、吊千古。"作者以超妙的情思和犀利的文笔，赞颂屈原的忠臣品格，尤其由衷赞美他"举世皆浊我独清"。唐代杜甫《祠南夕望》"山鬼迷春竹，湘娥倚暮花"，褚朝阳《五丝》"但夸端午节，谁荐屈原祠"句，都寄寓了忠臣文化的内涵和深刻的人文精神。北宋文豪苏轼在《屈原塔》中有这样诗句："遗风成竞渡，哀叫楚山裂。屈原古壮士，就死意甚烈。"

屈原的人生是追求"美"的人生，在现实政治中要求推行美政，在个人形象上追求高洁优美，在精神生活中追求人格理想化的完美。古代文人追思屈原，或抒情或唱和，创作了大量诗文，生动反映了文人士子向往美政的情怀。

## 缅想——忠臣的魅力

一个民族往往在正史之外，借一些风俗习惯或民间传说来感念他们的英雄。就算传说未必完全是真，人们的那份深情总是真的，它如同埋藏在一个民族文化土壤里的稀有金属。无论越过多少年，都不会变质。

有时候，历史的遗憾只好用诗来补偿。不管龙舟和粽子是否为纪念屈原，端午这个节日，都已经与对他悲剧的同情和人格的向往密不可分。北宋诗人张耒《和端午》诗中有吟：“竞渡深悲千载冤，忠魂一去讵能还。国亡身殒今何有，只留离骚在世间。”人们龙舟竞渡，是为了悲悼屈原的千载冤魂。诗从端午竞渡写起，意蕴深远。屈原虽然“国亡身殒”，灰飞烟灭，但那光照后人的爱国精神和彪炳千古的《离骚》绝唱却永不消亡。

屈原的魅力，在于“举世皆浊我独清，众人皆醉我独醒”的理性，在于“路漫漫其修远兮，吾将上下而求索”追求真理的精神。唐代大诗人杜甫、李白、白居易、刘禹锡、韩愈、柳宗元，宋代文豪苏轼、辛弃疾、陆游、王安石等，无不受屈原这种求索精神的影响，而在他们的诗词和散文杰作中，表现出较强烈的忧患意识。

坚持真理是需要智慧的，屈原负责过许多国计民生大事，对政治、社会、文化、外交等领域有着自己的想法，他的倡导法制、鼎新革故、推进民主、选贤用能等改革思想，对于建立一个强大的楚国无疑是很有价值的。这种耿耿正气，感染着一代又一代为真理而斗争的勇士。正如苏轼在《屈原塔》诗词结尾处所吟：“大夫知此理，所以持死节。”屈原持志之高洁，作者的无限景仰之情，尽在其中，宣示了作者未来的志节和对人生道路的选择。这首诗言近意远，言简意深，很有力量。

生命是存在和思想的结合，屈原的魅力，在于他的生命历程与人格情操的统一，也在于他为后世留下的精神与文化财富。

## 汲取——忠臣的力量

历史的长河流淌过无数的生命瞬间，屈夫子纵身一跳的这一刻，无疑是投向黑暗、腐朽、窒息、昏聩的君主专制和污秽官场的一枚人体炸弹，如惊世骇俗的一道电闪，照亮了千百来的历史长河，也自然进入千古文人的诗赋创作中。

屈原虽然把全部理想寄托在一个君王身上，并没有看到时代的趋势、朝代的更替、社会的规律、民众的力量，不可避免地具有那个时代文人的思想局限，但他以身自洁、以死明志的精神可赞可叹。他作为我国古代最伟大的爱国诗人、文学家，无论是在精神方面，还是在文学艺术方面，对中国后世都有着深远的影响。西汉初年著名的政论家、文学家贾谊写作《吊屈原赋》，引屈原以为知己，秉承屈原的精神，对是非不分的黑暗现实做了大胆的揭露和批判。尤其是在家园受到外敌侵略时，文人们总是从屈原那里汲取思想营养。南北宋之交的著名诗人陈与义在其《临江仙》吟咏："高咏楚词酬午日，天涯节序匆匆。榴花不似舞裙红。无人知此意，歌罢满帘风。万事一身伤老矣，戎葵凝笑墙东。酒杯深浅去年同。试浇桥下水，今夕到湘中。"当时金人入汴，高宗南迁，正是国家遭遇兵乱的时节，作者在端午节凭吊屈原，感怀伤时，借此抒发爱国情怀。

忠烈屈子，千年一叹！今天我们闻着艾叶芬香，品着端午古诗，怀念先贤，也是在汲取千古忠臣的力量，汲取民族复兴的正能量。

# 中秋古诗词中的美好向往

中秋，是一个版本颇多的优美神话，千百年来脉脉相传；中秋，是一段段缠绵的眷念，交织一代又一代人们的浓情思念。

月亮、月光、月色，祭月、拜月、赏月，这些意象，这些画面，成为文人们抒怀言志的载体。他们用诗作，或描摹明月形象，或描绘澄澈月景，或书写月下感怀，展示出我们这个民族千百年来赏月、品月的过程中，形成的丰富而独特的中秋诗词文化。那些遥远月色中的风景，经过诗句的留存，都变得具体而生动，有了气息，有了色彩，有了声音。仅《全唐诗》中咏八月十五中秋的诗歌，就达一百一十一首之多，出自六十五位诗人之手。有关中秋的古诗词，不仅数量较大，而且很多成为经典。

一行诗词便是一条通道，让我们穿越时光的漫漫长廊，得以进入彼时的天地与时空、道路和庭院，欣赏中秋风光、八方习俗。这些蕴含着丰富的文化符号的诗词，彰显出古人对美好生活的向往和憧憬，润泽后世，陶冶性情，抚慰心灵，深刻影响着国人的文化心理。

## 诗意栖居，真挚向往

一年时光到了中秋，大自然将它的美发挥到了极致。千百年来，中秋古诗词中书写美、向往诗意生活的不乏其篇。

月色月影，引人遐思。王建《十五夜望月寄杜郎中》："中庭地白树栖鸦，冷露无声湿桂花。今夜月明人尽望，不知秋思落谁家。"中庭月色如积水空明，清冷素洁，树上鸦鹊的聒闹也慢慢安静下来，一派萧瑟清美的赏月之景。桂花飘香，看似写人间桂花，又仿佛暗指月中桂花。诗人在这冷气袭人、桂香怡人的环境中赏月，而那广寒宫深处，想必也是露珠清冷，沾湿桂花。

孟浩然《秋宵月下有怀》："秋空明月悬，光彩露沾湿。" 李朴《中秋》："平分秋色一轮满，长伴云衢千里明。"元好问《倪庄中秋》："山中夜来月，到晓不曾看。"诗人眼中月色，各有不同的光辉。

辛弃疾《一剪梅·中秋元月》："忆对中秋丹桂丛。花在杯中。月在杯中。今宵楼上一尊同。云湿纱窗。雨湿纱窗。浑欲乘风问化工。路也难通。信也难通。满堂惟有烛花红。杯且从容。歌且从容。"曾经在一个晴朗的中秋，置身丹桂丛中，月波花影荡漾在酒杯中，而今晚云雨湿了纱窗，只有蜡烛闪着红光。见此情景，诗人想要乘风上天去质问天宫，却只好对酒高歌。即使是无月的中秋，也别有一番诗意。

月色难得，更加可爱。苏轼《阳关曲·中秋月》："暮云收尽溢清寒，银汉无声转玉盘。此生此夜不长好，明月明年何处看。"夜幕降临，云气收尽，天地间充满了寒气，银河流泻无声，皎洁的月儿转到了天空，就像玉盘那样洁白晶莹。一生中每逢中秋之夜，月光常为风云所掩，很少碰到如此美景。谁能知道明年的中秋，又会在何处观赏月亮呢?

## 天伦之乐，深切渴望

圆圆的月亮、圆圆的月饼，一家团圆于圆桌，沐月而宴，这是古人渴望的天伦之乐。自古以来，“花好月圆人团聚”就是中国人最向往和珍视的人间美景。阅读中秋古诗词，表现这一场景与主题的诗句词句比比皆是。“露从今夜白，月是故乡明。”“但愿人长久，千里共婵娟。”这些脍炙人口的诗句，至今读来依然让我们感动。

唐代诗人戎昱的《中秋夜登楼望月寄人》赞美月华：“西楼见月似江城，脉脉悠悠倚槛情。万里此情同皎洁，一年今日最分明。初惊桂子从天落，稍误芦花带雪平。知称玉人临水见，可怜光彩有余清。”一年今日，万里此情。诗人寄情于月，借月抒怀，想到远方的亲友，此时同赏一轮明月，才更感到月色明澈动人。

唐代贯休的《中秋十五夜月》表现了中秋夜欢聚赏月的热闹景象：“噀雪喷霜满碧虚，王孙公子玩相呼。从来天匠为轮足，自是人心此夜余。静入万家危露滴，清埋众象叫鸿孤。坐来惟觉情无极，何况三湘与五湖。”中秋夜月光皎洁，犹如霜雪喷布到太空之中。在这良辰美景之中，公子王孙们欢饮呼闹。如同圆满的月轮一样，人间家家户户团圆在一起，享受天伦之乐。

白居易的《中秋月》则以别离表现对团圆的向往：“万里清光不可思，添愁益恨绕天涯。谁人陇外久征戍，何处庭前新别离。失宠故姬归院夜，没蕃老将上楼时。照他几许人肠断，玉兔银蟾远不知。”一句“照他几许人肠断”，道出了人间共有的秋思之情，似虚而实，含蓄隽永，蕴藉深沉。

赏月的习俗首先从官员、富家、文人等上层社会兴起，很快流传到普通老百姓家中。人们看着天上的圆月，自然联想到人间的团圆。

同一片夜空，同一轮明月，团圆的家庭其乐融融、温馨洋溢；而那些远在塞外的戍边人，此时更加思念亲人，感到浓烈如酒的孤独。

苍穹之下，人野之上，黄河之畔，李白的《关山月》响彻千古：“明月出天山，苍茫云海间。长风几万里，吹度玉门关。汉下白登道，胡窥青海湾。由来征战地，不见有人还。戍客望边色，思归多苦颜。高楼当此夜，叹息未应闲。”此诗气势博大，意境深远，写出了一个时代一个群体的底色与情感。

中秋诗词的乡愁，哀伤、凄婉，有着独属于我们东方的意蕴之美。

## 花前月下，无限憧憬

中秋夜空银盘似的月亮，窥视多少人间恋人的秘密；望月习俗的内涵，除了对月色的欣赏、对团聚的渴望，还有一种对浪漫爱情的美丽憧憬。

“月圆”往往与“相思”相连。中秋夜，柔曼的月光静静笼罩大地，多情的诗人喜欢用月亮来寓意圆满，表白对丽人的爱慕之情。“年年中秋待月圆，月圆最是相思时。”“月上柳梢头，人约黄昏后。”“不堪盈手赠，还寝梦佳期。”月朗风清，玉宇无尘，银河泻影，花荫满庭，爱情的表达随之带着美好的滤镜。

柳永《鹧鸪天·吹破残烟入夜风》：“吹破残烟入夜风。一轩明月上帘栊。因惊路远人还远，纵得心同寝未同。情脉脉，意忡忡。碧云归去认无踪。只应会向前生里，爱把鸳鸯两处笼。”词人望着窗外一轮明月，情意绵绵，思绪翩翩，愁绪万千：两位相恋的爱人，因相隔遥远，即使两心相连，也无法心心相印。词句从赏月而及相思怀远，意境由清冷之美变得阔大深远。

爱情，一个触人心弦的话题。千百年来，诗人词人不断通过中秋诗词赞美了男女对爱情坚贞不渝的追求和捍卫。晚唐诗人李商隐在

《嫦娥》诗中借嫦娥奔月表达了对美好爱情的向往："云母屏风烛影深，长河渐落晓星沉。嫦娥应悔偷灵药，碧海青天夜夜心。"年年中秋，又到中秋，诗人在感慨凄美爱恋的同时，也表达了对坚如磐石的感情的期许。

诗人运用形象的语言、丰美的想象，渲染着中秋望月的特定环境气氛，把我们带到那个月明人远的浪漫意境中。

## 家国情怀，逐梦追寻

中秋节对于普通人来说，意味着家人的团聚，是一种家的情义；对于整个中华民族来说，更是一种国的情怀，承载着人伦孝悌的血脉亲情，以及对民族团结、国家太平的愿望。

对于中华民族来说，中秋意味着一种家国的情怀，是家国理念的代代相传，寄寓着人们对民族团结和国家一统的期盼。正像歌词所唱："家是最小国，国是千万家。"吟诵歌赋诗词，我们能感受到古人将国家存亡置于最高地位的情怀、将个人命运与国之统一紧紧相连的胸襟。"月是故乡明，人是家乡亲。"白居易的《八月十五日夜湓亭望月》、杜甫的《八月十五夜月二首》、宋代范成大的《水调歌头》等作品，都是作者忧国忧民心绪的自然流露。

唐朝乾元二年，也就是公元759年，时值白露，或许也是一个中秋。月光溢满秦州天空，澄碧的蔚蓝隐隐发出银子般的光亮。杜甫遥望浩空，有感而发，情不自禁地写下了《月夜忆舍弟》："戍鼓断人行，边秋一雁声。露从今夜白，月是故乡明。有弟皆分散，无家问死生。寄书长不达，况乃未收兵。"一句"露从今夜白，月是故乡明"点亮了中秋夜对家园的思念。更重要的是，尾联"寄书长不达，况乃未休兵"，更将家书无由寄达的无奈与对国家兵乱的忧虑接在一路。

古代文人的家国情怀深深熔铸在诗词创作中，无论是遣怀抒情的《水调歌头·明月几时有》，还是宋代米芾的《中秋登楼望月》，均将自身宦海浮沉与国家命运紧紧相连。苏东坡始终是“一蓑烟雨任平生”的那个潇洒才子，却也时刻不忘汴京的政局。而米芾以“目穷淮海满如银，万道虹光育蚌珍。天上若无修月户，桂枝撑损向西轮”的一种大爱，显示了拳拳赤子之心。

那些满腔家国情怀的中秋诗词作品，令今人心生仰慕和敬意，其中蕴涵更深沉、更博大、更丰富的精神内涵，等待我们解读。

# 冬至古诗词中的天时人事

“天时人事日相催，冬至阳生春又来。”

冬至，古时又称“冬节”“亚岁”，是我国农历中一个非常重要的节气和传统节日。据史载，周代以十一月为正月，先秦至汉初的很长时间，人们一直将冬至日当作一年的岁首之日。《汉书》有云：“冬至阳气起，君道长，故贺……”从汉朝起，冬至称为“冬节”，官府举行盛大的庆贺仪式，经过历代发展，这一节气成为今天中国的重要节日，民间素有“冬至大如年”的说法，各地也衍生出众多相关的风俗文化。

大自然经过了春天的复苏、积蓄了夏天的丰润、沉淀了秋天的繁华，到了冬至又开始新一轮的封藏休养。那时，寥宇茫茫，天地一色，银妆素裹，白蝶纷飞，家人好友围坐炉火，谈天说地、纵古论今，好不快哉。历史上很多文人墨客就在这样的时候，以清新隽永的诗词咏叹冬至，将雪入诗、风入诗、雨入诗，甚至一盏茶、一首歌、一声感慨，皆成感怀，或赏识天时节令，或评议人物佳话，让寒冷的天气增添诗情画意。

## 感叹岁月的沧桑

岁月匆匆，时光悠悠，眨眼之间，大地卸去了往昔的繁华与喧嚣。一望无际的越冬小麦，嶙峋的树木，寒风扫弯稀疏的残草，远方是那样地肃静。有时候，冬至日的月亮特别地圆，圆满得像一个句号，告诉世人已经结束了一年中夜最长的时光。也许，这些都感染了诗人们的情思，去感叹岁末与寒冬，时光与人生。

两宋更迭之际的词人赵彦端在《点绛唇·冬至》有赋："一点青阳，早梅初识春风面。暖回琼管。斗自东方转。白马青袍，莫作铜驼恋。看宫线。但长相见。爱日如人愿。"这是一首冬至应景作品，里面提到了一种冬至天文现象："斗自东方转。"在这一年中白昼最短的一天，人们格外能感到时光的流逝。的确，时间从来都不会停下脚步去等待任何一个人，不管你经历着什么，多么地希望时间停驻片刻，它会一样走得那么无影无踪，就像荷叶露珠滑落水中的瞬间，那么快捷、那么干脆。

北宋诗人姜特立在《冬至》一诗中有云："老来心绪怯年光，又见春来报一阳。未必暗添宫线永，只应先引鬓丝长。"他感叹，到了年关，有人欢喜有人愁。年少时只道节日欢庆，年老时惶恐又是一冬。两鬓发白的痕迹残酷地提醒着诗人，逝者如斯夫，不舍昼夜。这种情绪在陆游的《冬至》中更加鲜明："岁月难禁节物催，天涯回首意悲哀。十年人向三巴老，一夜阳从九地来。上马出门愁敛版，还家留客强传杯。探春漫道江梅早，盘里酥花也斗开。"岁月是一场令人猝不及防的旅行，让人心中惘然。虽然如此，冬至来得太快，还须强颜欢笑。还有，戎昱的《谪官辰州冬至日有怀》、梅尧臣的《冬至感怀》、陆游的《辛酉冬至》、李梦阳的《丙子冬至》，都以冬至为题，抒发了对岁月流逝的无奈和惋惜，诗人只恨不能牢牢抓住，把时光系在手心。

宇宙无限，人生苦短。古代诗人从冬至中感悟人的生命意义，劝导大家珍惜光阴。北宋吕陶在《己卯冬至后》中吟道：“月律潜萌斗柄移，阳和气象等闲知。五云已验天心顺，一刻先添日脚迟。燕雁待时思北向，岭梅乘暖发南枝。人人尽有春台兴，料得东风不失期。”诗人通过描写将要从南方飞回的燕雁和在寒风中绽放的梅花，让读者与他一样，看到春天愈来愈近的身影。此诗语言直白，读起来朗朗上口，使得诗篇广为传诵，流传千古，是劝勉人珍惜时光的佳作。

南宋刘克庄在《冬至四绝·其二》中感叹：“日添一线书中见，雪染千丝镜里明。迟暮犹思寸阴惜，凝严未觉一阳生。”此诗的意思是，既然人的老去和时间的流逝，每个人都必须面对，且无法阻止，何不欣然接受呢？作者借助冬至阳生，抒发了自己对时光流逝的感叹。但他并没有停留于简单的叹息，而是把读者从愁闷的情绪中带出，遗憾也好，欢喜也罢，都是人生中的一道风景。诗人由此勉励人们要为时光而高歌，切勿白白让时间在指间溜走，而应珍惜眼前所有的一切。

## 感慨山河的壮丽

冬至到了，呼啸的北风吹走了那些曾经妖娆在秋风中的最后一片落叶，大地开始变得冷峻刚毅。雪，将逶迤连绵的山脉、一望无垠的平原、迤逦蜿蜒的河流，以及整个漫无边际的大地，都覆盖以皑皑的白色。千百年来，每逢白雪飘飘的日子，胸有千山万壑、眼底波澜不惊的诗人词人，怎能不心潮澎湃、激情飞扬？于是，多少浪漫的诗情、多少激情的词意，犹如这片片雪花，晶莹剔透，纷纷扬扬于时光中。

晚唐的韩偓在《冬至夜作》中有感而发：“中宵忽见动葭灰，料得南枝有早梅。四野便应枯草绿，九重先觉冻云开。阴冰莫向河源塞，阳气今从地底回。不道惨舒无定分，却忧蚊响又成雷。”这诗有点古代的时令预报的味道。作者从冬至时古人律管黄钟位吹出白葭灰的现象落笔，写到了天气回暖、早梅盛开、枯草变绿、冷云化开、河流解封，这一切都有一个共同原因——“阳气今从地底回”。

南宋的汪宗臣在《水调歌头·冬至》中如是抒发：“候应黄钟动，吹出白葭灰。五云重压头，潜蛰地中雷。莫道希声妙寂，嶰竹雄鸣合凤，九寸律初裁。欲识天心处，请问学颜回。冷中温，穷时达，信然哉。彩云山外如画，送上笔尖来。一气先通关窍，万物旋生头角，谁合又谁开。官路春光早，篱落数枝梅。”作者在这首词里同样写到古人律管吹灰的候气法，来反映冬至的时令，并且用了一个很有意思的比喻，“一气先通关窍，万物旋生头角”，意思是只有先通上一口关键的气，世界才会万物复苏，由此衬托出大地的雄壮、豪迈，给人一种雄浑巍峨、冷峻圣洁的感觉。

## 感悟人生的悲欢

人生的道路，起伏波折，有风雨鲜花，也有荆棘陷阱；有爱恨悲欢，离合无奈。冬至时节，诗人以不同的心境感悟着人生，有的感叹人生恍如梦境、时间一去不复返，留下诸多的遗憾；有的留恋着儿时的一群伴友、一座村落、一方守候。他们用笔写下当时的心情，有悲怆、有思念，有温馨。

翻开有关冬至的诗词典籍，我们可以清晰地看到，许多诗人“状景之意不在景”，而是借景抒发自己内心的豪情或惆怅，并且表达得那样形象、含蓄、深刻。杜甫《冬至》：“年年至日长为客，忽忽穷愁泥杀人。江上形容吾独老，天边风俗自相亲。杖藜雪后临丹壑，鸣玉朝来散紫宸。心折此时无一寸，路迷何处望三秦。”此诗既写出了冬至时的大地风华，更道出了作者空有一身才华与抱负，一生羁旅漂泊，怀才不遇，尝尽世态炎凉的感受。

而南宋的曹彦约在《冬至留滞舒州有怀岁旦泊舟平江门外》中，抒发了另一种心情：“舒郡惊冬节，吴门忆岁时。天寒城闭早，冻合水行迟。再拜为兄寿，同声念母慈。穷年终是客，至日始题诗。”作者在冬至时节思乡之情突起，便写下了此诗。全诗取景虽小，只是回忆了去年在吴门时，城门早早关闭、江面结冰、回家行程被延误的情景，但引出了“每逢佳节倍思亲”这个千古话题。韦应物的《冬至夜寄京师诸弟兼怀崔都水》、范成大的《满江红・冬至》、陆游的《辛酉冬至》等名篇，都通过写景表达了积郁心中的复杂情感。

“冬天来了，春天还会远吗?”古代诗人在料峭的寒风里，或是在大雪鹅毛纷飞时，一方面回忆起自己的冷暖人生路，感慨生活的艰辛，另一方面展示追求未来光明的积极人生姿态。

宋初的一年冬至之夜，风息树寂，恬静的天宇运行着一轮孤月，太常博士梅尧臣像异乡的一叶孤舟，挥毫写下了《冬至感怀》一诗：“衔泣想慈颜，感物哀不平。自古九泉死，靡随新阳生。禀命异草木，彼将羡勾萌。人实嗣其世，一衰复一荣。”这首诗的主题大致是：一起一落才是人生。荣辱盛衰，往复循环，何必感伤冬季万物的凋零?毕竟，随着新阳它们总会重现生机，人生又怎能被一时的失意和落魄打倒?其实，阳光明媚、阴云密布，都是属于大自然一部分的自然现象而已，人生也如大自然一般，有衰败就有繁荣，这是再自然不过的事。

最为典型的是文天祥在他的《冬至》诗中所吟：“书云今日事，梦破晓鸣钟。家祸三生劫，年愁两度冬。江山乏小草，霜雪见孤松。春色蒙泉里，烟芜几万重。”作者写作此诗的那一年虽然遭遇了诸多劫难，但还是看到了江山新生的小草、寒冬中依然青翠的劲松，这不正象征了对终会迎来美好未来的信念吗？由此联想，那个沉寂的夜晚，肯定是撤尽俗世烟火里的盘盘盏盏，世界仿佛沉入海底，一如万年前的初夜，洁净如初。

王安石的《冬至》诗则描述了冬至节这天的热闹欢庆："都城开博路，佳节一阳生。喜见儿童色，欢传市井声。幽闲亦聚集，珍丽各携擎。却忆他年事，关商闭不行。"这是寒冷天气中少有的一抹亮色，描述了当时社会经济得到发展的繁荣景象。虽然王安石在诗里不无自诩之意，但还是表达出了一种积极的人生态度。

冬至诗中还有一种，立意高远，蕴涵深刻的人生道理。如北宋的邵雍在《冬至吟二首》第一首中有吟："冬至天之半，天心无改移。一阳初动处，万物未生时。"作者看似写普通的节气现象，其实在诗中暗含这一哲理：凡事别做太满，因为物极必反。

## 感怀国家的兴衰

忧国忧民是古代冬至诗词中亘久不衰的主题，文人墨客们在这方面似乎有无穷无尽的咏忧叹愁之情，或以实物喻愁，或直接发愁，并运用比喻、拟人、夸张、象征等写作手法，写出了忧之深、忧之长。

"远信初凭双鲤去，他乡正遇一阳生。尊前岂解愁家国，辇下唯能忆弟兄。旅馆夜忧姜被冷，暮江寒觉晏裘轻。竹门风过还惆怅，疑是松窗雪打声。"杜牧在《冬至日遇京使发寄舍弟》中，从思念远方患有眼疾的弟弟入手，又将思绪拉回，描写眼前。诗人表面说"岂解愁家国"，其实正深切表达出在对故乡和亲人的思念之外对家国的忧虑。

元稹在《冬至十一月中》写道："二气俱生处，周家正立年。岁星瞻北极，舜日照南天。拜庆朝金殿，欢娱列绮筵。万邦歌有道，谁敢动征边。”此诗构思独特，语言简洁凝练，意蕴丰富，从冬至日按惯例朝廷要举行庆典仪式、进行文艺演出、接待外国使节进行朝拜入手，感叹国家如此富强，威名远播，哪个不要命的敢侵犯我边疆呢？作者感情深挚，作品特具雄壮刚毅的艺术风格。

古代冬至诗词中的忧国忧民思想，有很多积极向上的基调。唐代权德舆的《冬至宿斋时郡君南内朝谒因寄》中，就充满了对未来的期盼：“清斋独向丘园拜，盛服想君兴庆朝。明日一阳生百福，不辞相望阻寒宵。”大意是诗人独自一人在房里向着花园内朝拜，穿着朝服心中想着君王兴盛国家，寒冬即将过去，温暖的阳光很快会普照大地，带给人们幸福的情怀。权德舆在《朔旦冬至摄职南郊·因书即事年代》中还写道：“大明南至庆天正，朔旦圆丘乐七成。文轨尽同尧历象，斋祠忝备汉公卿。星辰列位祥光满，金石交音晓奏清。更有观台称贺处，黄云捧日瑞升平。”在冬至这个祭天、祭祖的日子，皇帝到郊外举行祭天大典，百姓在这一天也要向父母尊长祭拜，人们祈望有一个丰收的新年、有一个歌舞升平的家国。

# 四季的维度

宇宙洪荒，天地玄黄；四季轮转，千载更替。苍穹之下的一切演进、演变、演义，似乎都带着自然的密码。面对一年四季的轮转变化和自然现象，不同的人有着不同的视角，也自然得出不同的结论。从不同的维度观察四季，可能会让你进入豁然洞开的境界。

## 时光维度：四季是阴阳的永恒交替

“夫天地者，万物之逆旅也；光阴者，百代之过客也。而浮生若梦，为欢几何?”李太白如是说。岁月乃人类自行划定的无形刻痕，时钟的分分秒秒，日历的日日月月、春夏秋冬，都是人们强加于自然形态的时间上的标签。然而，时空的价值是因为有了这些标签才得以显现的，没有这些标签的时光，因为没有被注意和使用，可以说就是没有价值的。而春夏秋冬，每一个季节的呈现，都以自身特有的韵味诠释时光。

时光标签的玄机都在阴阳这两个字里。在庸常的日子里，就连空中飘忽不定的云朵也会随时辰和阴阳的变化而出现或明或暗、或浅或深、或白或黑或彩色的微妙色调。五千年前，我们的祖先智慧地发现了宇宙中天地万物运行的规律。《周易》中说："一阴一阳之谓道。"《道德经》中亦云："万物负阴而抱阳。"天地万物遵循阴阳之道，才能绵延不绝，生生不息。春夏秋冬孕育着阴阳交替、相辅相成、周而复始的道理，一年四季对应不同时间的阴阳交替关系，遵循着自然的规律。一阴一阳谓之道，这个阴阳是天地间最大的学问。《哈姆雷特》说："人是宇宙之精华，万物之灵长。"中国古人也早有类似的朴素思想，认为在宇宙各层次中，人处于较高的位置，人体现了天地的德性、阴阳的交感、五行的秀气。

天道自然，事物发展，大自然中的一切都随着时间的变化而变化。《道德经》："人法地，地法天，天法道，道法自然。"世界上最大的法则是自然法则，顺其自然才是人类的生存之道。真正生命的平衡的境界，是万物生态的原始规律，是一种自然和谐的美丽。

## 生活维度：四季捧出不同的自然味道

春天的姹紫嫣红、夏天的花香盈塘、秋天的红染霜叶、冬天的六出蔽空，四季轮番交替，年复一年。在四季轮替中，大地会结出无数种果实，有的藏在枝叶下，有的埋在土壤里。四季蕴含着不同的韵味。闲暇之余，细细品尝四季的味道，品尝生活的酸甜苦辣，把过去的味道在文字中重现。这种书写，如同风化岩石上的点点苍苔，是与时间悲壮的抗争。

节气，是令人敬畏的分割法则。春天的微风，伴着淡淡的茶香，四处飘逸，让人陶醉其中。炎炎的盛夏，麦香渗在月光里浸濡了村子的夜空，仿佛要流进人的身里心里。热烈的秋天，大地一片金黄，到处都充满着丰收的喜悦，喝一杯奶茶心里甜。醇香惬意的冬天，也是最寒冷的季节，看着窗外的皑皑白雪，品尝着各种时令年货，城头那宏静旷远的钟声，久久撞击着心扉。当第一缕的季风把旗帜展开的时候，四季便开始呈现出它们各自的美，捧上各自的味道。

四季是这样，生活也是如此。人生的跌宕起伏，历史的沉浮兴衰，一代代人特殊的历史，特定的理想与空想、激情与煽情、献身与狂热、真诚与欺骗、信仰与空白、追求与失落、极端与平庸、热忱与盲目……我们能从中品尝到不同的滋味，并感悟人生的道理。总体上讲，出生的时候，人生是酸的；童年的时候，人生是甜的；青春的时候，人生是辣的；中年的时候，人生是苦的；老年的时候，人生是咸的。人生就像四季，不同年纪，有着不同的味道。无论是柴米油盐的辛苦，还是悲欢离合的感情体验，都需要我们自己去经历。

## 生命维度：四季是一个周期的轮回

季节流转，又是一年春临，脚下的路，向着远方蜿蜒。时光，吹响起四季更迭的号角，时刻准备集结着下一次交替轮回，诠释着生命的意蕴。萌芽是一种觉醒，是春的觉醒；热烈是一种舒展，是夏的舒展；落叶是一种情绪，是秋的情绪；冷峻是一种成熟，是冬的成熟。正是上苍这样无比精准、无比美妙的设定，才使得四季永恒与博大。在四季的大智慧面前，人类只不过是个小儿。人类属于四季，而四季不仅仅属于人类。

时常一个人坐在山亭里感叹，时光飞度，岁月如梭，生命的轮回、延续，就这样一茬又一茬，周而复始。不老的是岁月，变化的永远是人生。有时遐想，待天地再过几千几万年以后，谁还知道谁曾来过这个世界。在大自然中，人的诞生不过只有二三百万年，又遑论个体生命的几十年光阴？在时空那里，所有的自然之子，几万几亿年来，不都是来自同一个故乡，同一个平等的、血脉相连、万物同源的深奥而广袤的蓝色殿堂么？那虚无的源头，可是苍凉的驿站？感恩苍凉！

四季的另一种意蕴叫做生命，也可以称为周期。一切都不紧不慢，时间从容地在四季中流淌。有时安慰自己，世界上出现过数以亿计种类的生物，人是所谓“万物之灵”，我们能够作为人，已经够幸运了。四季人生，岁月如歌，世间温暖，人性光泽。感恩岁月，我愿将生命的精彩，装点成时光最美丽的画卷。凡事顺其自然，随遇而安，拥有一颗通透淡然的心态，才能享受岁月带给自己的一份宁静。面朝大海，海纳百川，那是海的气派和胆略；仰视苍天，天列群星，那是天的气势和力量。人生的周期或长或短，都不妨学学苍天与大海。

## 审美维度：用心感受四季美丽

“千江有水千江月，万里无云万里天。”一年四季，风水轮流，揪不住的时光，衔不住的岁月。时光就在转眼间，带来了寒暖的变化、四季的交替。一阵微风吹过，像那悠远的情感，使天地呈现出不同的颜色。大自然赋予四季各种奇观，形成一个多姿多彩的世界。

用一颗欣赏的心来体会四季，你会发现不一样的精彩。有时候，一钩斜月，一声新雁，一庭秋露，都能牵动一颗敏感的心灵。不要因为春天的灿烂而忘却冬天的孕育与守望。我们感谢上苍，是因为有了四季轮回的自然。四时转换，美的格调自然不同，给人带来的感觉也有差异，但不变的是人们对自然对生命的爱。美的本质是发现，我们要永远像婴儿一样，睁大好奇的眼睛去看周围的世界，去观察、去倾听、去阅读、去思考大自然中一切新的美。

美感的世界纯粹是意象的世界，超出功利价值而独立存在。每个季节的颜色都是这般引人怜爱。古往今来，文人墨客吟诗赋词，描绘四季别样的景致，实质就是一种美的发现、心灵的宣示。贺知章笔下的春天："碧玉妆成一树高，万条垂下绿丝绦。不知细叶谁裁出，二月春风似剪刀。"杨万里笔下的夏天："毕竟西湖六月中，风光不与四时同。接天莲叶无穷碧，映日荷花别样红。"苏轼对秋天的感叹："暮云收尽溢清寒，银汉无声转玉盘。此生此夜不长好，明月明年何处看。"柳宗元眼里的冬天："千山鸟飞绝，万径人踪灭。孤舟蓑笠翁，独钓寒江雪。"因为这些诗句，原本抽象单调的时节变得具体而生动，有了色彩、声音和气息。一行诗句便是一条通道，让我们穿越时光的漫漫长廊，得以进入彼时的天地时空、道路庭院，欣赏四时风光、八方习俗。这美丽隽永的韵味，在中国人的心里流动千年。

## 哲学维度：四季之间始终此消彼长

世界上的事物从来都是相对的，一年四季轮回生长，此消彼长，自然更替，播种、破土、新绿、芬芳、收获、枯败、又播种，自然秩序在日子中安稳进行着，不必担心缺少哪个环节。

古人的阴阳学说认为，阴阳双方不是静止不动，而是互相制约、互相斗争，即处于"阴消阳长、阳消阴长"的不断变化过程中。就季节变化而言，由夏至秋气候由热变凉，是一个阳消阴长的过程；由冬至春，气候由寒变暖，是一个阴消阳长的过程。若超过了这一限度，出现了阴阳的偏盛或偏衰，是为异常的消长变化。

有人说："春雨缠绵，夏雨痛快，秋雨凄美，冬雨凛冽。"天道循环，此消彼长，阴阳双方的量和比例不是一成不变的，而是处于不断的增长或消减的运动变化之中。

人生就像这四季，经历了四季，人会圆润而温暖，淡定而从容，成就人生的格局、气量与胸怀。缺少了任意一个阶段，人生便会有缺憾。时光"绿了芭蕉，红了樱桃"，让人生有了不同的阶段、不同的气候。阴阳消长、刚柔相合、和而相融，不断变化与平衡，成就自然之多姿、人生之多彩！花开花谢，春去秋来，茫茫尘世中的你我虽各渺渺如天上一朵白云，却一样拥有自己崭新的个性和独特的自我，生命本身就是一种美丽。

## 天地维度：四季匆匆岁月无痕

四季轮回，独立于茫茫天地之间，感受匆匆岁月无情。春天带来生机，夏季带来躁动，秋天带来无奈，冬季带来萧索。四季的轮回是上天对人类的哲学教导。在大自然里，时间没有开始，也没有结束，它超越了极界与边界，又回到了原始的状态。庄子曾叹："人生天地之间，若白驹之过隙，忽然而已。"庄子的话穿越远古的记忆，让我们不禁慨叹：风华已逝，岁月无痕。

天地悠悠，静静听着时间的流淌之声，日复一日，年复一年，没有一丝的波澜。登高远望，在宏大的、没有遮挡的视野之内。春风吹绿了大江南北，夏雨滋润了世间万物，秋韵染红了枫林，瑞雪漂白了屋脊。天穹苍茫四季变化无常，各有韵味，各有千秋。树绿了、黄了、落了，又会有下一度的葱茏；花开在春，开在夏，也开在你我的心间。世间所有的美好，不是一花一草一风一月，也不是一生一个人能给你的。

究竟什么才是永恒的呢？这一度让我像面对"哥德巴赫猜想"。我想，人的生老病死，物的成住坏空，季节的变化，天地的阴阳，宇宙中一切事物都永恒处在变化之中。唯有事物存在的规律是永恒的。

## 四季的昭示

天不言而四时行，地不语而百物生。

每天翻开台历时，我的心里总有这样一种感受：我们老祖宗真是聪明啊，竟然把一年分为四季，季际间隔竟然精确到以分计算。想想也真是，宇宙有多如河沙的日月星辰，无论天地轮回怎样变化，历史前行到哪一步，更不问社会怎么变化，一年四季永远按顺序轮回转动。四季更迭，其中蕴含着简单而深刻、具体而又抽象的天法、天规、天理、天道，以及许多人生的哲理。

儿时生活在长江入海口北岸的乡下，那是地图上一个最微不足道的地方，它随着季候的变化，像一条平静的小河，一直悄无声息地流淌着。长大以后才明白，小时候在家乡看到的许多自然现象，甚至是“怪象”，其实都是人生基本道理的诠释。由此想到，人可以亲近自然、融入自然，但这是有限度的，自然有其不可接近和揭穿的秘密，我们固然是宇宙中的一粒尘埃，但思绪可以进入宇宙深处，置身灿烂星河，参悟天地万物的真谛。大自然是一部天书，深广宏富，其中有数不尽的道理。

## 人生其实就是一段程序

岁月如梭，四季更替，日出日暮，斗转星移。四季更替总是在不知不觉中到来，不用任何仪式，也不用庄严宣告，当你感受到它的存在时，美景已换了一个模样。春天播种，夏天生长，秋天成熟收获，很快进入寒冷的冬天。此时，万物隐匿，正处在一个生长阶段、周期的尾声，也意味着新的生长阶段、周期的开始。天地时序周而复始，万事万物都遵循这个不变的本质——道。这是规律，无须伤春悲秋。在星斗满天的宇宙里，人类才是自然的婴儿，惬意地静卧在天地之间的摇篮里。生命在春红夏绿秋黄冬白里延续，人生在风云雨雪阳光雾霭里感受日子。

人啊，再犟你犟不过岁月，再拧你拧不过时光。从呱呱坠地到阳光少年，再从壮盛中年到垂暮老年，短暂而迅疾，就像大自然完成了一次春夏秋冬的循环。可悲的是，大自然可以反复，人生不能够重来；可喜的是，它也不需要重来。童年时代是人生的早春，天真烂漫，就像初生的嫩草和烂漫的百花，向着阳光又充满阳光，汲取营养又展现生机；青年时代是人生的盛夏，充满着火热的激情和向上的力量，让爱在蓝天和红尘里肆意舒展；中年是人生的金秋，经历社会风雨打磨，开始了冷静和思索，心境同秋天一样天高云淡；老年是人生的深冬，阅尽风月，心无波澜，老迈清闲，尽情享受生命的黄昏之美，品悟生命的过程之味。

生命是一个过程，就像在天地之间有个人类智慧达不到的灵明之地，已经为你设定好了一个程序，模块的选择很多，关闭虽然时间不一，不过都按此运行就是，去填满一大段岁月的寻常。无论走到生命的哪一个阶段，都该喜欢那一段时光，在什么样的年纪就做什么样的事情，完成那一阶段该完成的职责。春和秋、夏和冬，落叶和发芽、冰冻和融化。一切的本质都进行着宇宙的加法和减法。

我们每个人的存在、观念与思维方式，人生每一次选择，我们的全部欣悦与悲伤，都与骤变的大时代密切相关。从出生的那天起，我们的身体就被刻上了“时间戳”的印痕。

在属于自己的每一个时令里，不要留恋地沉迷过去，也不要狂热地期待未来，生命这样简简单单就好。

## 人生贵在对称中把握平衡

生活在春夏秋冬里，四季组成了我们的人生岁月。时间两岸，依次按时镶嵌着碧绿、火红、金黄和雪白的颜色，这是生命最本真的元素，这是大地最纯朴的礼赞。先人仰观俯察天地、日月、昼夜、阴晴、寒暑、水火等，谓之一阴一阳，称之奇妙的对称。细细品味，确实如此，世界上的万事万物，无论是有的还是无的，是真的还是假的，是存在的还是虚无的，都包含着既相互对立、又互相作用的对称两个方面。有天就有地，有日就有月，有昼就有夜，有寒就有暑，有男就有女，有上就有下。再如，自然界中的食物链法则也是如此，老鹰吃蛇，蛇吃老鼠；每一种毒药的附近，一定有解药。可以说，这种对称是一条适合万事万物的平衡法则。阴与阳，浑藏于天地间，蕴含着简朴而博大的哲学道理，无愧为中国古代文化哲学的文化内核。

大自然是这样，人生何尝不是如此。踏进茫茫人世间，就面临贵贱、贫富、治乱、兴衰等社会矛盾。生命原来也是充满了对称性。今天你还是刚入社会的懵懂无知的新人，跟在前辈后面学这学那，转眼间你也变成了别人的前辈；当年爷爷的大手曾经牵着我走过美好的童年，而我同样牵着他的手走过生命的最后时光，这又何尝不是一种对称。无论人的这一生是贫穷还是富贵、是高贵还是卑贱，都逃不过生命的对称。曹雪芹的《红楼梦》在写作结构上有一种大对称，全书以第五十四回为分水岭，这部鸿篇巨著，共计一百二十回，正好前一半写“盛”，后一半写“衰”。从古至今，中国人一直追求着对称美，在许许多多中国的文化国粹中，我们似乎都能看到对称元素的介入，建筑、绘画、诗歌、瓷器、楹联、图章、书法……无不如此。

如何在对称的世界里生存？关键是要把握平衡。欲望与现实之间的平衡，物质与精神之间的平衡，自我与他人之间的平衡，都要有一种平衡术。这就需要凡事都讲究个度，做事不拘泥、不偏激、寻求适度，不偏不倚、不前不后、不左不右、不卑不亢、不上不下，善于利用事物对称中的结构性矛盾找到平衡点。现实中，有些人做人做事喜欢追求极端，极端主义者虽然有时候极具魅力，可惜时间不愿意与它站在一起，他们没有看到天地一隅隐藏一只无形之手：情不敢至深，恐大梦一场；卦不敢算尽，畏天道无常。

## 人生脱离不了因果的轨道

春夏秋冬的循环不是一蹴而就，六气回旋，以成四时；五行化生，以成万物。没有一件事是偶然发生的，每一件事的发生必有其原因，这是宇宙的最根本定律。一连串的自然现象，说明一个事物是由另外一个或一些事物引起，又会导致一个或一些新事物的出现。

因果关系是一个古老而常新的问题，由自然界的特点而决定。天地间藏着生的成因、死的奥秘，更深埋着事物因果的依据和生物进化的显证。

四季更替是人类生活中因果关系和轮回变化的隐喻。每个人都有涉世未深的纯真，有成长的烦恼，有入世之后的世俗，也有对于世俗的反思和救赎，人的思想、语言和行为，都是“因”，都会产生相应的“果”。如果“因”是好的，那么“果”也是好的；如果“因”是坏的，那么“果”也是坏的。人只要有思想，就必然会不断“种因”，种“善因”还是“恶因”是由人自己决定。所以欲修造命运者，必须先注意和明了，每一个想法会引发什么样的语言和行为，由这些语言和行为会导致什么样的结果。

在这庸常的社会里，我们遇到的每一个人、经历的每一件事，都是曾经每时每刻播种的因成熟了，显示现在这样的果，当下又勤奋播种各种各样的因，将来同样要开五颜六色的花，结出不同类别的果。茫茫人海，其实，每个人都是生活在因果格局中的一个元素，你为别人做了什么，你也将得到什么，都是在一种因果的状态中维系着彼此间的存在、关系和发展。

## 人生“冬藏”未必只一次

循天时之变，一年中，春温、夏热、秋凉、冬寒气候变化，人类生产生活相对应的是春生、夏长、秋收、冬藏。时令一旦进入到隆冬腊月，簌簌落雪温情地给大地穿上棉衣。饱餐的动物们美美地睡着了，争艳了三季的野花们也都只剩下根茎藏在厚厚的落叶下面，只有白桦树还睁大眼睛寻觅着昨天热闹的痕迹。

如今蔬菜大棚遍及乡间，冬季储菜也不那么必需了。可是，以前，南京有句俗语，叫做“小雪腌菜，大雪腌肉”。大雪节气一到，家家户户忙着腌制腊肉、酸菜等。农村家家户户红薯窖里都贮藏着满满的红薯，以备在漫漫寒冬和开春二三月“青黄不接”时填饱肚皮。两千多年前，司马迁在《史记·太史公自序》篇中就有云：“夫春生夏长，秋收冬藏，此天道之大经也。”冬藏，既是大自然植物与动物的生长规律，也是人类一条养生的原则。

人生一世，草木一秋。作为生命个体，人生的春夏秋冬并不是依据年份轮回的小时序，而是遵循着仅有一始一终的大时序。幼年少年的春生，青年的蓬勃夏长，中年壮年的丰硕秋收，那之后，就是晚年的冬藏了。周而复始，依年轮回，张弛有道，盈缩有期。

其实，“冬藏”藏的就是阳气，冬季日照时间短，自然界中阳气减少；人体要对抗严寒，体内的阳气损失增加，所以必须设法把我们的阳气保存好，这就是冬藏的本质。从这个意义上讲，人生经常需要养精蓄锐、休养生息，以利新的付出和收获。只有经历，才有穿透心扉的体验；只有藏好，心灵才会有真正的解脱。纵使寒风凛冽、雾霾深锁、万木萧条，也依然有沉潜和等待的喜悦。

藏，是一种人生智慧。外露锋芒之时，就忘了峣峣易折；意气施逞之际，就顾不得“知其雄，守其雌，为天下溪”。藏气自敛，神定意闲，谨言慎行。在世俗的嘈杂中守一份宁静，在人生的浮沉里寻一种稳固。社会上，有人越活越精彩，有人越活越麻烦；有人越活越明白，有人越活越迷糊；有人越活越俊郎，有人越活越猥琐，关键是能否善于藏锋守拙。能者，天空会助你舒展；否者，峪谷挤压你的空间。“小隐隐于野，大隐隐于市”，大隐无形，不是圆滑，不是世故，而是做人的谦卑，是对命运的敬畏。人生中适时把自己“冬藏”好，才是智者所为。

## 人生要学“大美而不言”

《庄子》：“天地有大美而不言。”唯有无言才可以展示天地真实之美。天地四时美景，它们从来不说什么，更不炫耀自己的多姿多彩，可却如斯美轮美奂，这是大自然高尚的本能。四季之美，无须说什么，只要静下心来，去端详，去感受，去聆听。

得意也好，失意也罢，都不过是人们对于客观事物的主观感受，是人们对于自己所处的环境和地位的心理状态。有一颗平常心，平静如水，不为世间五色所惑，不被人生百味所迷。一半圆满，一半空虚，人生便是如此。四季始终保持淡定而从容，便会成就人生的格局、气量与胸怀，成就自然之多姿、人生之多彩。沐浴着生命的时令，聆听着生命的韵律，以一种自知的清明和谦卑的心态，散淡地待在时光里，静默、无语，仿佛听到时光流走的声音。阳光安好，岁月静美，像一张唯美的油画。在自然的大智慧面前，人类只不过是无知的小儿。

俗话说，地低成海，人低成王。有大美而不言，不仅是一种修养，更是一种智慧、一种格局。不管你是什么性别、年龄、学历、性格，或处在什么样家庭、社会环境等，或是遇到什么样的人、事、物，都要做自己本来的模样，拥有内心具足的自我。但是，这种谦卑并不是无所作为，甘于平庸，而是要像花一样，不管有没有人欣赏，一定要努力绽放。绽放，不是为了别人，是为了活出最好的自己。这也许就是我们来到世界的使命吧。

# 走进历史深处

## 盛唐留下的梦

### 一

“有梦想谁都了不起，有勇气就会有奇迹……”

在这个春雨潇潇的清明时节，当我站在作为盛世唐朝物化和精神标志的大明宫的遗址上，倾听西安曲江新区管委会工作人员介绍将盛唐作为一种品牌来经营，实施大明宫遗址保护及周边城市改造的规划时，不知怎的，耳边条件反射地响起了第二十九届奥运会倒计时主题歌《北京欢迎你》中的那段经典歌词、那个熟悉的旋律。

耳边为何有“梦”？梦回盛唐。

唐朝，这是中国人挥之不去的情结，曾被赋予了许多震古烁今的意义：它被公认为中国古代鼎盛时期，被标扬为民族复兴的坐标，被比拟为文化精神的奇葩。唐朝，这个历史上的时间概念具有多重指代：强大、开放、包容、和谐。千百年来，咏叹它的颂词、情歌，此长彼消，不绝如缕，历史学家也把最美好的颂词都慷慨地献给了它。中华民族正因为在历史长河中有过盛唐这一经历，复兴意识的潜流才与长江、黄河不息的波涛一起翻卷，流过宋元明清，一直灌入今人的心田。

大明宫，盛世大国的皇宫，曾经以绚丽的光彩照耀着世界，是那时地球上规模最为宏大、规制最为严整、规划最具特色的宫殿群。它不仅内化为中华民族的文化性格，成为中华民族的重要人文象征，而且也成为世界各国心生敬畏的东方精神圣殿，成为中华文明与世界文明的交融点和对外传播的动力中心。在这个宫殿里，我们的先人写下中国历史上的辉煌篇章，烙下中国文化的深深印记。盛唐这个朝代已经隐到时间的背后，然而那种恢宏大气从没有真正消失，使圣人垂思，使智者彻悟。

西安这座千年古城，这些年因公或因私，我曾多次涉足，只是往返匆匆，对它的印象总是以西风残照的“大西北”三个字为背景。我一直思忖着，这个被贾平凹先生称之为“废都”的城市，何时再现当年的王者之气，拉长现代文明的影子？

长安自古帝王都。西安值得向外人展示的东西很多。也许随便挖一锄下去，就能碰上一件文物；也许在田间里随便找一个其貌不扬的农民聊聊，就是一位《易经》的研习者，可能还是哪个学会的会员呢。如何让这些秦砖汉瓦、汉家陵阙等静态文物，还有那撩拨人心的信天游小曲“活”起来，成为后世西安人追寻盛唐之梦的课题。

回望历史烟波，我们这艘栉风沐雨的古国方舟，对盛唐曾酝酿过多少浪漫的追梦之旅，上演了多少艰难探索的雄壮活剧，人们壮志凌云、披肝沥胆、蓄势待发。

历史的步伐终于执着而坚定地跨过了二十一世纪的门槛，西安人又一次梦回盛唐，延伸着梦境的巨幅画卷。

在曲江，先建成了亚洲最大的唐文化音乐喷泉广场——大雁塔北广场，然后是大唐芙蓉园、曲江海洋馆、大唐不夜城，西安逐渐实现着“打造中国西部第一文化品牌”的战略规划。这是一个春天萌动的愿望，这是一个“大手笔、大整合”的宏伟工程，本来已是尘封凝固的历史生动起来，发黄的史页、远逝的人物、一千多年前的文明成果，得以与今人见面。游历过这些景点，聆听过开发远景的规划，可以读出西安重塑形象、提升品质的雄心。

仲春的风，细刷子一般在大地上涂了一遍又一遍，山脉、田野、村庄、城市都渐渐地脱褪去了黄色而微微地泛绿。百卉香浓，淑气迎人的远山呈黛色。置身于这样的节气、这样的氛围、这样的蓝图中，就算你再睁大了双眼，也难以分辨到底人在现实中、时间深处，还是梦境中。在那里，一千多年前时间的那一头，屹立着的那座著名的宫殿里透出豪华和绚丽、花香和乐声、瞬间与永恒，一个逝去的朝代在时间里变迁、空寂与沉默，我感受到绚丽的盛世之梦。

## 二

“丹殿据龙首，崔巍对南山。寒生千门里，日照双阙间。禁旅下成列，炉香起冲天。辉辉睹明圣，济济行俊贤。”

这是唐代诗人韦应物生动描述当年大明宫盛况的诗句。可以说，唐朝浪漫而灿烂的诗意生活盛宴，以及形成的性格与雕刻的气质，很大程度上浓缩在这个大明宫里。

从有关史料上获悉，大明宫形势爽垲，俯临全城，声名显赫，举世无双，令人惊叹，震惊眼球。它是整个唐朝、整个长安的核心和枢纽，比现存的北京明清紫禁城大四十四倍，亦是天子圣位至尊至贵的标志。仰观宫阙耸立气势昂然，开眼高低四围灯火灿烂。就是现在，我们目睹这座大国盛世的皇宫，或是无论电脑制作的还是宣传画册的图像，都能感到它的气宇不凡，宛若仙境，如梦如画。

无独有偶，大明宫这个响亮的名称，本身就来自于一个梦一样的故事。

公元626年“玄武门之变”后，秦王李世民做了皇帝，是为唐太宗，他尊其父亲李渊为太上皇。也许是他的这个接班充满着血腥，为了弥补内心一点愧疚，便降旨在城北龙首原头的高阜上建造一座临时避暑的夏宫，起名曰“永安宫”，供养太上皇安度晚年。谁知，天不遂愿，工程刚刚破土动工不久，李渊就因病呜呼哀哉了。太宗想，既然父亲未能住上，就造给母亲住吧，也算是尽上一份孝心，于是永安宫得以继续建造下去。

相传有一天，施工的工匠们正在挥汗如雨地挖掘大殿的地基，突然地下放出了耀眼的金光。由于大家没有见过什么世面，心生疑云，不敢再挖，便去禀报了太宗。太宗亲临工地，命工匠们继续挖下去。不时，忽见一物光芒四射，耀人眼目，大家细致一看，原来是挖出了一面巨大的古铜宝镜。史载，这面宝镜高五尺九寸，宽四尺，面若太阳，金光闪闪，背若月亮，清辉可鉴，四周花纹古朴，尘埃不沾。太宗见到此物，也是丈二和尚摸不着头脑，以其惯有的谦逊向随行的房玄龄、魏征等群臣请教。

魏征没有故弄玄虚，也没有更多的顾忌，便实话实说了起来：

原来，这是一面传奇的宝镜，也就是著名的秦镜，以前作为国宝一直珍藏在秦始皇的咸阳宫中。它的功能说来颇具神话色彩：若从对面来照镜子，里面则映出人的倒影；如果以手抚胸，就能照见体内的五脏六腑，影像十分清晰，毫纤可见，真有点像现在医院里用来查体的彩超。更令人不可思议的是，这面镜子能照出臣子的忠奸，照出国运之兴衰。可惜，秦始皇没有发挥这面宝镜的正面功能，而是视为一种娱乐工具，用它来照宫里的宫娥彩女，而且见“胆张心动者”，全部作为有异心者而斩之。秦二世胡亥更是有过之而无不及，杀人如麻，留下了指鹿为马的闹剧、专权误国的败局，从而使显赫一时、匈奴也不敢随便摸它“老虎屁股”的秦王朝，只有十五年的光景便昙花一现，人亡政息了。汉高祖刘邦初占秦都咸阳时，萧何劝他封了咸阳宫、阿房宫等所有宫室，金银财宝、美女玉帛、钟鼎车马一律不要，仅仅装走了秦宫里的所有图书卷轴，再就是这面镇国之宝。这面宝镜，使汉朝得以延续数百年。汉末，群雄争霸，秦镜不知流落何处，谁知数百年后的今日竟在龙首原上再次出世！

说到这里，魏征不失时机地向太宗深深地鞠了一躬，并贺喜道："今日秦镜出世，预示着大唐江山万古长青，此乃陛下齐天洪福所致，臣特贺之！"没有想到，太宗听后并未喜形于色，而是推开两个内侍抬着的秦镜，神情凝重地说："朕要此镜何用？朕早就得到一面胜于秦镜千倍万倍的明镜了！"听到这里，魏征心领神会了，在一旁的房玄龄却不解地问道："陛下的明镜何在，指予微臣一睹为快？"

太宗手抚着魏征之肩说："魏爱卿者，朕之明镜也！房爱卿，你说是不是了？夫以铜为镜，可以正衣冠；以古为镜，可以知兴替；以人为镜，可以明得失。魏爱卿常进谏于朕，使朕得以明得失兴替，难道不是朕的一面高悬的明镜吗？为记今日君臣们明镜之会，朕特改此永安宫为大明宫！"

顷刻，众臣与工匠们一并欢呼。大明宫遂得名，并且名扬天下。

从此，曲江水畔，盛装的女子明眸皓齿，丽影翩翩。堤岸曲折多姿，桃红柳绿，处处烟水明媚，蝶舞花飞。青山环抱着碧水，红瓦偎依着翠柳。四季的鸟儿，为这个最神秘也最华丽的宫殿演出了节奏均匀、声韵和谐的乐章。

这个如梦般的故事是否属实，已是无从考证，也没有必要去考证它。通常情况下，被演义的成分，常常是人们内心向往的精神价值取向。后人将这个故事讲了千余年，是因为"以人为镜"蕴含的是民主、是和谐、是进步。大明宫落成启用的那一天，有没有搞什么剪彩仪式，或者举行其他什么活动，现在已无从知道，但"以人为镜"的禀性已经注入它的灵魂。正是这种禀性，铸就并强化了唐朝深邃的灵魂；正是这深邃的灵魂，演绎了这个时代的大时空、大跨度、大人物、大手笔、大繁荣。也正是游离了这种禀性，演绎了那个时代的大悲壮、大苍凉。

## 三

大明宫早已不复存在了，断壁残垣皆已卷在飘摇的白绫中，消逝成风，荡然无存。只有几处础石遗迹，似乎告诉人们那些宫墙庭院承载过的悲欢离合、叱咤风云，诉说着长相厮守的美好期望。

“盛世”是一个充满诱惑、令人仰慕与神往的历史名词，它的生命不只是时间意义上的生命，更是一种精神生命。之所以这样说，是因为盛世气象是不太容易形成的。在我国数千年的历史长河中，可以称作盛世的，基本上也只有屈指可数的几个。其余，大多都是些平常之世或者衰乱之世。难怪，无论是古人还是今人，都要把“欣逢盛世”视为莫大的幸运了。

盛唐时期的人们是幸运的，因为他们就像德国诗人荷尔德林曾在诗里写的那样：“人，诗意地栖居大地上。”千年之后我在这片神奇的土地上，纵目天地，感受它的流风余韵，怀想着这遥远的往事。

其实，编织这盛世之梦，不仅仅是黎民百姓的向往，在“普天之下，莫非王土，率土之滨，莫非王臣”的封建朝代里，更是“家天下”观念的帝王孜孜不倦的追求。可以说，盛唐之梦就像是一场圆舞曲，由帝王、百官、文儒、军人、商贾、百姓等和谐地演奏着，是集体智慧、集体努力、集体协作的结果。有人立身燕山骏马，飞驰于大漠；有人于晨露蝉声中，高洁自信于旷野；有人把酒临风，笑对宦海沉浮；有人冷眼灯红酒绿，挥袖怒目。所有这些，都给后人展现了一幅迷人的历史画卷。

唐太宗是盛唐之梦的启幕人。有关他的故事，一直到现在还活跃在稗官野史的闲谈话语里，成为了一个光鲜的符号，定格在历史的记忆中。唐朝在他手上开始兴盛，因素很多，举其大端，“民本”执政理念是关键。当时的说法叫“民为邦本”，现在便是人们耳熟能详的“以人为本”。他有如此高的认识，制定的政策，便围绕这个思想，贯穿这个思想。

唐太宗主政时期，在经济上执行轻徭薄赋的政策，政治上实行大刀阔斧的改革，整顿吏治，虚怀纳谏，使经历了隋末唐初十多年社会大动荡、经济一片破败的社会，逐步呈现经济繁荣、民殷财阜的图景。有了“民本”的责任心，登基不久，他就对整个朝廷的结构进行调整。如何把手下的有才之人分别放在什么位置上，才能够成为一个最合理、最有效的组织结构，是他当时考虑最多的一个问题。他深知“致安之本，惟在得人”，而人才又必须以德行、学识为准。他锐意经籍，大兴文治，“解戎衣而开学校，饰贲帛而礼儒生”，为发展他所经略的伟大事业服务。

在一千多年前的这个世界里，在以阶级划分的封建社会里，世界上没有哪一个国家像中国唐朝那样，已有一套朴素的“以人为本”的执政理念。对于统治阶级来讲，能有这样的思想在当时并不多见。盛唐之梦的形成，跟这种思想有着密切的关系。大明宫存在的二百七十多年间，共有二十多个皇帝在那里理过政，兴盛与衰败，荣耀与屈辱，都是“民为邦本”这个执政理念贯彻效果的直接反映。

这里，特别需要说一下武则天。这个中国古代历史上唯一的合法女皇，现代史学家对她的功过还争论得喋喋不休，但有些史实是不争的。在她身上，既有封建时代男性皇帝所有的优点和缺点，也有男性帝王所没有的优点和缺点。她对待政敌绝不手软，但还比较关心民生。她创立了史无前例的中央专职信访机构——匦使院，类似现在被许多领导干部作为联系人民群众桥梁与纽带的专职信访机构，首开了一条使民间下情直达中央甚至她本人的通道，掀起了一个历史上中央集权高度重视信访活动的高潮。在此期间，她主持并相应建立了比较正规的信访制度，如地方官员不得查询上访者的投书内容；接待人员在受理上访时，须及时办理，不得有任何延误；上访者如投书，须备送两份，正本呈给皇帝，副本交由知匦使办理或存档。相传，匦使院中的“匦”是用铜材制造的，结构极其复杂，一般人无法打开，有点类似现在加了锁的“举报箱”、“意见箱”或“投诉箱”的意思，不过结构要复杂得多。她进一步发展了科举制，创立了殿试和武举。通过科举、自举和别人推荐，选拔了一批杰出的人才，成为武周政权的中流砥柱。与其说“武周革命”断送了李唐江山，不如说是更加繁荣了李唐王朝。大明宫，因为有过这位女皇的倩影，使盛唐之梦多了一份让后世瞠目结舌的靓丽。

唐朝的官员维系着盛世之梦。在官吏这个庞大的队伍中，古往今来，都混杂着一批平庸世故、溜奸耍滑之辈。这些人，常常是该说的话不说，一味敷衍；该干的事不干，推诿扯皮；该负的责不负，谨小慎微，就是生怕丢掉乌纱帽。一个朝代敢于负责的诤臣与溜奸耍滑的庸吏的比例，很大程度上决定着这个朝代的兴衰。在唐代特别是唐初时期，君明臣直，敢于负责的官员是占了绝大多数的。只有在盛唐这个比较宽和的时代，才能允许像魏征、房玄龄等这样一批光彩夺目的大臣进入体制，而那个时代的官员敢于负责，敢于抗上，敢于坚持真理，依照事实说话。他们为了国家兴旺而投入了自己的全部精神、感情甚至生命。一个国家如果没有让诤臣能够脱颖而出的机制，不能把最优秀的诤臣选拔出来，重要的领导职位不是由诤臣来担任，是不会有生机和活力的，自然也难以长治久安。这是历史的“显规则”。

唐朝的文人书写着盛唐之梦。唐朝宽容的政治气氛，造就了一个文化的鼎盛时期。梦回唐朝，千年萦绕，最令人心驰神往的，是唐帝国恢宏自信的气度和繁荣的文化景象。诗歌的浸润，胡风的影响，音乐歌舞的盛行，书法艺术的臻至极盛，民俗生活的丰富多彩，多种宗教形态的交融繁兴，各种文明的输出与输入，在中华帝国的土地上长成出一个无比辉煌、无比强盛、无比荣光、令人心眩神迷的文化世界，使得此后近千年的异族入侵，尽管都是气势汹汹而来，最后还是来向华夏文明投诚了。正是这一空前盛世，造就了一代伟大的诗人，产生了闻名中外的千古绝唱——唐诗。反过来，这些诗歌又无不都是这一旷古盛世的政治、经济、外交、文化、道德等各个方面的写照。唐代大多数有成就的诗人都有过入仕的经历，李白、白居易、李峤、贺知章、王翰、王维、杜甫都曾在中央政府任职，光耀千古的名字和光耀千古的诗篇、散文、书法，那是盛世文化“奢侈”的景象。

唐朝的军人铸就着盛世之梦。贞观之治的一大内容，就包括这种兼容并蓄的大唐雄风和气吞万里如虎的尚武精神。唐朝军队是中华历史上农耕文明政权唯一指挥过多次远征的军队。贞观九年唐军远征吐谷浑，贞观十三年唐朝出兵高昌，天宝六年，唐将高仙芝率步骑一万人远征小勃律国……唐朝领土在鼎盛时期西北至里海，北部包括今贝加尔湖及叶尼塞河上游，东北达日本海。自唐太宗继位后，国家人口、经济得到快速增长。随后，唐朝开始在东亚崛起，并很快达到鼎盛时期，强大的国防令周边震撼，中亚诸多小国相继臣服纳贡。至今许多国家都把华人集中聚居的街道称为“唐人街”，这可看出唐朝在世界上的深远影响。秦叔宝、尉迟恭、程知节、郭子仪、李光弼等叱咤风云的名将，至今还威武在盛唐的梦中。在残酷竞争的世界，武功与文治是一对孪生物。国家对武功建设的思路和手段的调整，迟早相应地反映在文治中。不论武功与文治方略调整孰先孰后，文治必须依赖于武功是一个不争的事实。否则，再繁荣的经济，再灿烂的文化，也必将沦为一堆破碎的瓦砾。

唐朝的僧侣们擦拭着盛世之梦。唐朝前期的宗教政策比较宽容，中国传统两大宗教——佛教和道教都有较大发展。虔诚的高僧们“两眼直下三千字，胸次全无一点尘”，为弘佛法远渡重洋。他们无所畏惧的奋斗精神和卓越的文化成就，在世界历史上写下了光辉篇章。唐朝初年，高僧玄奘远赴天竺取经657部，朝廷在此兴建了大雁塔来保存这些佛经。正是在盛唐时期，中国佛教逐渐把佛家的五戒十善与儒家的仁义忠孝统一起来。唐初李师政在其《内德论》中就说：“佛之为教也，劝臣以忠，劝子以孝，劝国以治，劝家以和。”唐代名僧百丈怀海始创，后历代均有所损益的《百丈清规》更大讲“忠”“孝”，与儒家思想进一步结合。唐朝高僧的出世是“不离世间觉”的，从而自觉有效地承担起净化世间的社会责任，使盛唐之梦更加清澈、明亮。

唐朝的子民们陶醉于盛世之梦。“忆昔开元全盛日”“物华天宝，人杰地灵。”盛唐时，国内经济繁荣，丝绸之路将中原的特产远销世界，边贸兴旺，四海来商。史书上记载的那时老百姓安居乐业的场景，是“马牛布野，外户不闭”“商旅野次，无复盗贼”，农业生产则是“风调雨顺，年登丰稔，人无水旱之弊，国无饥谨之灾”。由于连年丰收不断，出现了“斗米三四钱”的现象。仓廪实而知礼仪，物质生产异常丰富，百姓安分守己，遵循法度，阶级矛盾比较平和，社会治安空前绝好，夜不闭户，路不拾遗，呈现出一派和谐呈祥的社会安定繁荣的景象。一个朝代能达到这样自强而不防的境界，才是一种真正意义上的强大。唐代人以自身的行动向后人诠释了“强大”一词的真正内涵。对于后人而言，它的表率作用是不言而喻的。

盛唐的繁荣绝不是一堆偶然事件的堆积，而是有其内在的客观发展规律。从谏如流，海纳百川，那是海的气派与胆略；群贤毕至，天列繁星，那是天的气势和力量。从而，华夏历史上出现了最浓墨重彩的辉煌时代，达到了我国几千年封建王朝统治的巅峰。盛唐之梦，实在是太迷人、太神秘、太壮丽了；盛唐之梦，的确是太博大、太遥远、太深邃了，即使再高超的丹青妙手，也难以调配出那千姿万态的瑰丽。

岁月的迷宫也会让清醒的头脑发昏，晨钟暮鼓的音响总是那样的低沉和诡秘。历史裹挟着时代的浪潮，汹涌而来又激荡而去。后来，盛唐就像一个家族一样，随着居住于大明宫的主人逐渐变得昏庸、无道、荒淫，加之围绕着一群群无耻之徒，肆无忌惮地挥霍与享受着，从而开始慢慢地衰败了。安史之乱，终结了大唐繁荣昌盛的黄金时代，盛极一时的曲江，成了一个华丽的背影，一枚多彩的烙印。正如法国大思想家孟德斯鸠指出的那样："开国之初尚讲道德，其后则整个制度屈从单一的个人意志，戕害人性，腐败成风，由是兴替得以不断循环下去。"

唐朝没了，这对史官来说倒没有什么惊讶之处，大家都有了这样一个冰冷的共识，世上没有永恒的帝国。但是，伟大帝国的消失，大一统强盛的不朽理念却已深入后来者的内心，经久不衰，难以忘怀。

## 四

闲云潭影日悠悠，物换星移几度秋。

自唐以后，历史演进，许多时间长短不一的朝代倏忽成为过眼云烟。一千多年过去了，漫长而沧桑，中华大地经历过数次四分五裂，中原政权不止一次分崩离析，但盛唐留下的梦，就像一个火把，最大限度地燃烧一个民族的潜能，指引人们飞向梦想的天际。盛唐之梦并不因故人逝去而消失，不仅永远不会消失，而且还会撞击出更加惊心动魄的美丽。一个国家对本民族辉煌恋之愈深，对时务识之愈透，随进而变，应时而动，则伟业成功的可能性愈大。

后世统治者，都在对盛唐不断地镂刻，铸成不同的图腾。追寻盛唐之梦，实现国家复兴，几乎成了贯穿唐代之后历朝历代执政治国的一条主线，人们为此前赴后继，薪火相传。否则，仅仅立下雄心，至多是获得了一份祖传遗产的合法继承权而已。赵宋、蒙元、朱明、满清，都希望再次到达这个历史的坐标，所有的政治家都把自己的国家当作一个艺术作品来不停地雕刻。帝王将相的腐朽在继续，实践赶超盛唐的理想也在继续。他们收获无与伦比的辉煌，也经受世人的审视与责问。

宋朝是与唐朝靠得最近的一个朝代，受其影响也是最广泛、最深远的，尤其在经济文化方面。北宋的京都汴梁“比汉唐京邑，民庶十倍”，“走卒类士服，农夫蹑丝履”，集市“通宵买卖，交晓不绝”。据史载，自太祖时代始，铸钱迭增到年500万的数量，其两年的铸钱数，就要超过四百年后明朝二百七十六年所铸之总和。而唐朝极盛的玄宗朝年铸币也不过32万贯。中国的四大发明有三项在宋代产生，唐宋八大家中有六家出在宋朝；宋时的五大名窑——汝窑、官窑、钧窑、哥窑、定窑，出产的瓷器精美绝伦，许多至今尚无法超越。唐朝最盛之时人口超过10万以上的城市也只有17座，而北宋末年超过10万以上的城市竟发展到52座。唐朝与宋朝的差距有多大？是17与52的差距。

然而，宋朝没有达到盛唐的坐标点，问题出在它的基本国策上。崇文抑武，使整个王朝缺少了一股精神气，军事无能，军威不振。军人的社会地位一直不高，导致许多人不想从军，不想当军人。文人很多，杰出的军人不多，名将更是凤毛麟角。由于缺乏军事人才，作为国之大事的军事思想、战略、战术就很难得到提高。统治者缺乏决断，选择了抱薪救火，面对强敌，只能屈辱求和，疆域日渐萎缩，只能花钱买平安，不能实现盛世的腾飞。宋朝大富而不强，虽然是一个庞大的经济巨人，但外患始终严重，以致后来丢失了半壁江山，连皇帝都为外族掳去，剩了个南宋，落得千年笑柄。

元朝的铁蹄踏遍了大半个欧洲。蒙元时期是中国疆域最大的时期，也是众多民族大统一的辉煌时期。40多个大小公国、诸侯并入中华版图，为中华文化的多元化和大融合大发展开拓了无限广阔的前景。元朝对历史的最大贡献还在于其行政制度中的独创：省。中国古代行政区域变化多端，有州、郡、国、道、路等，有的是行政单位，有的是税收单位。元朝创设的行省制度，是秦朝以来郡县制度的发展，也是我国历史上政治制度和地方行政区域划分制度的一次重大改革。今天的“省”这一名称，是从元朝的行省承袭而来的。

然而，元朝没有达到盛唐的坐标点，根本的原因是文化的落后导致的。统治者实行的领主分封制、工奴制等这些制度，都具有典型的奴隶社会特征。元王朝不仅赤裸裸地用法律的形式规定各族人的不平等，而且赤裸裸地宣布同种人的极度不平等。这些落后的思想和文化，导致了元朝从建立的那天起直到灭亡，农民起义就从没有停止过，成为中国历史上爆发农民起义规模最大、最频繁的朝代。

明代瞄准盛唐这个坐标点，兴起过复兴之梦。成祖即位后，武功昌盛，先是出击安南，后又亲自五入漠北攻打蒙古，以绝后患。在文治上，下令编写《永乐大典》，三年时间内即完成。永乐三年始，朱棣派郑和下西洋，规模空前，扩大了明朝的影响力。张居正辅政十年，推行改革，在内政方面，提出了“尊主权，课吏职，行赏罚，一号令”，推行考成法，裁撤政府机构中的冗官冗员，整顿邮传和铨政。经济上，清丈全国土地，抑制豪强地主，改革赋役制度，推行一条鞭法，减轻农民负担。军事上，加强武备整顿，平定西南骚乱，重用抗倭名将戚继光总理蓟、昌、保三镇练兵，使边境安然。张居正开辟的万历新政，使大明朝出现了一时的回光反照，似一个病态的巨人重新抖擞了一下，最后冲锋的几步脚印，踏出了明代史页上最后一行雄壮的省略号。

然而，明朝没有达到盛唐的坐标点，主要原因是明朝大多数的皇帝太不尽责了。用现在的话说，就是缺乏事业心责任感。所有十六位皇帝可以分为三类：第一类是开国的太祖朱元璋和靠“靖难之变”上台的成祖朱棣，这两位虽然残暴些，但仍算是成功的皇帝。第二类的典型是崇祯帝，他的确是很勤政，有股孜孜进取不肯认输的劲头，但那时明朝气数已尽，最后敲起景阳钟时竟无一大臣前来。第三类，无一例外受到糊涂、昏庸、残暴、胡闹、无赖等评价。整个大明王朝，除太祖、成祖、思宗三位皇帝以外，有的数十年不理政事，有的微服调戏良家妇女，还有的是喜欢做木匠的昏庸之君。结果，长期的宦官专权，官僚的腐朽、党争，导致国家机器运转失灵，农民战争接连爆发，明朝大厦顷刻灰飞烟灭。

康雍乾盛世是历史上唯一能与盛唐相比的时代。大一统是中国古代政治家追求的最高理想，也是中华民族的情结。经过一代又一代人的开拓进取，到了清朝康雍乾时期，终于实现了稳定的大一统局面，奠定了今天中国的版图。这个成就来之不易，堪称超越千古。中国今天人口的基数以及在整个世界人口格局中所占的地位，就是康雍乾时代最后奠定的。当时中国的GDP在世界总份额中占到将近1/3。这是个什么概念呢？可以用今天的事例说明，到处称王称霸、不可一世的美国，倚恃的就是其超级经济大国的实力，而美国如今在世界GDP中所占份额不过30%。康乾盛世标志性的大型文化工程，有历时百年修成的《明史》，上承《永乐大典》、历康熙雍正两朝修成的类书《古今图书集成》，还有乾隆年间纂修完成的中国古代第一大丛书《四库全书》。

然而，清朝没有达到盛唐的坐标点，根源在统治集团狭隘的民族心理。这种心理贯穿于清朝历代的统治政策中。从大兴“文字狱”的历史中我们可以清楚地知道，当时的清朝统治者担心汉人造反的恐惧心理是何等严重，其宽容、其胸襟、其虚怀，不知要逊色开元盛世多少个档次。清朝皇帝封闭自守，科技、人文等不能跟上世界的脚步，却以一种夜郎自大的心态面向世界。后来，索性将国门紧紧关闭了起来。这一关，从根本上导致了中国的落伍和落后。这正应验了马克思当时在《纽约每日论坛报》对中国清朝的评判：“一个人口几乎占人类三分之一的大帝国，不顾时势，安于现状，人为地隔绝于世并因此竭力以天朝尽善尽美的幻想自欺。这样一个帝国，注定最后要在一场殊死决斗中被打垮……”同时，清代对思想的高压钳制和暴力摧残，也达到了惨绝人寰的地步。据不完全统计，顺治、康熙、雍正、乾隆四朝兴起的“文字狱”就达一百多起。其实，中国历史上“文字狱”几乎每个朝代都有，只是清朝的“文字狱”以规模最大、手段最残酷而最著名。

“夫天地者，万物之逆旅也；光阴者，百代之过客也。”李太白如是说。

沧海桑田，白云苍狗。中国人传承“天行健，君子当自强不息”的精神，追寻盛唐之梦。陶醉于盛唐盎盎然滋长的浪漫、满富灵性的诗意情怀，摘取豪放与隽秀并具的桃花，向往那光照千古的明月。盛唐留下深厚的人文积淀和亘古不变的理想追求。对盛唐之梦的追寻、传承，伴随理想、智慧、奋斗、执着……这是自唐以后，我们民族一种与生俱来的美丽。并且，这种美丽不会为时间所湮灭，反而随着时间推陈出新，愈见其光芒四射。

特定的生产力决定了特定的社会现状。追寻、延伸盛唐之梦的每个封建帝王、高官将军、才子丽人，乃至每一个不被称作“人物”的草根庶民，都彰显了他们所生活的这个时空里的奋斗和憧憬，亦不可避免地受到当时的社会现状、经济、政治，道德等各方面因素的局限。

## 五

我们以一种复杂的心情扫描民族复兴的历史，究原溯始，发现盛唐之梦一直得以长久编织，传承下来，成为一种巨大的历史惯性。这种惯性，是有着我们这个民族的思想基础和文化基因的。那就是中国古代士人，往往首先是充满人文忧患意识的思想家，从潜意识里就习惯站在时代的前列与人生的尖峰上，来考察社会现象和审视内心世界。他们或抒悲壮的豪情，或写异域的情调，或展辽阔的视野，或示无畏的信心。这些历史角色，始终以天下为己任，念念不忘经邦济世、造福于民，他们的身上，无不闪耀着昂扬进取、勇于牺牲的民族精神的光辉。

可以说，强烈的入世情怀，一直被中国知识分子奉为精神的圭臬。这是古代中国的一大特色。

公元606年隋炀帝开设科举制度，把官员选拔与读书考试结合起来，为知识分子政治理想的实现提供了一条现实的也几乎是唯一的途径。这一制度到了唐朝日趋完善、健全，此后中国社会基本上是知识分子主政。官员的选拔与升迁制度的设计，对社会精英的导向作用是很大的。隋唐以后，稍有才能与志向的人都往官场挤，即使头破血流，犹乐此不疲。文人对官职充满了复杂的情愫，一方面因为只有当了官，或者说有了官场这个平台，才体现其社会身份和地位；另一方面只有当了官，才能掌握公共资源的配置权，最大限度地实现理想，创立功业。并非古代知识分子天生就有很大的官瘾，这是古代中国政治体制催生出的社会现象。

孔子曾云："鸟兽不可与同群，吾非斯人之徒而谁与?"中国文人普遍接受儒家思想洗礼，原希望在人的本位上展开救济苍生的行动，这一份热情自然构成了积极追求功业的心态。尤其年轻文人，更是热切期待投入官场，求的是叱咤风云、左右世界，以实现济世的目的。从客观上讲，在“官本位”的社会里，知识分子一旦没有了功名，就会没有了富贵，甚至没有了基本的生活依托，这时便空有旷世的才华，只剩对四季更迭和人世盛衰的牵挂，对不断逝去的生命的依恋，只有一颗不死的心，感受无物永驻的虚无。这并不是中国古代知识分子承受寒窗之苦的初衷，却总结了他们的大多人生。

《清代文字狱档》记载了这样一则故事，使我们看到了中国古代知识分子“献身政治”“致君尧舜”的一个缩影，极好地诠释了古代中国知识分子的禀性。

乾隆四十五年七月五日清晨，广西布政使朱椿出门想去桂林城外一游。官轿刚刚出胡同，路边抢出一位老者，颤巍巍跪在路边，手中高举一册文书。朱椿心中腻烦：看来又遇到一位上访告状的。顿时感到，这个官当得太不容易了，脸上即刻现出不悦的神情。

工作人员把文书递到他手里，文书封面上题着两个字：“策书”。策书，用现在的话说，就是一份建言献策的报告。原来，这位衣衫褴褛的酸儒是来参政议政的。朱椿打开一看，端楷正书，字迹娟秀，其中内容有五条：一、请朝廷进一步减免钱粮，减轻基层百姓的负担；二、建议各地开仓赈灾，以救济贫民；三、革除盐商盗案连坐；四、禁止种烟，以利人民健康；五、裁减寺僧，减轻社会负担。文章层次清楚，用词准确，是一份有数据、有分析、有办法的政策建议书。与一般的书生建言不同，这份报告还有许多定量分析，如果不是经过深入调查研究，是绝不会写出这么高质量的报告的。

这个老知识分子为什么要拦路献策呢？原来，他感到自己读了一辈子书，眼下已六十多岁了，身体多病，眼看着朝不保夕，不甘心就这样死去，便想把自己对国家和皇帝的忠爱之情化为这一纸策书，希望得到采纳，也算不枉到人世来了一趟吧。

后来，这位老知识分子因冒犯圣讳，妄自指责当前的大好形势，以“大逆”之罪被凌迟而死，家族中的女人和未成年的孩子被发配为奴。当然，这是另外的故事了。

从性格上讲，知识分子最易关心政治，也最宜远离政治。范仲淹在《岳阳楼记》中称：“居庙堂之高，则忧其民；处江湖之远，则忧其君。是进亦忧，退亦忧。然则何时而乐耶？其必曰‘先天下之忧而忧，后天下之乐而乐’乎。”这充分表达了封建时代知识分子积极入世、忧国忧民的典型心态。有了这样的生存体验，他们的视野拓宽了，一切都在更大的背景下被重新审视，生命因此变得充实。这样的人生体验，会对失意的士人产生一股根本的支撑力量，会给他们对纷纭喧嚣说“不”的勇气。

古代文人的入世情怀还有一个特点，就是依照一个既定的传统模式来规划自己的一生，沿着由圣人设定的“修、齐、治、平”的人生道路走下去。他们关注社会、政治与民众，通过“立功”“立言”“立德”，为万世开太平。

古代知识分子的遁世，很大程度上是被入世的艰辛压垮了，出于一种人生的无奈。或者说，大多是入世不成而被迫选择遁世的。最具代表性的当数晋代诗人陶渊明。他看到了社会的腐朽，但没有力量去改变它，只好追求自身道德修为的完善。他看到了社会的危机，但找不到正确的途径去挽救它，只好求助于人性的复归。如果在政治舞台上还有很大作为的空间，也许他是不会辞去彭泽县令的，他的许多的优美田园诗句，虽然留香于中国的文学与历史的天空，在当时却只是一种无奈的叹息。

盛唐以后，为国家接近或者跨越这个历史坐标而贡献个人奋斗，是传统知识分子超越个体生命、追求永生不朽的一种独特形式，也往往驱使他们在有生之年有所作为。真正的知识分子官员，不会打“政绩工程”“表面文章”的主意，而青睐青史留名的生命价值。不仅是受儒家思想影响的人如此，即使那些尊奉道家思想，看上去远离世事的隐逸文人，其实也未尝不是在以另一种方式为自己留下身后之名。这很好理解。在历史的某个方位上矗立起功绩的丰碑，从而实现对有限人生的超越，成为古代知识分子入世参政的巨大动力。

我们说中国古代伟大诗人的时候，无论他处在社会的哪一个阶层，都有一个非常重要的标准，就是看他是不是关心社会，关心人民，关心国家，关心“天下事”。要是他没有这种忧国忧民的情怀，他可以是一位优秀的诗人，但必定不是伟大的诗人。许多诗人就是因为一两句深刻的诗句，名字流芳至今，并且还将芬芳下去。

当然，知识分子入世从政后走上歧途的人也不占少数，有时候知识与能力反倒成为了祸国殃民的利器。

盛唐之梦得以延伸，是中国古代知识分子向往的神话，而这个历史的坐标的难以逾越，则是中国古代知识分子的悲剧。

## 六

“长相思，在长安。络纬秋啼金井阑，微霜凄凄簟色寒。孤灯不明思欲绝，卷帷望月空长叹。美人如花隔云端，上有青冥之高天，下有渌水之波澜。天长地远魂飞苦，梦魂不到关山难。长相思，摧心肝。”自由飘逸、放荡不羁的李太白，对长安竟有如此的痴情。

八百里秦川文武胜地，五千年文明光耀全球。一部名为《大明宫词》的电视剧，让人们领略了大唐，记住了西安。盛唐时的古都风貌已淹没在历史的洪流中，但盛唐遗风却烙进了西安人的记忆里，不肯湮灭。西安这座历史上独一无二的城市，永恒的城市，就像一部活的史书，一幕幕，一页页，记录着唐代之前中华民族的沧桑巨变。古城墙上的砖块，犹如解读这座十三朝古都的浩繁典籍。抚摸厚重的古城砖，依然能体会到古代的筑城者的体温。对于许多怀有历史情愫的人来说，西安是崇高、壮美而不失浪漫的。每到西安，一见这古城墙，心便登时沉静下来，浸透古意。在钟楼西北方不远处，隔着钟鼓楼广场，是略小些的鼓楼，一直朝鸣钟而暮击鼓。甚至不必亲临那里，只需要略略想象一下，你就可以体会得到那该是多醉人的一幅图景。

历史的脐带喂养了昨天，也襟连着今天。当历史跨越了一千年，盛世的坐标再一次矗立于中国的土地上。历经三十年的改革开放，西安经济飞速发展，实力日益雄厚，再一次奏响了莺歌燕舞的盛世之歌。大唐芙蓉园的建设、大明宫遗址的保护、曲江周围的建设，不仅是对西安历史的负责，更是对中华民族历史的负责。这些以盛唐文化为题材，重塑我们精神家园和民族自豪感的重大工程，使长安的品牌文化超越时间的限制而涵括古今，更使长安的品牌形象永立于时代的潮头。

每个城市都有自己的性格，那是人们提到这座城市时第一时间所能想到的概括词，比如重庆的火辣、成都的休闲、广州的时尚以及北京的大气等。一个城市的灵魂，是隐匿在青墙石瓦中的叹息，是飘逝在如烟长河中的传说，是沧桑与辉煌的相互见证，是古朴与现代的华美乐章。城市的性格很大程度上是由人的性格铸成的。西安人的性格首先受秦人影响，秦人原系西部游牧民族，进入关中后，把豪爽的性格带了来。其次与环境有关系，陕西缺水，陕西人性格便相对要直硬一些。西安人的禀赋中，似乎就蕴涵着宽仁与质朴、正义与情义、血性与阳刚、骨气与精气、诚信与大义。对于西安这个城市而言，秦人的原始性格以及皇城的厚重文脉，都赋予西安这座历史文化名城深厚的底蕴。西安，就是来自黄土高原的那一阵铺天盖地的威风锣鼓，直敲得人惊心动魄。它那么倔强而又从容，具有震撼人心的力量。

西安的气质，是独特而不可复制的，是张扬而内敛的，既有典雅婀娩的诗情画意，又有气势磅礴的浓烈风采。有人说，自明代以来，保守、落后成为了西安文化的主流。但是，保守与落后是相对的，这座城市保存了许多历史久远、根植于黄土高原的独特记忆和文化精神，反而显得愈加难能可贵。西安这种地域性格的形成，是其传统主流文化的人文结晶，也源于人们追求盛唐之梦的不懈奋斗。这座千年古城，浓缩的正是我们华夏民族那古老而又鲜活的文化背影。

曲江，是盛唐气象的典型代表，是盛唐文化与艺术的宝库，是历史留给西安最宝贵的文化遗产和旅游资源。在被誉为“世界园林之母”的中华园林的发展史中，唐代曲江前承秦汉，下启明清，将中华园林艺术提升到了一个新的高度，代表了当时东方园林艺术的最高水平。曲江的文化工程，是又一扇开启民族文明的大门，打开了从古老通向现代的坦途。

透过历史层层的烟雾，回望千年前屹立于三秦大地的唐帝国之都，梦想油然而生。尽管历史的脚步蹒跚踯躅，生命之旅布满荆棘泥泞，但时代不可逆转地行进。人类每时每刻都与时代告别，把历史的陈迹抛到身后。西安人冲着皇天后土，吞吐着八荒，开创自己的新时代，以无愧于先人，无愧于这片曾经辉煌的土地。

今天，我站在西安的曲江边，仍会感到一股盛世之气从岁月的谷底升起，霎时间便沸腾了热血。是啊，面对这座千年古城，仿佛与祖先在对话，我感受到了我们民族复兴的魂魄所在。

## 七

对盛唐之梦，人们不断地追寻着、延续着。对于一个国家、一个民族而言，祖先创造的辉煌灿烂文明，是一种永恒的历史能源，永远会对子孙后代产生强大的激励作用；是一根历史标杆，标示着民族后辈所需超越的历史高度。盛唐，也许是一段绝版的历史，古代没有任何一个时段可以与之相媲美。传承盛唐精神，令其久远而不衰，发达而不败，需要有一种包容历史、直面现实、拥抱未来的时代精神。只要还有梦，复兴就有激情。梦想越是美丽，就越有巨大的牵引力。

十九世纪俄国著名作家恰达耶夫曾热情地赞美过人类历史上的伟大时期："这是一个强烈感受的时代，广泛设想的时代，民众伟大激情的时代。""所有的社会都要将其最明亮的回忆，其历史中最英勇的成分，其诗歌、其所有最有力量最丰富的思想归功于这样的时期：这是所有的社会所不可或缺的基础。否则，民族的记忆中便可能没有任何值得珍重、值得喜爱的东西；各民族也许只能去依恋他们生存其上的土地的微尘。各民族历史中这一诱人的阶段，就是这民族的青春，就是一个各民族的能力得到最充分发展的时代，关于这一时代的记忆，将构成各民族成年时期的欢乐和教益。"

我们追寻着的，永远是盛唐在历史中的记忆；我们延续着的，永远是盛唐在时代洪流中绽放的异彩。壮丽的梦境慷慨映洒，照亮华夏的子孙，留下了浩荡之气、诗情画意……没有这种追梦，哪有"伟大复兴"的号角，哪有"傲立世界"的追求。

追梦，是对历史的继承，对当今的担当，对未来的负责。当一代人完成追梦的使命，大海依然潮涨汐落，后人仍会不懈追求，追求盛唐的万千气象。在追梦的脚步中，我们将会以更高的智慧、更科学的方法、更纯洁的心灵、更美丽的篇章，抛弃那些落后、苦难、糟粕，带给人间更多的文明、更多的诗性、更多的和谐。

在西安曲江，这种追梦既不是肇始，也不是句号。审视历史发展的轨迹，朝代就像在平面上的线，直线运行比较少，更多的情况下都表现为回旋、轮转、波折、升华等形态。探索与追求、竞争与较量、拼搏与进取，一切都在不断地延续着，周而复始，繁衍不息……

追梦，带着对盛唐美丽的长虹的向往，带着对盛唐彩练的憧憬，带着对盛唐诗歌的灵犀的幻想，带着对盛唐最后一抹晚霞的嗟叹，在民族复兴的曙光里走向越来越成熟的太阳，在盛世敞开的博大的怀抱里圆梦，热泪从梦里流到了梦外。

追梦，古人与今人的追梦，我们和子孙的追梦，行动与心灵的追梦。永远牵动民族灵魂的追梦，永远激励着我们前行的追梦。

# 一个不敢有敌人的王朝

大宋王朝，一直是许多中国人向往的治世之极度。千百年来，多少文人骚客几度梦回，投奔自己热爱的宋朝，不仅如此，就是一些外国人也对宋朝有着非同一般的热恋，成为对古代中国挥不去的一种文化记忆。英国作家汤因比曾说："如果让我选择，我愿意活在中国的宋朝。"

的确，细检一下几千年封建社会，几十个大大小小、长长短短的朝代，要数宋朝时期的经济、文化和社会最为发达了。

不过不要忘了，大宋王朝也是中国历史最为窝囊的朝代，一直是汉民族一道无法愈合的"伤口"。

"繁华胜人多薄命，莫怨东风当自嗟。"繁荣与屈辱交织在一起，不得不令人们思考这样一个问题：宋朝是怎么了？

溯源究由，原因很多，致命的还是不敢有敌人的王朝心理作祟。

世上之事，常常是"怕处有鬼""痒处有虱"。宋朝不敢有敌人，但偏偏没有碰上世界大同的好运气，敌人不但客观存在，而且虎视眈眈。千年之前，在中国辽阔的版图上，除了建都于汴京的大宋之外，还出现过三个国号：一个是建都于内蒙古近郊的辽，另一个是建都于西北地区的西夏，再一个是建都于会宁的大金。他们觊觎江南沃野，而赵匡胤的后代中没有出李世民这样的一代雄主，却出了徽宗这样的大画家、大书法家。大漠一有动静，发几次兵吓吓宋朝的皇帝老儿，就有种种和盟，宋的敌人就得到丰厚的岁币。

宋与辽、西夏、金进行了无数次战争，但史书中很少见到宋为掠夺资源而对异族首先策马弯弓的记载，更没有与铁蹄已奔袭到家门口的狼窥虎视的对手有过一次像样的叫板。军力不济，国威难振。任何一个国家和民族，如果没有强大的军力作保障，无异于一条腿走路，把自己养肥了任人宰割。“和议终非中国计，强兵才是帝王才。”苟且偷生的朝廷要实现社会长期健康的发展和繁荣，谈何容易？宋朝的对外交往史，“求和”两字是贯彻始终的一条主线。

史载，北宋与北方的辽政权和西北的夏政权长期对峙，景德元年（1004年）澶渊之盟，不仅承认契丹占有幽云十六州的合法性，还每年送银10万两、绢20万匹，开创了岁币的恶例；庆历二年（1042年）辽兴宗索取周世宗时收复的关南十县地，增银、绢各10万。庆历四年（1044年）北宋与西夏议和，北宋又每年大方地“赐予”银5万两、绢13万匹、茶叶2万斤，此外在节日赠夏银2.2万两、绢2.3万匹，茶1万斤；元祐元年（1086年）司马光、文彦博割安疆等四寨与西夏，以换取西北边境的苟安。靖康元年（1126年）宋钦宗割太原、中山、河间三镇，以乞求女真贵族退兵。宋室南渡后，与金长期对峙，先后有绍兴、隆兴和议。绍兴和议规定每年向金贡银25万两、绢25万匹；隆兴年间，不仅把与金作战失败的宰相的首级函封送给金，还要增加岁币。这些和议的内容，内核是妥协退让、屈膝求和。北宋人口众多，幅员辽阔，兵力有百万之众，实力与辽不相上下，且远胜于西夏；南宋与金以西至大散关，东至淮水为界。

每次议和中能拿出如此之巨的钱财物作为贡品，不会把宋朝的财政压垮或者搞得连年赤字吗？对此，我要负责任地指出：不！我们用不着为大宋王朝杞人忧天。

追溯千年，宋朝在当时可谓超级富国了，这一点贡品只是九牛一毛。当时，中国与南太平洋、中东、非洲、欧洲等五十多个国家通商贸易。《清明上河图》描绘的繁华景象，千年后仍让西方人惊叹不已。

但富不简单地等同于强。落后就要挨打，而一个没有尚武精神、没有强大国防作后盾的民族，即使经济再强大繁荣，也同样会挨打，丧权辱国。

日子越安逸，统治者越不敢有敌人。既然不敢有敌人，就没有必要保持强大的军队了。这是宋朝最高统治者的治国逻辑，也是其推行的“重文教，抑武事”的基本国策的心理基础。开国初期，在整军方面就采取了这样几条实实在在的“抑武事”的措施：第一步是通过“杯酒释兵权”的方式剥夺中央及各地节度使的兵权；第二步，派文臣到地方任职，剥夺节度使的行政权；第三步，派专人任转运使，剥夺节度使的财权。这些制度和措施的实施，使得汉民族历史上的文武力量发生了一百八十度的改变。在宋朝之前，每个朝代初期掌权的大多是军人出身，或者是军职出身。在中央，太尉、将军等的权力是可以和文职宰相抗衡的，甚至由军人出任宰相。而从此时开始，军人的地位开始降低，汉族人的政治完全由文人掌握，宋朝历代的掌权者几乎无不是文人，甚至兵部都由文人掌握。这种改变使得中原很难再有力量抗击外来侵略，失去了炎黄先祖的血性，不仅猎性无存，反而引来了列强，成为被猎取的对象。

通常情况下，一个新的政权诞生之初，总会呈现群英聚会、大气磅礴、尚武成风、气焰正炽的景象。宋王朝却是个例外，从赵匡胤黄袍加身起，宋代帝王就以自身的行为鼓励人们追求和熙富足的生活，保持温文尔雅、端重持默。这方面，宋真宗不啻身体力行，亲自创作《劝学诗》，教导百姓：“富家不用买良田，书中自有千钟粟。安居不用架高堂，书中自有黄金屋。出门莫恨无人随，书中车马多如簇。娶妻莫恨无良媒，书中自有颜如玉。”亡国皇帝赵佶，论当皇帝，只是一个庸君，论文化造诣，却是一流的书画家。

最高统治者关注的焦点，通常是社会力量汇聚点。宋时，文化发展到空前高度，欧阳修、范仲淹、苏东坡、王安石、司马光、柳永、辛弃疾、李清照等大家灿若星河。大小官员，对咬文嚼字、卖弄文采、风花雪月、浅斟低唱乐此不疲，以附庸风雅为能事，而一遇国家危机却推诿扯皮，束手无策，甚至奴颜婢膝，卑躬屈节。

没有文化的社会必然是落后愚昧的，但绝对地推崇文化并将它放置到不适合的地位，必然会使文化掉头走向自身的反面，成为社会的肿瘤。宋代的科举制度极大地扩大了中下层地主阶级知识分子进入仕途的道路。中举后的优厚俸禄，也极大地吸引着读书的文人们。这确实培养出一批名臣，但官员质量也良莠不齐。一些无德无才或有才无德的家伙，在宋代得到了重用，如蔡京、童贯、朱勔、梁师成、王黼、李邦彦六人，在民间声名狼藉，被斥为六贼，在赵佶眼中却都是“英才”。

历朝历代，没有武功，哪有文治？没有武备，再繁荣的经济，再灿烂的文化，也会成为一堆瓦砾，不是吗？汉唐的文治就是建立在武功的基础上的。而宋时，军人的社会地位很低，大量士兵都是被在脸上刺字发配军队的罪犯。“好男不当兵，好铁不打钉”的俗语就是宋时流行起来的。在这种导向的社会氛围中，习文之风日盛，而尚武之风日衰。社会上的兵源素质差，从军事教育、军事训练上，就要花更大的工夫，而且事倍功半。在漫长的一百多年的辽宋对峙中，宋朝基本上是输多胜少。

宋朝拥有上百万常备军，宋神宗登基前禁军、厢军达到140万人，人数不可谓不多，并且开创了人类史上最早使用热兵器的新纪元，把指南针用于军队布阵作战，装备不可谓不先进。但是，基本国策的设计对社会精英的导向作用很大。由于军人的社会地位一直不高，所以导致许多人不想从军，不想当军人。文人很多，杰出的军人不多，名将更是凤毛麟角。

在残酷竞争的世界，武功与文治是一对孪生物。国家对武功建设的思路和手段的调整，文治迟早会作出相应的反应。不论武功与文治方略调整孰先孰后，文治必须依赖于武功，这是一个不争的事实。从一定意义上讲，一个国家与民族的发展和进步与自己的敌人是分不开的。

敌人，是一种努力的方向、前进的动力、追赶的对象。即使有时无法立即超越，至少可以不断追赶，不断前行。

# 壮士忠臣何处?

## 一

历代恢文偃武，四方晏粲无虞。奸臣招致北匈奴。边境年年侵侮。

一旦金汤失守，万邦不救銮舆。我今父子在穹庐。壮士忠臣何处。

——北宋·赵桓《西江月》

北宋末代皇帝宋钦宗赵桓于靖康二年（公元1127年）被金兵掳至五国城，看到被同掳于此的父亲宋徽宗写下《在北题壁》:

彻夜西风撼破扉，萧条孤馆一灯微。家山回首三千里，目断天南无雁飞。

钦宗感同身受，悲从中来。联想到往日的荣华富贵转眼烟云，充满了感伤，于是写下了开头的《西江月》词。

我们无法复制钦宗此时此刻的心情，但词句字里行间，能够读出如梦初醒般的吁叹、哀苦、凄切、惋惜。

“靖康之变”，北宋输得实在太窝囊，百万军民竟敌不过不到八万人的金军，于是悲壮奠给了为国牺牲的将士，耻辱留给了活着的人们。《开封府状》记载，金兵除了掳走两帝之外，先后把女俘分七批，从开封押往金国都城上京会宁府，并称这是折价抵款，用于战争赔偿。这可能是世上“女人抵款”的最初蓝本。其中，最后一批被抓走的女子共1.1635万人，包括嫔妃（宋徽宗和宋钦宗的小老婆）83人，王妃24人，公主22人等，总计折金60.77万锭、白银258.31万锭，另有宫女和女乐4000人算作“赠品”。由于路途遥远、风餐露宿，又一路上备受凌辱，无数妇女惨死在半途。幸运活下来的，金太宗下令分配犒赏将士，第一批就有1400名女子。统治者的无能与失误，总是以小人物的身家性命作为代价。

就这样，无奈与悲凉、战火与屈辱，撑起北宋末年残损的天空。到达金国后，金帝举行献俘礼和牵羊礼，被俘虏的宋徽宗、宋钦宗、宫妃、宗室、大臣等人都赤裸着上身，披着羊皮，去祭拜金国的祖先。仪式后，宋徽宗被金帝辱封为昏德公，钦宗被辱封为昏德侯，从此开始了两个曾经的帝王半活埋状态的囚徒生活。

九百多年后的今天，有人讲到这段烙印在历史记忆深处的磨难与挣扎，总是满怀遗憾地说，如果命运的手指不是指向金国，而是南偏几度，指向宋朝，那么从先秦开始，逐渐成熟的社会架构、文明架构，还会继续走向完善。正是因为女真人兵发汴京，早春之际便将宋徽宗、钦宗父子掳至五国城，北宋灭亡，宋金分江而治，中国封建社会历史向前的脚步从这一刻起开始放慢，甚至走上了下坡路。

家贫思贤妻，国难思良将。此时的钦宗自然条件反射般地寻思那些壮士忠臣，但也只能想想而已了。那首《西江月》如同绝笔的挽幛，悬在他异国他乡的囚房里，悬在北宋王朝的天幕上。

## 二

北宋的新政权诞生之初，与许多王朝一样，呈现出群英聚会、大气磅礴、尚武成风、气焰正炽的景象。像当年参与陈桥兵变的将领，诸如石守信、高怀德、张令铎、王审琦、张光翰、赵彦徽、韩重赟、李继勋、罗彦瑰、王彦升等，哪个不是胳膊上跑过马，拳头上站过人的血性男儿。然而，仅过了一百六十多年，朝野上下血性何在？何处再寻“壮士忠臣”？

其实，在北宋百废待兴的建国初期，赵匡胤导演的“杯酒释兵权”这场把戏，就注入了壮士忠臣被边缘的基因，并且贯穿到其跌跌撞撞的一百六十七年王朝历程。

当初，他坐上“龙椅”后总是疑神疑鬼，觉得身边人随时要反。他比谁都清楚，五代十国的短短五十三年，就有五个家族参与，八个皇帝被杀，毁灭与杀戮、速度与激情轮番上演，到底因为什么？自己兵变上位的手段很不光彩，很自然就会疑心周围的人。他太清楚自己的皇位是怎么来的了，很简单，靠的是他本人的无耻与诡计，还有众多的壮士英雄的支持。但是，情不敢至深，恐大梦一场；卦不敢算尽，畏天道无常，今天的“龙椅”，明天就有可能成为牢狱。

坐上“龙椅”的人谁都想坐得稳一些，但这要靠的是境界、是视野、是远见，而赵匡胤为了一己之利，找到赵普谋划，于建隆二年七月初九日晚朝时，上演了历史上著名的“杯酒释兵权”的活剧。他绝对不能容忍卧榻旁还有他人安睡，也绝对不想让自己的权力存在丁点儿威胁。

很显然，在这场政治博弈中，武将集团虽然失去了手中的“兵权”，但换来了皇帝赵匡胤许诺与赏赐的奢侈与享乐，对国家来说平白滋生了一些新的腐败与贪婪阶层，对百姓来说则是无形增加了更多更大负担与伤害。这样一来，众将彻底玩物丧志。比如，武将王全斌，史书上说他之前一直表现很好，为人素来“轻财重士，不求声誉，宽厚容众，军旅乐为之用”，只是在“杯酒释兵权”后，他像换了个人似的，克蜀之日，竟自己带头并放纵部下大肆搜掠蜀中。史籍有载：“侵侮宪章，专杀降兵，擅开公帑，豪夺妇女，广纳货财，敛万民之怨嗟，致群盗之充斥。”

解除了高级禁军将领的兵权，势必会空出一些岗位，怎么办？那些资历尚浅、个人威望低，又容易驾驭的人这时就成了幸运后补。这就意味着皇权对军队控制的加强，而军中再无多少扛大梁的英雄了。

世上之事，常常是“怕处有鬼”“痒处有虱”。赵匡胤的“杯酒释兵权”，成为了历史上少有的开国皇帝和开国功臣之间以这么完美的结局收场的例子。然而，北宋的国体上从此注入了难出壮士忠臣的基因，这是这出戏的最大后遗症。

纵观历史，真正的大智慧不是工于小心眼、小算盘、小天地、小格局、小农经济、小家之气的算计，而是源自广博的胸襟和无边的情怀。

## 三

相生相克、此消彼长，是世间万物的生存状态，再厉害的人或物都摆脱不了它。壮士忠臣与奸臣小人如同火焰与海水，历来誓不两立。整个北宋，巨匠如星，英雄如云，怪杰枭雄，交相辉映。时势造英雄，也必然造就英雄的天敌。

奸臣小人哪个朝代都有，但奸臣最多的当数宋朝。可以说，宋朝是奸臣泛滥的朝代。北宋从一开始，奸臣一窝接着一窝，而且一个比一个能误国，一个比一个会陷害忠臣。到了北宋末年，蔡京、王黼、童贯、梁师成、朱勔、李邦彦等欺君误国、弄权营私、残害忠良、欺压百姓，还有一些无德无才或有才无德的家伙，在那时也得到了重用，对权力有着一种销魂般的享受。他们在民间声名狼藉，被称之为“六贼”，但在赵佶、赵桓眼中个个都是“英才”，不但没有把他们的权力关进“笼子”里，反而听之任之。这样一来，奸臣就更加猖狂，为所欲为，独揽朝纲，忠良倒霉，许多本来正直的人不得不跟着奸臣随声附和，也都成了奸臣。那时，在官僚体制内最不能得到宽容的是太出众的才华，最不能得到理解的是太超常的智慧，最不能得到支持的是太完美的成功。于是，北宋的政权内部，从上到下，从局部到整体，逐渐复杂、平庸、势利了起来，哪还有多少壮士英雄能横空出世呢？即便偶有冒出，往往因爱国而生怨，因尽职而招灾，最后看透了江湖的险恶，甘愿淡出。

平时重用奸臣，关键的时候哪来忠臣？！辩证法就是这样无情，谁想自命不凡，只能说明是自欺欺人的低能。

就在“靖康之变”前夕，时任东京留守、尚书右丞的抗金名臣李纲，负责东京城的防务。他团结军民，击退了前来进犯的金兵。这样一个本是保护了整个朝廷的忠臣，却被一心想着投降的吴敏、唐恪、耿南仲等奸臣们所排斥。此时，宋钦宗不但不主持公道，反而将名臣李纲调离朝廷，并限制了他的各种权力。没过多久，北宋灭亡，李纲远在长沙，只能仰天长啸，泪流满面，再无回天之力了。

有了壮士忠臣却不懂得使用，等着徽宗、钦宗的命运就是丧钟的敲响。历史兴衰成败的秘密，往往就藏在这一个个细节中。

## 四

按照常理来说，一个时代的经济文化繁荣，客观上为这个社会各方面的人才辈出创造了条件，然而北宋是个例外。看过闻名于世的

《清明上河图》的人，一定为画中所描绘的空前盛景而赞叹，那集市上的车水马龙，那样繁华的景象是历朝历代很少出现的，但绝对地推崇文化并将它放置到不适合的地位，必然会使文化掉头走向自身的反面。

赵匡胤这个出身行伍的军人制定了决定宋朝国运的重文轻武的基本国策，这对社会精英产生了巨大的导向作用。那些大小官员平时对咬文嚼字、卖弄文采、风花雪月、浅斟低唱等乐此不疲，以附庸风雅为能事。于是，享受、逸乐、奢侈、腐化、纵情、放诞、靡费、荒淫，成为了北宋末年普遍的风气。当一个社会失去了理性，失去了对底线的把握，失去了对生存环境最起码的警惕，这个族群将变得非常危险，短视与苟且就会蔓延到社会各个角落，作为国之大事的军事思想、战略、战术就很难得到提高。

重文轻武的国策在降低内部作乱风险的同时，也大大降低了全国的尚武精神，削弱了整个社会的英雄气。科举中第后的优厚俸禄，也极大地吸引着读书的文人们。社会上文人很多，杰出的军人却很少，名将更是凤毛麟角。这必然导致许多人不想从军，不想当壮士英雄，“好男不当兵，好铁不打钉”，就是这个时候在社会上流传起来的。这种风尚自然瓦解了壮士英雄辈出的土壤和气候，犹如在绚烂的梦境中划出一条血色的伤口，整个王朝变成了一则黑色幽默。

这是一个没有英雄的时代，可能也是一个不需要英雄的时代。

## 五

凡事都有因果关系，这是这个世界最公平的法则和规律。诚如，天不是头上的虚空，乃规律也。宇宙之浩瀚，由一个个的规律组成，小至“种瓜得瓜”，大到“运动是永恒的”。可见，掳徽宗、钦宗者，非金兵也，归根结底是他们自己作的孽。

壮士忠臣的出现就像一片庄稼，只要土壤好，给其足够的阳光、养料、水分，这片庄稼一定会长得好，而且中间一定有人才脱颖而出。历史的魅力就在于，你不能忽视一件该做的事，任何环节都可能是压垮一个王朝的最后一根稻草，这是历史的铁律。

“壮士忠臣何处。”宋钦宗的哀叹是那么低沉凄迷，但这一切都是他的咎由自取，不但不值得同情，而且贻笑万世。

# 1292年，渤海湾那场台风

公元1292年，也是元朝至元二十九年。那年农历八月十六。

这天，从天文历法上讲没有什么特别，我们居住的这个星球正分秒不误地完成它的自转；但回眸人类历史长河，这是一个极不平凡的日子，因为斯时一个已经尝到海运甜头的东方大国的航海梦被撕碎了。不仅如此，元世祖忽必烈，这位曾在辽阔的草原上驰骋千里的第五代蒙古大汗，还下了新的一轮禁海令，使已经启动驶向海洋的中国这艘巨轮又缓缓地抛下了铁锚。

至此，走向大海的一次机遇，与中华民族匆匆邂逅却又擦身而过，刚刚闪出的一道窥见海洋的历史门缝，又被紧紧地关上了。

这一切，都归咎于渤海湾上一次偶然的台风。

历史的拐弯，常常是从不经意的事情开始的，类似元朝初期与航海兴国错过这样的瞬间时有出现。1904年7月，英军能够顺利占领西藏江孜，直接的原因是一名藏兵装填火药不慎，引起山上火药库爆炸所致；一张报纸决定命运——正在长征途中的红军选择到陕北落脚，这已成为了多少年的佳话。

乍一看来，似乎是一个不经意的事情决定了一个国家、一个政党、一个民族的命运，纯属偶然。其实，仔细一想，偶然中带有必然。

回到渤海湾那场台风刮起前后。

元朝建国伊始，忽必烈为了确立中央集权政治，恢复正常的统治秩序，采取一些有利于农业和手工业生产的措施，让社会经济逐步恢复和发展，从而边疆地区得到开发。战火徐徐熄灭，鼓角渐渐远去，全国得以统一，初步奠定了国家疆域的规模，民众得到了休养生息，国内各民族间的经济文化交流又开始频繁了起来。随着元朝国家机器的完备，全国的统治中心——大都城，以首善之区的特有魅力，吸引四面八方的有志人士，人口像吹气球似的膨胀了起来，骤然超过40万人，这对当时总人口只有5500万的国度来说，是一个不小的数字了。人丁兴旺当然是件好事，但随即面临着这样一个难题：哪有这么多粮食来养活他们。运河长达5000里，东南至大都弯子太大，一艘漕船从江南至都城所费时间太久，并且耗资巨大，朝廷对此十分焦虑。

至元年间，京师几度粮荒，引发居民的骚乱。成群结队的饥民涌入大都城，米店纷纷挂出无粮可售的招牌关门停业，不法粮商乘机哄抬米价，饥民只能望米兴叹而无可奈何。常言道：饱暖思淫欲，饥寒起盗心。此时，无数在饥饿的死亡线上挣扎的天子脚下的皇民也顾不了什么面子了，求生的巨大欲望促使他们铤而走险。没有钱买就去抢，只要米店开业，饥民便蜂拥而至，一抢而光，官府虽禁也不可止。于是，京师的米店，无论有米无米，均皆停业。整个大都城陷入了无粮的恐慌之中。

于是，忽必烈采取了“两手抓”的办法：

一手是将规模宏大的引水工程择日开工，以期通过运河漕运减轻粮荒的压力。在开工那天，朝廷除了调集大量士兵和民夫，还命令丞相以下的所有在京官员都要到工地上去参加义务劳动，以示各级对这项工程的高度重视。按照水利专家郭守敬的规划设计，这条人工河先在昌平县白浮村北修筑堤堰蓄水，然后沿着今天京密引水渠白浮以西地段的大致走向，挖掘河道，引水向西、向南，沿途汇入一亩泉、马眼泉之水，经瓮山泊（今昆明湖）自西水门入大都城，环汇于积水潭，再向东、向南，出南水门，合入旧运粮河，直抵通州。

另一手是采纳太傅丞相伯颜的奏请建议，按照元军攻破南宋都城临安后搬运亡宋库藏图书籍物等走的海道，沿此道漕运，以解京都困危。忽必烈十分明白，通过水路运粮，既减轻了夫役的劳动强度，也节省了数量可观的脚费。至元二十八年十一月，当忽必烈得知当年海漕运粮达210万石时，兴奋得从龙椅上蹦了起来，连忙说："这样一来，朕看完全可以罢江淮漕运，就用海道运粮了。"

开发海运，发展航海，这在当时是需要何等非凡的气派和卓越的才情啊！也许忽必烈当时并不深知这一决策的意义，但事实上拉开了中华民族真正与大海打交道的伟大序幕。

艰辛的航海表明，只要迈出一步，接着就会有傲睨大海的第二步、第三步。因为，大海的魅力是无从抗拒的，它吸引每一个走近它的人！真是那样，太平洋东岸这个伟大民族、伟大国家，一定会以巨人的步伐走向海洋，迎来壮阔时代！为什么呢？套用现在的一句流行语：开放必然会促进革新，而革新又势不可挡地推动更深层次、更阔领域的开放，这是一条被历史反复证明而且将继续证明下去的铁律。

这时，元朝统治者已开始考虑开辟海上航运的近期目标和远景规划。《元海运志》中记载，至元初期已有了第一条海运航线，全程在黄海沿岸逆水行舟，离岸也近，运量较小，虽然容易遇搁浅滩，但是比较保险；1292年开辟了第二条海运航线，在《元海运志》中有记载，此航线部分地避开了近海浅滩暗沙，也部分地避开了黄海沿岸流，而部分地利用了黄海暖流，在夏季还利用了南季风，航行时间大为缩短；忽必烈计划在一年后，于1293年元殷明略开辟第三条航线，在《元海运志》中也有记载："殷明略又开新道，从刘家港入海，至崇明三沙放洋，向东行，入黑水洋，取成山，转西，至刘家岛，又至登州沙门岛，于莱界大洋入界河。”该航线几乎完全摆脱了黄海沿岸流向，并充分地利用了黄海暖流和夏季偏南风。现在通过对这三条航线比较，尽管并未标出这些海流流向，但也可以看出中国古代航海家已经认识到如何避开或利用海流以便于航行。

对于这样美好的计划，骨子里“家天下”的观念比不锈钢还顽固不化的忽必烈，能不思绪万千，心潮澎湃，激动不已吗？随即，他朱笔一挥，钦点有关朝廷官员，调集军队、工匠开始组织实施了。

王者的意志，就是士兵前仆后继的誓言，就是民夫和百姓的劳动号子。一时间，渤海湾人山人海，海涛声和号子声交织在一起，木作、铁作、舟念作、篷作的作业，正在流水线中有序地进行着。造船的同时，从士兵中挑选水手、组织训练，也在紧锣密鼓地进行着。如果把当时的场景绘成一幅油画，一定能让每一位观众跨越历史时空，走进至元年间已经开始的那波澜壮阔的航海岁月，感受当年那恢弘壮观的造船场景，体味英雄民族征服海洋的豪情壮志，领略一个崛起大国开放包容的大气风范，憧憬着中华民族伟大复兴的世纪梦想。

然而，这一年八月十六，一场罕见的海上台风突袭渤海湾。

午时，天气是闷热的，天空并没有一片云，每个人整个身体几乎被汗水漫流着。可是到了申时，不知从什么地方，一团团云群开始从各处游走出来了。一会儿，满天的黑云像妖魔一般在空中奔跑，雷、电和石头似的雨点互相攻击。风像一种恐怖的音乐，在不停地奏着。海上掀起的叫人心惊胆战的巨浪，仿佛要把所有的承载物统统压下去，把它切断，劈开，卷走。船只在狂怒地摇摆着，互相撞击着。

瞬间，元帝国正航行在这个区域的92艘南粮北运的船只和正在建造尚未成形的船全部被巨浪卷走，官员、军人、水手、工匠、民工，以及随船、随工家属无一生还，全部漕粮也随船沉入海底。

突如其来，卷得干干净净，冥想之中真有天嫉良机的感觉。我不禁惊叹：狂风哪，你为何这样无情地将他们揽入怀中？大海呀，你为何这样桀骜不训地张开这么大的血口？你们可知道，这次在海上的偶然发威却改变了历史走向，给中国历史留下了一道永难弥合的流血的伤口。

面对海上的惨剧，忽必烈弄海的雄心开始动摇了。对于是否继续进行航海，当时朝廷有两种不同意见。以武臣为代表的“主海派”认为：海道漕运虽有海上风险，但只要采取措施确保航路安全畅通是完全可行的，这样量大费低，其代价之小不是开凿运河可以比拟的。而以文官为代表的“主河派”认为：海道漕运远在海上，普通百姓看不见，这对于相信“眼见为实”的汉族人来说，在心理上会产生一种不安全感。运河漕运就不一样了，每一艘船都从百姓的眼皮子底下运过，看见浩浩荡荡的漕运船队，心中踏实，对朝廷也会产生一种信赖，意义不可低估，有凝聚民心的作用，意义非比寻常。

就在双方争执正酣之际，传来了郭守敬疏通运河北段竣工的消息。这条人工河自昌平县白浮村北的神山泉至通州，全长164里又140步，沿河建闸11处，共20座，积水潭上舳舻蔽水，十分壮观。此时，忽必烈刚从塞外元上都避暑归来，从这里经过，见此情景，非常高兴，命名这条河叫“通惠河”，并赏赐郭守敬铜钱1.25万缗。至此，“主河派”几乎没有受到太大的阻力便占据了上风，最高领导者把目光重新收回到规避风险的内陆运河建设上。

就这样，元初那场昙花一现的航海运动最后以巨大的历史悲剧的形式宣告流产。一个充满时代精神的前卫性的开拓精神，最终以众多的开拓者付出沉重的代价而结束。在历史航道里，驾驭帝国这艘巨轮拐弯的是元朝的皇帝，而使劲划桨的是他的子民们。这是对我们这个民族“勇敢”两字的亵渎，还是对帝王“圣明”的嘲讽？是令人唏嘘的悲剧，还是让人啼笑皆非的荒诞闹剧？

历史常常有着很强的惯性。后来，明清两朝除了永乐年间郑和“七下西洋”外，再也没有类似的远航，而“禁海令”倒是下了不少，近代中国闭关自守、衰朽没落的命运恐怕还是很难改变！

曾给我们民族带来无穷的灾祸与恩赐的大海，在塑造我们民族的性格与文化方面到底起着什么作用呢？它的暴怒与平静、它的任性与驯服、它的灾祸与福泽，全都由着它的性格吗？

由此，一个痛苦的提问开始盘桓在我的脑际始终不愿离去：难道这个在草原勇猛无比的忽必烈真的被飞来浮云遮望眼了吗？好久，我实在找不到自慰的答案，后来倒想起了梁启超一句话：为什么中国有漫长的海岸线，却没有成为一个海洋大国？答案很简单：航海有着较大的风险。到风高浪恶的海上去冒险，不如挖运河搞航运来得安稳。

是的，面对浩渺无垠的大海，忽必烈感到太可怕了。于是，干脆把它禁止了。元朝前后一共搞了四次海禁，四次关闭市舶司，禁止平民出海贸易。第一次海禁从公元1292年（世宗至元二十九年）到公元1294年（世宗至元三十一年）止。第二次海禁从公元1303年（成宗大德七年）到公元1308年（武宗至大元年）止。第三次海禁从公元1311年（武宗至大四年）到公元1314年（仁宗延祐元年）止。第四次海禁从公元1320年（仁宗延祐七年）到公元1322年（英宗至治二年）结束。我现在抄写这些年份和次数时，不能不惊叹其间的频繁与自觉。

不管怎样，我依旧相信，经济是社会的基础，政治是经济的集中表现。封建的专制体制和“官场文化”，是元朝作出放弃航海决策的终极因素。一个君王周围如果聚集着这样一批不敢合理冒险，而只知附和之徒，一定是非常孤独的，但这一定会养成君王的乾纲独断和刚愎自用。制度就是这样塑就人的性情，两者互动的关键，是游戏规则的制定者已习惯于听取赞歌和接受无休止的附和与恭维了。

渤海湾那场台风使元朝的航海停止了，并不等于大海暴虐得令人不敢亲近了。也就在这时，仍有几位外国人乘海船穿越了印度洋，那就是威尼斯的商人尼古拉兄弟和马可·波罗。他们离开中国把阔阔真护送到了伊尔汗国，又经过三年的跋涉，才回到威尼斯。后来，一个名叫鲁思梯谦的作家，把马可·波罗讲述的事都记录了下来，编成一本书，这就是著名的《马可·波罗行纪》。在那本游记里，马可·波罗把中国的著名城市，像大都、扬州、苏州、杭州等，都作了详细的介绍，称颂中国的富庶和文明。这本书激起了欧洲人对中国文明的向往。打那以后，中国和欧洲人、阿拉伯人之间的往来更加密切。阿拉伯的天文学、数学、医学知识开始传到中国来；中国古代的三大发明——指南针、印刷术、火药，也在这个时期传到了欧洲。

水资源的分布决定了世界文明的版图，人类历史最重要的事件大多发生在海洋性气候的地域。任何先进的社会制度和科学技术，都是建立在敢于弄海并不断进取的民族性格的基础上的。

这是因为，地球这个蓝色星体的三分之二的表面被水覆盖，有高达13.8亿立方公里的水。然而，这些水量的98%分布在海洋中。海水是地面物质的主体，也是它在太阳系中独一无二的神秘和美丽所在。如果不敢或不会与水特别是与海水打交道的民族，是很难长久地傲立在世界民族之林的。道理很简单，大海能将世界联在一起。如孤立于国际之外是不可能跟上世界发展潮流，难免陷入落后被动的地步，向这一规律挑战往往收效甚微甚至得不偿失。

回望人类演进的历程，大航海时代是人类历史上一个重大转折期。各大洲的国家和地区之间因为海洋阻挡而相互隔绝的状况被逐渐打破。当然，这种转折伴随着巨大的悲惨和痛苦。如果西方的航海家没有冒险和想象，没有勇于创新和敢于牺牲的博大胸襟和壮丽情怀，人类就不会用独木舟去冲浪大海，去探索大洋对岸的无穷奥秘。人类的好奇，产生冒险的冲动，人类的冒险，点燃了文明的火炬，同时向人们还原着一段历史，演绎着一个奇迹，记载着一份光荣，传承着一种精神，叙说着一个梦想。这种光芒，可以穿透时代越积越浓的迷雾。

可惜，很长一段时期以来，我们总把冒险精神视为异端和危险的代名词。

要不是至元二十九年渤海湾那场台风，或者台风袭过，元代的最高领导人有点锲而不舍的精神，迎着海上的风暴，用大海的力量开发大海的富有，也许中华民族的历史也会因此而改写！

当然，历史是没有如果的，也绝不可能复制的，它的特质只有两个字：无情。对于历史，最好的姿态是沉思。

渤海湾，年年风起，岁岁浪高。假如忽略了人类历史悲剧中的殉道者，无异是在轻践生命的本身和教训的代价；假如光知道总结而没有改正的勇气，就难以把握可能再次稍纵即逝的历史机遇，很难真正抵达现代文明。

但愿海的精神不只是我们诗意的信仰！

# 读史随笔

## 一

中国封建社会经历了两千多年，先后出现过大大小小六十多个王朝，每个王朝大体上都经历了建立、兴盛、衰落、灭亡的过程。但是，王朝历史超过七十年的也只有十个，分别是：西汉、东汉、东晋、北魏、唐、北宋、南宋、元、明、清代，占了所有大大小小王朝数的12%。

那么，这十个所谓的长寿王朝开国七十年时是在什么时候，又是处于什么样的历史方位呢？

西汉的“七十大庆”是在公元前133年，第七位皇帝汉武帝刘彻在位，时年24岁，此时已经走过了当朝33%的历程；东汉是在公元94年，第四位皇帝汉和帝刘肇在位，时年16岁，此时已经走过了当朝35.7%的历程；东晋是在公元386年，第九位皇帝晋孝武帝司马曜在位，时年24岁，此时已经走过了当朝67.3%的历程；北魏是在公元455年，第五位皇帝魏文成帝拓跋濬在位，时年15岁，此时已经走过了当朝47.0%的历程；唐朝是在公元687年，第五位皇帝唐睿宗李旦在位，时年25岁，实际掌权的是63岁的武则天，此时已经走过当朝24.1%的历程；北宋是在公元1029年，第四位皇帝宋仁宗赵祯在位，时年19岁，但刘太后临朝听政，此时已经走过当朝41.7%的历程；南宋是在1196年，第四位皇帝宋宁宗赵扩在位，时年28岁，此时已经走过了当朝45.8%的历程；元朝是在公元1340年，第十一位皇帝、蒙古帝国第十五位大汗、元顺帝妥懽帖睦尔在位，时年20岁，此时已经走过了当朝71.4%的历程；明朝是在公元1437年，第六位皇帝明英宗朱祁镇在位，只有10岁，太皇太后张氏辅政，此时已经走过了当朝25.3%的历程；清朝是在公元1713年，第四位皇帝清圣祖爱新觉罗·玄烨在位，时年已经是59岁的老汉了，此时已经走过了当朝26.2%的历程。

从上述数据分析看，这十个所谓的长寿王朝除了东晋、元朝外，开国七十年时基本上正处于如虹盛世之际，如西汉、东汉、唐代、明代、清代，当朝的历史进程处于25%至35%之间，就像电脑中重装的新系统，格式化掉之前所有的垃圾，新的系统则又充满了活力，朝代更迭的动乱留下的创伤已渐平息，日子充满希望。就是当朝历史进程处于40%至50%之间的北魏、北宋、南宋三朝也是处于繁荣之际的。这是一个个圣人云集、哲人坦陈、乐者放歌、群星灿烂的时代，是一个个需要思想并产生了伟大思想的时代。

当然，东晋和元朝有自身特殊的原因，开国七十年时不但没有兴盛起来，反而开始走上下坡路了。

在“家天下”的王朝里，通常情况下皇帝怎么样这个王朝就怎么样。盛世出现的一个必要条件是遇到政治才能出众、自制力超群的英明君主，他们强硬中不失风度，铁血中不乏柔情，坚韧与执着并重，机智与幽默皆有。但是，这样的英明君主不是随便就会出现的，时势造就英雄，也造就了英雄的对手。

从皇位世袭的代际看，这十个王朝开国七十年时，东汉、北魏、北宋、南宋和清代的皇帝更替至第四代，唐代更替至第五代，明代更替至第六代，西汉、东晋和元代分别更替至第七、九、十一代。按照中国的代际算法，七十年也是过了三代人，那时登上皇位的人基本上是生在“甜水”中的一代，没有参与先辈的开国征战。但是，那时厮杀声刚刚远离不久，他们时常沐浴着“创业艰难百战多”的耳提面命，宫殿里还是有血性存在的。因此，他们既有庙堂之上的开阔视野，也有温柔之乡的沉浸。何去何从，取决于帝王本人的志向与情趣了，而这些恰恰对日后的施政有着着巨大的影响。

再从年龄上看，这十个王朝七十年时当朝的帝王平均只有24岁，处于离生命源头最近的码头。那种接近本质的激情与热情，鼓胀着生命原始的冲动与力量。

客观上讲，封建王朝到了开国七十年之际，由于当局初期采取了包括土地问题在内的一系列缓和社会矛盾的做法，战争给经济造成的创伤早已得到了医治，社会财富有了较大的积聚；新王朝诞生之际，社会各种力量角逐，阶层和势力重新洗牌，过了七十年后，尘埃落定；每个繁荣的文化必然依靠一个强大的王朝，每个强大的王朝巩固也必然借助于一个繁荣的文化。封建王朝开国七十年之际，社会环境比较安逸，文化不断兴盛，唐朝和两宋尤为如此，人们在颇有诗意地生活。

西汉从汉高祖刘邦到汉武帝，从王朝建立到国力鼎盛，我们掐指一算，这中间大约也就是七十年。那个时期，南平两越、北伐匈奴、经营西域、通西南夷、东定朝鲜，建立了空前辽阔的疆域，是西汉的极盛时期，奠定了中华的疆域版图。唐朝也是如此，开国七十年之际，已与当时的阿拉伯帝国并列为世界上最强盛的帝国，声誉远扬海外，与亚欧国家均有往来，是公认的中国最强盛的朝代之一。

北宋虽然被人们认为是文弱的时代，但开国七十年前后正处于“仁宗盛世”之际，全国人口已经达到1246万户，净增了379万户，增长的户数相当于唐贞观年间全国总户数。同时，还出现了欧阳修、苏轼、包拯、范仲淹、寇准、沈括等众多文人志士，他们都成为名留史册的杰出人物。在唐宋八大家中，除了韩愈和柳宗元俩人，其余六人都在宋仁宗时期活跃。

一个王朝能够撑过七十年，本身就很不容易，有许多正能量催生了它的兴盛之势，这不是历史的巧合，而是被证明了的历史规律。

## 二

包括政治风险、经济风险、军事风险和社会风险等在内的执政风险，就像“历史幽灵”一样缠绕着这些所谓长寿王朝的国运而不放，甚至总是相依相伴。

历史上一些胸有抱负、冷静执着的英君明主在国家初定或者繁荣伊始，风险意识总是渐行渐烈，一直在思考着如何让天下百姓尽快安居下来，让江山社稷尽快得以巩固。比如，康熙平定三藩后对“盛世”两字并不那么感兴趣，当初群臣请上尊号，康熙明智地拒绝了。他说：“贼虽已平，疮痍未复，君臣宜加修省，恤兵养民，布宜德化，务以廉洁为本，共致太平。若遂以为功德，崇上尊称，滥邀恩赏，实可耻也！”正是这种难得的清醒，才有了以后一系列正确政策的出台，使得康雍乾盛世持续时间长达一百三十四年，打造了中国古代封建王朝最后一个统治的最高峰。

但是，时代的“接力棒”交到了他的儿子雍正和孙子乾隆手上的时候，也是“盛世”声音叫得最响的时期。可惜的是，那时实施闭关锁国政策，政治的腐败与社会矛盾愈演愈烈，各种衰败之象已经逐步显露出来，而清廷社会统治和管理能力日渐衰微，乾隆后期各种民变相继爆发，也标志着清朝开始走向衰落，使“盛世”成为中国封建社会的回光返照。

当历史的车轮碾过开国七十年的门槛时，作为当朝的当局者应当像康熙那样，善于见微知著，堵住溃堤之穴，站在风口浪尖紧握住日月旋转。只有善于把握时机的人，才能将每一个稍纵即逝的机会牢牢地纳入自己的时间表中。

前面讲到，汉武帝的确是汉朝最有作为的皇帝，开启了中国文明富强的序幕。然而，盛世的繁荣、渐增的国力，触及了他人性的弱点，于是便开始放纵享乐、荒诞迷信、穷兵黩武，造成社会经济、人口数量乃至整个国力大幅衰退。到了他执政末期，富人阶级几乎破产了，接着盗贼四起，社会动荡。

原因何在？老子《道德经》中曰："祸兮，福之所倚；福兮，祸之所伏。孰知其极？其无正也。正复为奇，善复为妖。人之迷，其日固久。"这句经文几乎所有的中国人都很熟悉，灾祸之中隐含着幸福，幸福之中潜藏着灾祸。一个王朝也是如此，从诞生的那天起，兴盛与风险就像一枚硬币上的两个面，总是相依相伴在一起，成为了一对矛盾双方的统一。当风险成为矛盾主要方面的时候，决定了社会处于显性的动荡之中，兴盛则为次要的从属的，处于潜态；当兴盛的因素战胜风险的因素，转为矛盾主要方面时，决定了社会进入安宁状态，动荡则转入潜在状态。

应当说，唐朝在武则天当家时期出现了难得的兴盛，但也给后来的"安史之乱"埋下了巨大的祸根。太宗高宗时期，大唐对周边少数民族一直处于攻势，此时唐王朝军力最盛。后来，武则天为了篡唐，杀了很多能臣猛将，使唐王朝的战斗力和威慑力锐减。少数民族见到中原政局频动，以及能降服他们的猛将纷纷被杀，于是都伺机造反，而契丹人更是打着拥护被废掉的中宗李显的名号叛乱，突厥也乘机坐大。后来，为了收拾武则天留下的烂摊子，睿宗才设置了藩镇，以御外敌。虽然在藩镇权力的扩大问题上唐玄宗负有不可推卸的责任，但根源还在于武则天留下的烂摊子。安史之乱后的大唐帝国虽仍旧继续存在了一百五十年，但有点江河日下的意味。

历史上，一个王朝在埋头开拓进取的过程之中，清醒的统治者总是以强烈的底线思维，始终盯住风险，不断发现和解决问题。汉代文景之治、唐朝贞观之治中，较少有帝王和大臣放纵自己，而是以前朝崩溃为鉴，绷紧风险之弦。相反，像在南宋之朝宋孝宗时期，大臣们称颂盛世之声铺天盖地，可谓应接不暇，林升的“山外青山楼外楼，西湖歌舞几时休？暖风熏得游人醉，直把杭州作汴州”之诗也问世于此时。那时南宋王朝已近七十年之际，王侯将相无法超越时代和自身。

历史车轮滚滚向前，时代潮流浩浩荡荡。历史只会眷顾坚定者、奋进者、搏击者，而不会等待犹豫者、懈怠者、畏难者。一方面，风险和收益的大小是成正比的，不冒点风险，不遭些挫折，“新”字就创造不出来。另一方面，面对风险不去正视，不去积极应对，奚落就会接踵而来。历史上许多君王以大度冷静的头脑，以辩证的眼光正视和应对风险，使王朝相对地保持兴盛不衰。

## 三

站在这十个王朝开国七十年时的历史节点，我们发现，一个帝国的命运、一个王朝的兴衰，都不是朝夕间的事，而是多方面日积月累的结果，有其内在的原因。我们可以用辩证的观点去研究历史，探索历史发展的规律，探讨王朝兴衰的历程，从中寻找一个个王朝繁荣过程的坐标系，每个王朝兴衰的产生，或点，或线，或面，都可以在历史的坐标系中找到其相应的位置，让人可以不断琢磨一幕幕王朝兴衰历史大剧背后的道理。简而言之，这个道理很大程度上是对“度”的把握。

首先，从治国的战略思想看。治国理政，一种是刚性的，上升到理论上讲，就是依法治国；另一种是柔性的，用现在政治家的话说，则是以德治国。这两种方略并不是对立的，应当根据不同的背景、不同的时期、不同的任务、不同的对象、不同的社会现实需求，不断地调整侧重点，切不能一个弄堂走到底。汉代初期在总结秦朝以“武功”“刑法”治国经验教训的基础上，提出了“文武并用”的治国指导方针，使人民从秦朝苛政之后得以休养生息，因此西汉初期的社会比较和谐，民风也朴实，经济很快得到恢复。然而，胜利者的最大危险是迷信取得胜利的方法，以为用同样的方法能够取得后续的胜利。就像元朝当年从草原上走来，个个英勇善战，但开国后统治者从未站在中国中心论的位置看待元朝，顽固坚持自己落后的治国思想，歧视汉人，使自己始终与占绝对优势的人口处于敌对状态。他们是这些观念的创造者，同时又是自己所创造的观念的膜拜者。这样的治国思想和思维方式根本不适合以儒家文化为主导的国度生存，因而元朝没有过上“百年大庆”也是情理之中的事。

其次，从革新的着力点看。问题是时代的声音，也是改革的动因。这十个所谓的长命王朝的诞生，本身就是当时的一次利益的重新分配，因而在初期各种新的集团的实力还不强大，利益瓜分得还不完全，大多数人还保留着进取精神，王朝如同初升的太阳，充满了生命力。到了王朝的中晚期，各种势力空前强大，利益已经被瓜分完毕，阶层已经基本固化，再进行改革势必会触动很多传统势力的利益。在这个何去何从的当口，改革者生，保守者亡。细检这十个王朝，寿命超过二百年以上的，都在开国七十年前后进行了革新变法：汉武帝不仅攘夷拓土，而且将盐、铁、酒收归“国营”，实行所谓“专卖”，史称“汉武盛世”；汉和帝刘肇将专权结党的外戚窦氏一网打尽，并实行宽刑薄赋，使东汉国力达到极盛，史称“永元之隆”；武则天着力推进广开言路、扩大仕途、加强法制、布政维新等改革，为其孙唐玄宗的开元之治打下了长治久安的基础，史称其有“贞观遗风”，号称“武周之治”；宋仁宗时期范仲淹被任命为参知政事，在韩琦、富弼、欧阳修的协助下，主导开启了为历代史家所称道的“庆历新政”。这些革新运动有的成功了，有的失败了，但对调节社会矛盾、释放社会活力都发挥了积极的作用。这也说明了，历史阵痛最剧烈的时代，往往也正是历史惰性最小的时代，此时不改革只有死路一条。

再次，从土地管理的情况看。本质上来说，中国的封建时代是一个农业社会，每个利益集团乃至个人财富的多少很大程度上体现在土地的拥有量上。王朝初立之时，勋贵等特权阶级少，战争造成人口流失严重，所以基本可以做到“耕者有其田”。随着时间推移，土地兼并激烈，贫富分化严重，这些都导致了既得利益阶层的出现和壮大，拥有土地的农民就越来越少，出现“富者田连阡陌，贫者无立锥之地”的现象。明朝开国时，朱元璋对兼并土地，造成社会矛盾的地主不手软，前后杀了有9万多。但到了中晚期，自上而下的土地兼并狂潮使全国90%以上的土地集中在大大小小的地主手中，而90%以上的人口沦为佃农和一无所有的流民。面对如此巨大的贫富反差，统治阶级由于自己的局限，无能力纠正自身的错误，亦无愿望自动退出历史舞台。民不畏死，奈何以死惧之？这样，农民起义总是一个帝国覆灭的开端！中国两千多年的封建社会，“土地兼并”是每一个王朝最大的敌人，可以说是历朝历代灭亡的根本原因。如果解决不了这个难题，要使王朝永续只是一句空话。

第四，从科举制度的作用看。“为治之要，莫先于用人”。科举制度产生于隋朝，完善于唐朝武则天时期。以此为界，在科举制产生之前，朝代更替较快，此后长命王朝相对较多，这与中国古代科举制度的日臻完善有着很大的关系。先秦时期的世卿世禄制、秦汉的察举征辟制和魏晋南北朝时代的九品中正制等几种选拔制度，都是少数贵族在少数贵族中选人，平民子弟根本难以入仕。科举制度的创立，大量起自布衣的官员加入到社会上层，由于他们的实事求是精神和完美主义追求，对牢笼似的专制政体进行不断修补、加固、完善，使得统治机器正常运转，并且平衡了社会上层和下层百姓的利益矛盾。科举制度由此而成为了“支持官僚政治高度发展的第二大杠杆”。以唐代宰相的选拔为例，据统计，共有宰相 368 人，其中进士出身的143 人，占总数的 39% 。其中，从唐敬宗以后，各朝宰相进士出身所占的比例均在 80% 以上。而元朝从开始一直就没有真正实行科举制度，直到元仁宗皇庆二年，也就是公元1313年才开始恢复科举，并且还有地域歧视、民族歧视。将尖端的人才排斥在外，试想这个王朝能长久吗?

最后，从处理文治与武功的关系看。历朝历代，没有武功，哪有文治？没有武备，再繁荣的经济、再灿烂的文化也会成为一堆瓦砾。以汉唐与两宋为例，汉唐的文治就是建立在武功的基础上的，而宋时军人的社会地位很低，大量士兵都是脸上刺字后被发配充军的罪犯。“好男不当兵，好铁不打钉”的俗语就是宋时流行起来的。在这种导向的社会氛围中，习文之风日盛，而尚武之风日衰，导致了当时社会上杰出的文人很多，而杰出的军人很少，名将更是凤毛麟角。由于缺乏军事战略人才，作为国之大事的军事思想、战略、战术就很难得到提高，连皇帝都被掳去，剩了个南宋，落得千古笑柄。可见，在残酷竞争的世界里，武功与文治是一个孪生体。国家对武功建设的思路和手段的调整，文治迟早会作出相应的反应。一个王朝要生存发展下去，必须有敌情意识，并且不断培育善于战斗的勇气和禀性，否则经济与文化无以依附。一个王朝保家卫国的军事才能，是它的立身之本、生存之本。

# 清军的弓箭

## 一

弓箭，曾经一直萦绕着清军的梦境。

站在广袤无垠的草原上，不管是谁，准会越来越深地感受到马背上的民族、马背上的军队，为什么对弓箭有着那种永恒的痴迷。不仅如此，还会自觉不自觉地沉溺于从未有过的对箭文化的揣想冥思之中。

这不难理解。世界上任何一个民族都有着自己独特的生存方式，满人依赖狩猎得以生生不息，与弓箭有着解不开的情缘。对弓箭崇拜之至的清军，曾经在这个世界上独树一帜，尽领风骚。弓箭是清军的魂、清军的根、清军心中的图腾和夺取天下的利器。难以想象，在那完全靠马匹作为机动工具的年代，如果没有弓箭，清军能越过长城，驰骋中原吗?

这种雄风和习俗，在内蒙古草原上的木兰围场里，还能真切地看到它的遗存。去年冬天我来到这里，抬眼远眺，眼前是一片林海雪原，莽莽苍苍，气象万千；雾凇玉树，无限情趣，但最能吸引人眼球的还是骑射表演，无数国内外游客和艺术家前来观光、摄影、写生，可见这种射箭惯性的历史悠远和根深蒂固。

我痴痴地伫立在积雪上，看到那些五花八门、造型各异的弓箭，重新感受到了历史的寒冽和忧伤，也体会到了这个冷兵器之王曾给这块大地带来的辉煌与狼狈。

遥想当年，天地有大悲而不言。

1840年，那个令国人刻骨铭心又对后世有着重要影响的年份。为了维护倾销鸦片而得来的暴利，英军不远万里，来到中国。那时，这些黄毛士兵已经熟练地操作起前装燧发滑膛枪了，而清军呢，只有一半的士兵使用火器，另一半仍然手执弓箭。

读到这段历史，我经常托着腮帮坐在灯影下苦想，并发出这样的叩问：为什么不是全部使用火器？是大清国没有这个财力来制造吗？翻阅了有关资料，我才敢肯定地回答：否也！史籍有载：在这场战争爆发之前二十年，即道光登基的1820年，大清帝国的总产出，用现在的专业名词应该叫GDP，还占世界总份额的32.9%，超过西欧的英、法、德、意、奥、比、荷、瑞士、瑞典、挪威、丹麦、芬兰核心十二国总产出的12%，更遥遥领先于只占世界总份额1.8%的美国和3%的日本。

那又是为什么呢？原来，清军不愿意放弃自己的看家本领和夺取天下的法宝——弓箭。

清军入关前素以骑射见长，善用马队在无火炮掩护下进行宽大正面的高速冲击。这套战术体系可以在野外攻防作战中，十分方便地大量使用骑兵、鸟枪兵和大刀队，镇压“揭竿而起”的国内农民起义军相当有效，但与武器装备和战术水平已从冷兵器文化中脱胎出来的英军作战时，其弱点或者说是短板就显得有些致命了。

按照一般常识，一个民族、一个武装集团，强项的东西总是具有先进性，也是自己的立身之本。而弱项的东西，不用说，那自然要么落后，要么过时，要么迂腐。但历史本身不一定非要依照逻辑来运行，更不一定与我们的常识相吻合，这个“老人”有时所干出的勾当常令人匪夷所思，无法说清。时过境迁，强项有时成为短板，在很多情况下，成功往往沦为失败之母。魂幡尚飘，旧调新弹，有时候胜利来得太快，江山易色也是很快，强项的两重性是每个王朝的奠基者始料不及的。

很长时间，我一直不知道从什么地方开始揭起清军的弓箭这个“伤疤”。不过，这个难言之隐，无论怎么说，我都有一种感觉，它胜过一部历史巨著。

## 二

对于清王朝，现在人们还有着几分复杂的情感。记得上初中高中的时候，听老师反复讲起大清的事儿，什么割地赔银、垂帘听政、勾结洋人……几乎让我们那群唇上刚刚长出髭毛的中学生气愤得直捶课桌，内心充满着彻入骨髓的幽怨与悲愤。从此，“腐败无能”四个字，几乎成了清王朝的专用词了。后来，史实告诉我们，大清并不是一开始就这么窝囊的，当年努尔哈赤带领八旗子弟便是弯弓驰骋于白山黑水之间，统一了女真各部的。后来，这支马背上的军队也是执着弩弓，攻城略地，横扫六合，建立了大清王朝，开拓了疆域，现在我们引以为豪的版图，不就是从那个时候定型的吗?

大凡在人类历史演进的长河中，特殊的地理位置总会孕育出所在民族生存发展的特殊文化。从白山黑水间走出来的清朝统治者，是率领军队在马背上打下天下的，莫看弓箭其貌不扬，却是他们的撒手锏，是草原子民的战场图腾，更是清军尚武进取精神的象征。

既然如此神威，不妨追溯一下它的历史与读者共享。

弓箭，是冷兵器时期的战场上古人远距离打击敌人的有利武器，也浓缩了先人的智慧。作为射箭用的器械，起源于原始社会，起初将树枝压曲，用绳索绷紧即成，以后在制作技术上不断发展，选材、配料、制作程序和规格逐步充实、精良。战国时期就有使用弩做战争工具的记载，到了秦汉时期，弩的使用达到了顶峰，从秦陵的出土文物中可以看出，弩的出现对秦的统一作出了很大的贡献！人类从远古的掷石相击到近代枪炮的大量登场为止，弓箭在战争中的作用是任何武器无法替代的。我国古代曾流传下来了许多美好动人的有关弓箭的故事，像发生在一千三百多年前的“薛仁贵‘三箭定天山’”等等。

大清立国之初，为了使子孙不忘本，皇室和八旗子弟仍自幼学习骑射，崇尚武功，并且对皇子皇孙的骑射本领要求颇高。所以，清初几代皇帝都精于骑射，均有御驾亲征、率兵打仗的经历，并喜爱参与狩猎。在木兰围场，我看到了康熙皇帝这样一组数字：一生来此狩猎48次，猎虎多达153只，曾有过一天射兔318只的纪录。可见其骑射功夫了得，扳指作为拉弓射箭之器具，自然难离其手。即便是平时，清帝也常戴扳指，表示不忘祖宗和武功。直到现在，我依然惊叹那本来没有呼吸没有知觉没有推力的弓箭，一经人们组合，竟变得那般威力无比，直穿云幕。

一个民族的智慧，一个国家的实力，往往需要一些标志性的证明，而弓箭对清王朝来说，则是能够起到这种作用的兵器领域之一。难怪乎，一代伟人毛泽东评价成吉思汗时，用了“弯弓”两字，而没有用策马、挥刀等。

弓箭是伟大的，因为它使披坚执锐的士兵所向披靡；草原是伟大的，因为它以包容的胸怀养育了一支支悍勇的军队；游牧人的性情是伟大的，因为他们的秉性与农耕文明形成了极强的互补。但是，所有的伟大，都不能成为子孙后代不思进取的老本，否则这种伟大就很有可能成为悲剧的影幕。

## 三

这个世界上只要人类还存在竞争，那些安排社会秩序的政治组织和武装集团的历史选择，就往往是由自己的敌人来决定的，这是一个说起来荒唐可笑，行起来却难以超脱的悖谬。许多执政治国的重大战略抉择，在很大程度上是受这种悖谬的支配。

公元14世纪，随着黑火药应用于欧洲战争，在人类军事史上出现了一个新的奇迹。将硝酸钾、硫黄和木炭的混合物装在密闭容器内，利用点燃后产生急剧膨胀燃烧气体的爆炸力，使兵器和兵器系统具备了比以往任何兵器大得多的杀伤力。世界近代第一次军事革命发生在16至17世纪的欧洲，滑膛枪炮取代了弓箭刀剑，宣告了热兵器时代的到来。这是冷、热兵器的分水岭，战争武器的革命性变化也是从这里开始的。我对兵器没有过系统的研究，但直观地理解，冷兵器，最大特点就是一对一厮杀，一次最多杀一个，说白了，完全凭兵士自身的气力杀人，一个万里长城就阻隔过强大的匈奴和北方腥臊；而热兵器，最大特点是人借助了火药的燃烧动力，使得一个人能杀好多人，一把手枪一次能杀十个人，一把机枪一次能杀几百个人，一辆坦克一次能杀几千人，一颗原子弹一次能杀几十万人，杀伤距离从几百米可以到几千公里以外，杀敌的效率极大提高。到了19世纪下半期至20世纪初，欧洲、北美和东亚等，后装枪炮取代前装枪炮，无烟火药取代黑色火药，蒸汽舰船取代木制帆船。

此时，祖先以武力征服了中原的大清帝王们仍相信：弓箭和腰刀才是武力之本，朝野上下还为清军的弓箭沾沾自喜，跌进了自我欣慰的虚假光环之中，同时正津津乐道于八股文章和汉学考据。清军里的那些兵痞兼政客，正把权力当作美酒疯狂地啜饮，在一片后庭花与淫歌之中谑浪笑遨。

历史总是制造一种荒唐、荒诞，既给人提供不断思考的兴趣，又令人不可思议。那些名为上实为己的狗盗者，那些只会在百步内窝里斗的卑劣者，那些“见人说人话，见鬼说鬼话”的狡猾者，有时也胸佩着英雄勋章、挥着指挥刀，志得意满地走进缀满花环的凯旋门。这莫不是我们同族人悲剧的渊薮吗？

是的！当年也许早就有人这样认为了，但不能阻止这一切的发生，因为这个舞台的背后是整整一个王朝制度。

看来，体制的弓箭比兵器的弓箭更可怕，它才是清军不思进取、被动挨打的真正源头之一。曾经再强大过的军队，也难于抵御这种落后腐朽体制的侵蚀。

## 四

对过去成功经验和胜利“法宝”执拗般的坚信，最终抵挡不住岁月的磨砺。历史的经纬里，常常缝合着这样神秘的丝线。

19世纪下半叶，清军放下了心爱的弓箭。不过，这完全是无奈的、被迫的，因为鸦片战争中已吃尽了死抱弓箭的苦头。当年成于弓箭，而今毁在弓箭，辩证法有时就是那样无情。

历史不时地在血雨腥风中摇摆着前行。

19世纪50年代以前，中国的火器技术还停留在冷兵器与火器并用的阶段，60年代以后，清政府才先后设立了包括江南机器制造总局、福建船政总局、金陵机器制造局等在内的数十家近代兵工厂局。但是，清朝是背负着很沉重的传统包袱来迎接近代军事改革挑战的。由西方人首先发展起来的军事体系代表着战争暴力的空前发展，它与中国人素来具有的军事文化观念存在相当大的差距。大清王朝无法短时间顺利调整自己的军事文化心态，这不仅给他们的内心带来巨大的痛苦，更重要的是，使他们不可能在短时间内怀有饱满的激情，积极主动投身到近代军事改革的大潮中，而是经历了一个相对漫长的过渡阶段。

弓箭文化对大清的影响，可以说渗透到骨子里了。可那时，弓箭文化开始掉头走向其自身的反面，成为大清文化的一大肿瘤。

说到这里，我想起了这样一则令人思绪万千的故事，也许是对清军弓箭文化最好的诠释。有一群猴子住在山脚下的树林里，聪明的猴子阿三就是其中的一员。有一天，阿三就和几只猴子一起爬到了半山腰，发现来这里采野果的动物比山脚下的树林里要少得多，很快便找到了足够的野果，美美地吃了一顿。过了一段时间，半山腰的果子也不够吃了，阿三习惯地向山的更高处攀登。随着高度的增加，天气越发寒冷。当它来到了山顶时一看，这里覆盖着皑皑白雪，四周根本没有果树，只有零零星星的几棵雪松。此时，阿三因精疲力竭而倒下了，很快饿死于山巅的积雪里。

这个故事虽然扯远了些，但说明了这样一个道理，初次的成功往往带有很大的偶然性，也隐藏着潜在的危险。得到第一桶金者要善于发现和总结成功的根本原因，并在制订新计划时必须着眼于新的实际，实现新的发展。如果一根筋地向前跌撞，像猴子阿三那样的失败是很难避免的。

善用弓箭，是清军一种与生俱来的品质，那种天才的光辉在特定的条件下会愈发亮丽，但他们太相信自己的感觉，太相信过去成功的经验了，然而社会一直在发生着巨变，唯一不变的就是变。随着时间的流逝，弓箭逐渐黯淡。

但是，变的那一天，实在太痛苦了，甚至比天灾还要恐怖。因为天灾的周期短，一年两年，有的至多三四年也就过去了，而这样的人祸的周期，有时是较长时间内的事情，必须等到那灾难制造者一命呜呼了才告终止。

原来，从弓箭到火枪，的确有个技术问题，但首先是一个利益分配的问题啊！

## 五

清军从依靠弓箭起家，到很不情愿地换上枪支与火炮，绝对不是一堆偶然事件的堆积，其背后有着思想、理念、习惯的因素，也显然隐藏着某种规律性的东西。

借用现在的理论来说，保持传统能够使一个国家不会在急速发展中丧失自我，而传统又经常表现为一种历史的惰性力量，对改革创新形成重大制约。当然，这种创新并不意味着全盘否定原来的一切，而是一种大规模的扬弃运动。任何瞻前顾后、患得患失，是不会创新的。

那时，清军也嚷嚷着“革新”，所谓“中学为体，西学为用”。从十九世纪六十年代平定捻军起，基于中国传统军制而发展起来的勇营，建立了以练军、防军形式的兵制，引进了一些先进装备，但仍然避免不了甲午战争失败的命运。只改技术而不改政制、只关注自身利益而漠视国家命运，是笼罩在清王朝官场上空的黑色云层。在这样的氛围中进行的那些“革新”，就像是在腰带上伸缩了两个孔而已，只是为了进一步适应自己的肚腩。只要有太多的既得利益集团存在，创新就永远是一个解不开的死结。可以试想，如果晚清统治者有剜去体制弊疾的勇气，再在这个思想精神的家园里，移植上一棵民主的树苗，让它与游牧民族原本的血性、强悍基因结合起来，重铸治国理念，重梳建军思路，重择战略抓手，也许就有希望了。

遗憾的是，晚清统治者在军队建设方面不求创新，但求无过，修修补补，得过且过。可是，历史的辩证法恰恰在于，他们越是想得过且过，就越来越难过，且终于有一天再也过不下去了。

这里的原因是多方面的，从深层次上讲，一个从来没有民生意识而只有“家天下”观念的统治集团，是绝对不会答应自己拉起的队伍摒弃过时的自己的强项；一个一向以维护王权且唯上不唯下的军队，并不习惯将国家和民族的利益作为革新的动力。只对上、对个别掌握自己升迁的权势负责，而无须对下、对民族国家负责的人所带领的军队，一旦打起仗来，如何不败呢？

艺术大师毕加索指出：“创造之前必须先破坏。”破坏什么，过时的传统观念和传统规则。如果把传统视为绝对完善和神圣不可侵犯的东西，不敢越雷池半步，那就永远不会有创新。传统有两类：一类是合时宜的、有益的传统；另一类是不合时宜的、有害的传统。对于统治者来说，既要乐于接受和继承有益的传统，也要敢于否定过时的桎梏。

浩翰的林海、广阔的草原、清澈的河流、幽静的湖泊、遍野的鲜花，置身在这样的环境里，我追逐起那曾为中华民族“雄起”过的不朽的箭魂；我在历史和现实的垛口上，眺望那段如同弓箭一样飞速而过的遗憾瞬间！

岁月乃人类自行划定的假想的刻痕。当时间揭下了贴在近一百六十个春夏秋冬的标签时，我把当年那些摧心扼腕、痛断肝肠的事儿抖搂出来，我不知道这些文字会不会惊动曾手执弓箭但被英军作为活靶子的长眠于地下的冤魂。

但我将这样的写作当成一种承担、一种责任！况且，将“成功沦为失败之母”作为标题，更是一种巨大而遥远的历史回音。这个似乎余声还在的历史回音，曾给人留下多少心头的牵念和灵魂的沉思，那悲婉的旋律、那凄楚的诀别，怎能不使后人回肠荡气，热泪潸然？

# 帝王的文化修养

一

中国历代到底有多少个帝王？说法不一，莫衷一是。

史籍有载：如果从秦始皇开始算起，加起来一共408位。如果把秦始皇以前历时八百四十年周朝的王、公、侯加进去就更多了，君有121位，公有217位，侯有23位。若再把周朝以前的商朝、夏朝60位帝王也算进去，中国帝王应该有829位。

宛如过江之鲫的中国帝王，他们的文化程度如何呢？这就可能要把绝大多数人都难住了，因为目前史学界还没有一个准确的说法。

可以肯定的是，历史上文人帝王很多，其文化水准不是用现在的硕士、博士等学位能衡量的，有的国学水平尤其是吟诗填词的功夫，可能当下没有几个人能媲美。不过，历史上文盲帝王也不少，有的甚至是目不识丁的无赖、流氓。

当然，这里所说的文化，很大程度上是指文学艺术修养，并非宽泛意义上的文化。现在对文化这个问题说来很复杂，仅有据可查的定义，统计出来就超过了一百六十多种。许多复杂的问题，其秘密往往隐藏在简单的、基本的事实中，“文化”的第一特质还是娱悦性。

从封建社会朝代更迭的特征来看，一般情况下开国帝王的文化都比较低，或者干脆是大字不识一斗，而那些坐在末代龙椅上的主顾，还是很少有文盲的，甚至有的文学才情相当的高。可以说，论当皇帝，他们只是一个庸君；论诗人，他们却是高居上游。

这说明了什么呢？难道说文化与治国是相悖的吗？否也！

于是，有这样一个问题开始盘绕在我的脑际：文化与治国的关系。

“普天之下，莫非王土”。中国历史上最重要的莫过于皇帝了，因为他们是专制社会的最高统治者，其作用大于任何名臣良相。他们的文化素质如何，对国家和民族实在是太重要了，有时候命运前途都押在这个“宝”上。文化，在他们身上所发挥的作用，就非同寻常了。

虽然，这些帝王曾驰骋的一个个年代早已逝去了，但他们的灵魂似乎一直在凝视着热烈而又冰冷的历史，凝视着鲜活而又沉重的芸芸众生，总想告诉人们一些什么：

文化啊，文化！

## 二

世上有些事情并不是都按常理、常态运行的。

照理说，缺少文化底蕴的帝王，必然会缺少一种内在的精神贯注与正确的价值导向。只有文化才能丰腴他们健康的躯体，鲜活他们思想的生命，使创造力展示出勃勃的生机。但是，需要武力治理天下的时代，武夫确实比文人管用，毕竟有铁拳作自己命令的后盾，谁敢不听！

刘邦性格豪爽，不喜欢读书，也不喜欢下地劳动，所以常被父亲训斥为“无赖”，但他依然我行我素。而项羽呢？却是一个出身于贵族的读书人，讲究的是义以为质，礼以行之，孙以出之，信以成之，可最终却败在刘邦手下，并且输得很彻底、很悲壮。

刘邦究竟没有文化到什么程度？而项羽又儒雅到何种份儿上？这哥俩在楚汉两军对峙时，有关处理刘邦父亲的那段对话，足以窥见一个颇有文化教养的贵族与流氓无赖的思维方式和行为取向。

一次，项羽把刘邦的父亲拿到军中，以此要挟，想不到刘邦根本不在乎。于是，项羽把刘邦的父亲推到阵前，大声喊道："如不撤兵，我就把你的父亲烹了。"刘邦竟然毫不犹豫地回答道："我们俩曾经结拜为兄弟，我父亲就是你父亲，你若把你父亲煮了来吃，请把肉汤分一杯给我喝。"面对这样的无赖，项羽能有什么办法呢？只得把老爷子放了回去。

还有在那次著名的鸿门宴上，项羽维护了一个读书人的诚信，体现了"动口不动手"的谦谦君子之风。而刘邦呢？到了那里就疑神疑鬼，酒巡一半便不辞而别，溜之大吉，耍了一以贯之的小伎俩。就是到了生死见分晓的垓下之战，项羽也不失君子之风，拔剑自刎，决不低三下四地去苟且偷生。

南宋女文学家李清照途经垓下时感慨万千，发自内心地吟出《夏日绝句》：生当作人杰，死亦为鬼雄。至今思项羽，不肯过江东。

建于1935年的英风阁大门，上面有副对联说得更明白："鸿门垓下大英雄，哪关成败；骓马虞兮真情种，不易生死。"

倘若让我从文化的视角来点评刘邦、项羽两人，我会毫不犹豫地说：刘邦因为没有文化取得了胜利，项羽由于受文化的桎梏而失败。

也许这是能够晕倒两千多年中国历史的人才之论。

殊不知，在特殊的年代里，那些没有文化的人特别是那些枭雄，驾驭群雄、审时度势、借力打力、合纵连横，竟玩得如此得心应手、游刃有余，凭的是什么？就是没有文化。

其实，这些人看似没有文化，但恰恰具备了有文化的人无法比拟的优势，没有传统文化的绑缚，头脑里没有什么条条框框，使他们的政治、军事才能发挥得淋漓尽致。换句话说，正是因为没有文化，在利益的驱动下促成了他们思想的大解放，兼容并蓄各种有用的思想和理念。

项羽的确是有文化，有廉耻之心，有荣辱之感，可在关键的时候却让这些绊住了手脚。刘邦虽然承担了名誉与道义上的失败，可在战场上却是个胜利者。

荣誉与廉耻在刘邦眼里并不重要，他明白中国人历来承认着这样一个冰冷的事实：胜者为王，败者为寇。

终点即是起点。历史的想象力，超过任何一位政治家和艺术家。

## 三

唐末诗人林宽有这样一首诗：蒿棘空存百尺基，酒酣曾唱大风词。莫言马上得天下，自古英雄尽解诗。

古往今来，确有不少能“解诗”的英雄。

历史上那些没有文化的帝王，纠集了一帮文盲、流氓、酒徒、赌徒得到了天下，很大程度上有着许多偶然的因素。在开国典礼的弹冠相庆中，尽管他们认为天下从马上得之，文化空谈无用，但偏见改变不了文明最终战胜野蛮的社会发展的必然规律。那些没有文化底蕴只有权术的帝王，是很难让一个国家、一个民族兴盛起来的。

这里，还是拿刘邦说事吧。

汉高祖十二年，刘邦临死前途经鲁地孔子旧居。他的两只眼睛放射出能够穿透权力的最后光泽，口中呼吸着生命残存的游丝，最后嘱咐侍候于左右的臣子们：“以太牢祠焉。”“太牢”，即用牛、羊、猪各一头作祭品，乃最高规格的祭品。《史记·孔子世家》有载，自此以后，“诸侯卿相至，常先谒然后从政”。可见，刘邦还是历史上第一个隆重祭孔的帝王，第一个把孔子由民间圣人尊为官方圣人的帝王。

这个曾经极端鄙视文化的文盲帝王，辞世之前最终还是皈依了文化，被文化彻底征服了。在打天下和治天下的实践中，刘邦日益觉察到儒生文士和儒家思想的重要，觉察到了自己轻视文化、仇视诗书的浅薄，逐渐矫正言行和政策，向文化靠近，向儒学靠近。

历史上出现过的盛世，都是有文化的帝王兴起的。创造“文景之治”的刘恒、“光武中兴”的刘秀、“开皇之治”的杨坚、“贞观之治”的李世民、“开元盛世”的李隆基、“康乾盛世”的爱新觉罗·玄烨等爷孙三代，哪个不是文韬武略，个个都是响当当的。不仅如此，他们还十分重视起用文人，选官任贤，大度纳谏。

回望历史，李白、白居易、李峤、贺知章、王翰、王维、杜甫都曾在中央政府任职。唐代大多数有成就的诗人都有过入仕的经历，官文上传递着光耀千古的名字和诗篇、散文、书法，那是盛世大唐最“奢侈”的景象。唐朝宽容的政治气氛，造就了一个文化的鼎盛时期。正是唐代的宏大建树，确立了汉文化的中心地位，它使得此后近千年的异族入侵，尽管起初凶神恶煞地操纵着金戈铁马，最后还是向华夏文明投诚了。

当然，历史上的一些盛世时期也出现过一些“反文化”的现象，但这只能说明这些盛世开始走下坡路了。

建立清王朝的满族以少数民族统治者的地位，夺得了全国的统治权，所以最怕汉人起来反抗。在康熙、雍正年间，为了巩固统治地位，打击汉族上层分子和政府官员，排除政府内部的异己势力。而到了乾隆年间，则主要打击下层知识分子和平民百姓，同时也株连到各级官员，逐步升级大兴文字狱。正是在编纂《四库全书》、大肆宣扬文治之际，文字狱也达到了高潮。乾隆十九年至四十八年的三十年间，就发生文字狱近五十起，引起挟嫌诬陷、株连亲故，造成人人自危、上下猜疑。

就在这个时候，也就是乾隆传位嘉庆之际，白莲教的起义已经风起云涌了，对清朝的统治秩序构成了巨大的威胁，也瓦解了清朝统治的社会基础。对汉文化十分精通的乾隆爷，到死也没有搞清一个事理：盛世必须由文化来支撑，反抗则不需要太多的文化。

我们记住这些盛世，最终是因为这些朝代当时所产生的文化。

## 四

以文辅政，政则生辉。毕竟，“知识是理政的本钱”。

如果把“辅”弄到“正”的地步，以诗人的浪漫和激情，去治国安民、去执政理财、去抵御外患，完全彻底地成为文化的酷恋者，那就很有可能以文戏政，最终会造成国破家亡。

撰写此文之时，随阅案前的《文心雕龙》一书，就见到这样一段文字：“安有丈夫学文，而不达于政事哉！彼扬马之徒（扬马指扬雄、司马相如），有文无质，所以终乎下位也。”

先贤圣言，所述极是。

帝王是干什么的？治理江山是本职，至于对于字雕句琢的爱好，在政事之后用点余情余力是可以的，切不能走向极致。帝王无私事、无小事。特殊的岗位，要求帝王要善于克制某些爱好，即使是很不情愿，也得服从大局，首先要玩好政治这个无趣的文化。如果把业余当成专业，一股脑儿陷入了文化这个有趣的政治中，那对帝王本人也未必是好事。

遗憾的是，中国的帝王们极少把自己定位为政治家，以文人甚至文坛领袖自居的却比较多，特别是想在诗词或书画上表现一下自己的，更不在少数。帝王好上文化这一口，一方面是受诗书礼义的古雅香火的陶冶，是对周公孔子的千年道统的维持，另一方面是因为文坛比政坛更能留名。功名的名噪一时，百年之后亡灵的牌位能长久留在历史的空间，靠的是文学而不是权力。

中国历史上有两个著名的诗人帝王，一个是写“独自莫凭栏，无限江山，别时容易见时难。流水落花春去也，天上人间”的南唐后主李煜，另一个就是写“中原心耿耿，南泪思悠悠”的北宋赵佶。这两人都有极高的才情，但也都腐朽透顶，昏庸透顶。他们写出的词章都十分漂亮，文采丰赡，尽显华彩，但在国难当头、社稷安危之际，简直就是狗屎一堆，比阿斗还阿斗。如果人们生活在那个多事之秋，并允许选择帝王的话，宁愿选择刘邦、朱元璋等这些没有文化的硬汉，也绝不会跟着那些但求苟活、命悬一丝的“窝囊废”受气。

翻开中国的帝王史，那些在手上断送了江山的帝王大多是文化人。他们的问题就是文气太重了，甚至成为了“文奴”，加之受优裕生活环境和重文轻武政策的影响，执政的那个朝代在他手上岂有不谢幕之理。

文人是文化最活跃的载体，帝王是政治的象征。文人帝王，从一定意义上讲，是文化与政治的联姻体。而文化一旦与政治交接太紧，甚至让政治成为文化的婢女，那十有八九会孕育不良后果，导致文人的不幸与文化的畸形。

我明白了这样一个事理：文化，在盛世中有时会产生一种特殊的消磨作用。

## 五

帝王不务正业，疏于朝政，不问民苦，而把吟诗填词作为事业干时，文化就成为了这个朝代垮台的助推器；当他们把文化作为陶冶情操，辅助于提高驾驭社会的能力，辅助于理清治国理政的脉络，那么文化则成为开辟盛世的铺路石。只要处理好这个关系，顺境可用，逆境亦可用，治国是助力，作文也是助力。关键是那个“文化”的定位，去掉这个“奴”字，才能还原“文化”之“光明”！

如果要在这个方面树典型的话，首推的非曹操莫属了。

曹操虽然没有正式当过帝王，但他当时所处的地位和所起的作用，都是胜似帝王的。他倥偬之中留给后世的文字并不多，但都是用心去做的，是政事、人事、心事的自然流露，生命力特别强。如今，人们都知道他《短歌行》《步出夏门行》中的“对酒当歌，人生几何”、“山不厌高，水不厌深，周公吐哺，天下归心”与“老骥伏枥，志在千里；烈士暮年，壮心不已”等名句，殊不知，真正能代表曹诗风格的还是他的《蒿里行》《苦寒行》等篇。《蒿里行》是汉乐府旧题，为古代的挽歌，借旧题写时事，内容记述了汉末军阀混战的现实，真实、深刻地揭示了人民的苦难。《苦寒行》属汉乐府“相和歌・清调曲”，借旧题写时事，反映严寒时节在太行山中行军的艰辛。此诗写透了连年战争的苦痛，真实的描述和深沉的主题是当时现实生动的写照，堪称“汉末实录”的“诗史”。这些雄浑又不失清丽的篇章，牢牢地奠定了他在中国文学诗坛上开一代先河的地位。

在事业上，长期的南征北讨，浴血奋战，锤炼了他非凡的胆略，文化给他增添了成功的翅膀。民间称其“治世之能臣，乱世之奸雄”，而他对自己做了这样的鉴定：“今天下英雄，唯使君与操耳。”以文辅政，使他在政坛上成为了一个笑傲天地的大雄豪，文坛上是一个经宇纬宙的大手笔。哪一个帝王在政治业绩和文化修养上，能与曹操比划比划呢？

鲁迅先生曾说过：“曹操是一个很有本事的人，至少他是一个英雄，我虽不是曹操一党，但无论如何，总是非常佩服他。”

1954 年夏天，毛泽东在北戴河一次游泳之后，他吟诵起曹操的

《观沧海》一诗，并对其身边的工作人员说："曹操是个了不起的政治家、军事家，也是个了不起的诗人。"

这是中国现代最著名的文学家和最著名的政治家的心里话。

# 行走中华大地

## 想念汇通古镇的味道

我们的家乡，是长江入海口北侧的江海平原上一个“养在深闺人未识”的小集镇，叫做汇通。她虽然不可与周庄、同里、西塘、乌镇等江南名镇比肩媲美，但在这个长江冲积形成又经几次坍塌、人文历史并不很长的江海平原上，还是称得上“老资格”的。

前些日子，当我们又一次站在家乡汇通古镇那条由青石板与鹅卵石铺成、已经磨得锃亮的小街上，我仿佛觉得自己是一个坐标——不远处便是滔滔江水与浩瀚黄海的交汇点；我又隐约觉得是站在时间的岔口——这座让多少代生于斯长于斯的人们引以为豪、让多少从这里走出去的游子魂牵梦绕的古镇，今天就像一个老态龙钟的老人，正在人们无奈的目光中渐行渐远。

汇通，只听名字，就知道含有“交汇贯通”之意。这个读来晓畅而又富于诗意的镇名，与其说是先辈们的美好心愿，倒不如说是大自然的恩赐。早在三百多年前，位于水路枢纽上的这里，不断有南来北往的船只靠岸停歇，当地农民和商贩拿着行船者的必需品或时令果蔬，随行就市，于是开始出现了小集镇的雏形。到了清乾隆年间，当时的海门直隶厅在这儿组织开挖了一条南北走向的河道，名汇通河，它既是水运的主航道，又兼排水泄洪的功能，四周的水系都汇入这条河流。汇通古镇是汇通河唯一穿街而过的集镇，故由此得名。当年苏中重镇掘港、金沙、余西、袁灶一带的很多老百姓，都是通过汇通河南下，到上海、苏州等地探亲访友、谋生创业。

河道，是汇通古镇的命脉，船帆则是汇通镇的希冀。汇通河贯通南北，两侧与之相衔接，还有几条横河笔直地伸向远方，形成了一个“丰”字形。当年，沿河而建的街道上，各地来的客商在此落户，饭店、茶馆、客栈、中药店、京南货店、京广货店、染布店、米行、典当等店铺鳞次栉比。屋檐上，整齐的瓦当镌刻着古镇人家的满心欢喜和心中祈愿：风调雨顺、龙凤呈祥、福寿安康……在此之外，河面上还由密集而粗壮的木桩撑起了一排白墙灰瓦的河房。风和日丽时，河房倒映在波光粼粼的河面上，若隐若现，一个写意的乡村“水镇”浑然天成。随着集镇规模的不断扩大，商户们集资在汇通河上架起了一座大木桥，两边竖有护栏，栏杆中央书刻“汇津桥”三字。桥的两头，即是小镇最为繁华的地方了。到咸丰三年（1853年）春天，太平天国起义军兵临南京城下，为了逃避战乱，许多江南商人、地主和乡绅等带着家小、银两，纷纷来到苏北投亲求生，有的还在当地置地购房，重操买卖旧业。一时间，小镇的人气骤然兴旺了很多，成为了海门西部地区的商贸、交通、文化中心。据说，每天早市高潮，十里开外都能听到这儿鼎沸的人声。

当年的汇通河，河水清澈见底，鱼肥蟹壮，两岸遍植各种树木，行船经过，芦苇摇曳，清香四溢。岸上，灰砖砌就的矮墙的墙脊上爬满丝瓜、南瓜秧，瓜秧上盛开着黄花，花蕊中盘桓着蜜蜂。集镇的喧嚷与乡野的淡定交织在一起。

人流量大了，有钱人多了，当地人大概也看到了这是一个弘法或谋生的好地方，便在汇通河的西侧建了一座东岳庙。有庙房三排，共计房屋十三间，正殿供奉东岳大帝的木雕立体像，两边有关帝、王灵官、财神、送子观音等泥塑立像，一度香火很旺。1916年以后，东岳庙腾出部分房屋，办了一个初级小学，现代科学文明在这里泛起了曙光。

到了抗日战争时期，这儿由于位置特殊，成了新四军和日军拉锯的一个中心地带，各种民间组织、帮派势力、三教九流也随之在这里登场。小时候，我常在昏黄的煤油灯下，托着腮帮听老人讲起那时发生的一切，既有英雄壮举，也有风流轶事，更多的是市井传奇。由于时隔较长，大多数故事我已经没有印象了，唯有新四军巧除一个陆姓强盗的事至今还记得比较清晰，因为那个“江湖大盗”曾住在老家宅子的邻近。当时听后，我出了一身冷汗，连续几夜在噩梦中惊醒。

历史总是裹挟着时代的浪潮，汹涌而来而又激荡而去。汇通古镇，在这浪潮中承载着厚重的历史，饱含着祖先的喜忧，笼罩着数百年的云烟。

它因水运兴而兴，因水运衰而衰。时代在发展，随着河流主航道的改道和交通方式的剧变，过去一度繁华的汇通开始慢慢的冷清了。交通上的劣势，使古镇既难以吸引外面的宾客进来，也难以带来现代城市文明的输入。不过，小镇深处，流水犹在，小桥犹在，泊在岸边的船只犹在，鳞次栉比的河房犹在，还守望着往日的那份繁华与荣光。街头上，招揽顾客的幌子依然古朴，挂在檐角的灯笼依然醒目。这里，仍然保留着古石板路、传统民居、古井等原汁原味的传统建筑，以及各类民风民俗、传统节日、民间信仰、传统技艺等。夏秋两季，每当夜幕还未降临，成群的孩子用木桶一桶桶地吊起河水，将汇津桥的桥面冲洗一新，摆好椅凳，以便让大人们晚上聚集在此，谈天说地、吹拉弹唱。一场神侃或自娱自乐的节目结束，已是“曲终人散后，一钩新月天如水”。欢乐的小孩嬉戏在月华如水的小街幽巷，四处飞窜、一闪一闪的萤火虫，成为他们不时抬眼追望和跃跃欲试的动机。

上世纪六十年代，在“破四旧”的风潮中，一些传统的工艺作为“资本主义的尾巴”被割掉，老字号的店铺纷纷被迫打烊关门，珍贵的文物大多不复存在，现在能看到的仅仅是很少一部分。再后来，市场经济波起浪涌，小镇原住民逐步流失，不只物质遗产消失，饮食、风俗、手工艺品等非物质遗产同样受到威胁。一座历史古镇就此开始衰落，热热闹闹的过去成为了一种梦境，令人难免扼腕。

从汇通古镇的变迁，我联想到前些年在旧城改造的热潮中一条条老街“旧貌换新颜”，联想到时下有些地方一轮轮“大跃进”式的开发，不少千年古城、特色古镇从此只能躺在“此情可待成追忆”的教科书里时，这让我不禁为那些出名或不出名的乡村古镇的命运担忧起来！

还好，小镇的小街还在，窄而长，幽幽的黑，仿佛能通向时间的深处。她诉说着历久弥新的故事，诠释着小镇人的性格和灵魂。当我们诉说现实的时候，小镇总是默默地站在我们的身后，以其深厚的蕴藏，成为我们认知的参照，并时时提醒着我们，让我们知道自己站在什么位置、要走向什么方向，知道今天创造的意义之所在。是啊，乡村古镇的一砖一瓦，一枝一叶，都浸透着每个在这里笑过哭过的人的悠悠情怀。这座古镇既有优美和谐的自然生态，又有深厚的历史积淀和人文内涵，是当地民间文化的摇篮，也是人类聚居文化的样板。

家乡的朋友告诉我，小镇所在的工业园区正面临着又一轮的区划调整，新的蓝图正在描绘之中。这是好消息啊！真希望在新一轮的开发蓝图里，她凸显的不仅是土地价值，更有其历史和文化价值。几千年的人类文明史告诉我们：人类前行的历史就是文化史、文明史。有哲人也说过，一个民族、一个国家，其最终意义不是地域的，而是文化的。汇通古镇啊，但愿你的明天更加美好！

相信，这并不仅是我们诗意的遐想。

# 大地微微暖气吹

## 一

这些都是三十年以前，发生在我正在就读的乡村中学的事了，随着时光的流逝，渐渐定格在发黄的史册，剪影成一幅生动的油画。那种“山雨欲来风满楼”的感觉、那种“于无声处听惊雷”的神秘、那种“漫卷诗书喜欲狂”的激情，虽经风吹雨打，偏不消失。现在回忆起那些业已消逝的时光，还是感到那么清晰。

## 二

1977年，孟冬时节的江海平原。

也许是那年暖冬的缘故，还是苍天给刚刚走出十年阴影的人们有着特殊的恩赐，大家一点也没有秋凉凄切的感觉。站在校园外近看远眺：操场四周的水沟两岸，林木挺秀，青翠欲滴，沟水清澈，沟底蚌螺蠕动，沟中鱼儿悠游。田野上的风扑窗而来，裹着庄稼和时蔬的芬香。

校园并不大，是由解放初期一个地主的宅园改造而成的，但在当地就是最高学府了。在物质与精神都很匮乏的年代，只有这里才能感受到一些现代文明，篮球场、图书馆、印刷厂、露天电影场等。这里既是学校，又是集会的场所，经常见到在操场搭起棚子，架起高音喇叭，公社的头头脑脑们对着麦克风，向成千上万的农民传达指示。

一天早晨，我们走进教室刚放下书包，班主任脚步轻快地走了进来，清了清嗓子，拔高着声调，用纯正的吴越方言宣布：大家到操场排队集合，有中央文件要传达。

说实在的，在那个年代，这种集合是常有的事情，大家似乎没有什么新鲜感，更没有紧张之感了，懒洋洋地到操场上，随着体育老师粗犷的队列口令声，向前、向右看齐了。各班集合完毕后，只见校长站在用水泥预制的乒乓球台上，宣布中央决定从今年起恢复高考，年底组织第一批考试，老三届的学生婚否不限，都可以报考。其他讲了些什么，现在已经模糊了，只记得校长是右手拿着报纸，左手摸着上衣的第三个扣子。这是他开会时的“习惯性动作”，但这次他的左手显得有点颤抖。

操场上静得出奇，除了校长抑扬顿挫的声音，还有同学们速度明显加快的呼吸声，其他一切仿佛都凝固了。那一刻，大家直盯着校长，就是哥伦布在船上发现新大陆，眼睛也没有如此专注。那时高考对我来说还是很遥远的事情，但当时的氛围一下子使我愣住了。

以往较少有人光顾的学校图书馆一下子热闹了起来，在书架上封存已久的数理化学习资料最为抢手，图书管理员的地位骤然上升，校外的许多“老三届”找他开后门。的确，这些人都曾有过艰难困苦的心路历程，都曾有过沉寂悲壮的苦辛历练，都曾有过澎湃心扉的如火激情。

那年冬天，学校与全国所有的考场一样，迎来了等待已久的考生。两天后，我们回到教室，发现课桌的左上方赫然贴着铅印的准考号牌。不久，高校的录取通知发放了。那时，考生对上大学的渴望近乎极端，几乎还没有所谓的“名校情结”，也不怎么考虑学校名气，只要有学上就行。

人的命运和试卷再次联系了起来，一个通过公平竞争改变自己命运的时代到来了。当时，教我们初中数学的张老师是上海知青，因为当时师资紧张被学校请来代课。他是我们学校老师中唯一参加那次高考的。发榜有了一段时日，张老师隐隐约约听到自己被一所师范大学录取的风声，但就是不见鸿雁书至。张老师实在忍不住了，找到邮政所查询，营业员告诉他通知书早已被他插队所在的大队支部书记取走了。顿时，张老师二话没说，直冲支书家里。支书已是五十开外的人，见过一些世面，此次明知善者不来，但是胸有成竹，直接摊牌：要么招之为婿，要么继续接受贫下中农再教育，否则以不给迁户口予以要挟。张老师无奈，只好满口答应了前者，支书随即摆上酒席，既是定亲又是送行，好一派热闹。谁知，张老师一走杳无音讯，半年后老支书捶胸顿足，两片厚嘴唇像蜜蜂翅膀似的颤动着，想不到自己被“狗崽子”将计就计了一把。至此，他只好鼓励女儿不蒸馒头争口气，明年也去考大学。

后来，我们这个乡村中学日趋宁静了起来，操场上再也没有见到万人攒动的大型集会了，老师再不提学工、学农、学军的事了，学生也不想这些事，慢慢地也把它忘掉了。记得快到期末考试时，原来集中在一个大办公室里的二十多位老师，突然间被分散到几个小办公室里，门框上挂着各个学科教研组的牌子。说实在，对这些“教研组”的名称，我还是第一次看到，一切感到那样的新鲜。

## 三

转眼，东风带着解冻的任务来了。

农村对季节的划分是那么的明显，厚厚的冬装已经彻底地脱下，绿色似乎在一夜之间从大地上泛了起来。浓浓的春意，是催耕促种的号角，是万物生长的动力，是给秋天硕果表达的第一信息。

全国科学大会刚召开不久，攀登科技高峰的标语和墙报随处可见，郭老那篇《科学的春天》的散文，不仅在广播里反复听到，而且成为师生最为时髦的朗诵篇章了。

一天下午，我们正在教室里上自习课，突然听到两位老师在办公室里争论了起来，声音越来越大。听到姓施的政治老师在竭斯底里地呼喊："我们以前给学生讲的这些道理还成立吗？"

对答的是一位语文老师，他却是慢条斯理的：

"不能拿现成的公式去限制、宰割、剪裁无限丰富的飞速发展的革命实践，应该勇于研究新的实践中提出的问题。""实践是检验真理的唯一标准，这本来就是马克思主义的一个常识性的问题嘛。"

……

此时，声音越来越大。围在办公室周围的学生已有了几层，都探头，屏着息，好奇的眼睛比平时放大了好几倍。两位争执正酣的老师也许都意识到，在学生面前有点斯文扫地了，戛然闭嘴，各自挟着公文包气呼呼地离开了，围观的学生也像潮水般地退去。

后来，我们才知道，这两位老师的争论源于看了5月11日《光明日报》上发表的一篇名为《实践是检验真理的唯一标准》的文章。这场争论在校园引起了轩然大波，许多学生都在窃窃私语着、猜测着，讲的最多的是他俩争论之意不在"论"而在于"争"，因为那时教导处副主任的位置正空着呢。当时，大家的政治神经虽然还有着过于敏感的惯性，但都没有也不敢往"两个凡是"上去想。

随着那场大讨论的深入，学校的争论也渐渐地平息了，而为老干部平反、给"右派"分子摘帽的消息，充塞在报刊上、喇叭里，使大家如从梦里醒了过来。学校图书馆里有关哲学、科学和社会研究的著作在这个较为宽松的环境下大量涌现。老师讲课声音也柔和许多，也不模仿中央人民广播电台播音员的音调了。

有次，我们正在操场上体育课，只见罗老师穿着淡灰色的中山装，蹬着自行车从县城开完“摘帽”大会回来。原以为他会兴高采烈一下的，想不到他独自走到校园东北角的一棵大树前号啕大哭了起来。

罗老师原来是一所大学中文系的教授，五十年代末因为说了几句不合时宜的话被打成“右派”的，发配到我们这个乡村中学来，据说他的夫人当时也与他离了婚。大学教授到中学当老师的确有点大材小用，但他还是十分认真，平时上的语文课很精彩，也很受学生欢迎，堪称学校的“品牌之课”。

乡村能有这样的老师，对他本人来说是不幸的，而对学校和学生来讲是幸运的，辩证法有时也显得那样的残酷。

这时，校长走了过来，拍拍他的肩膀，疑惑地问道：

“老罗啊，您上午走的时候还不是说，真不敢想象不当‘右派’是什么样的感觉，现在摘帽了，干吗哭得这样伤心？”罗老师抽搐着，断断续续说道：“会上，局长宣布摘帽的名单中，没有我的名字啊。在我的再三要求下，教育局人秘股查了档案，里面根本没有定我是‘右派’的材料！”

“啊！”校长一脸愕然，瞪大了眼睛半天没有回过神来，自言自语道，“快二十年了，原来开了个这么大的人生玩笑。”

在那个年代里，这样销蚀青春、撕碎灵魂的人生玩笑，又何止在他一个人身上发生呢？罗老师的眼泪犹如一股涓涓的溪流灌入我的心脉，流淌了好久好久！

## 四

一年容易又秋风。1978年，又到秋季开学了。

已经成为高中生的我，内心充满了喜悦。面对着绝大多数是新面孔的同学，顿生了“年年岁岁花相似，岁岁年年人不同”的感叹 。那年，尽管中考录取的数量增加了很多，但大概是六十年代初国家鼓励生育的原因，应届中考的同学也很多，尽管仍在同一个校园，能走进高中学堂的也只有三分之一。我深为自己能加入这三分之一的行列而暗自庆幸，如按以往生产大队和贫农代表推荐上学，那肯定是没有我的份儿了。

那时，刚刚走出“文革”的文化沙漠，同学们对文学的渴望犹如久旱的禾苗。也就是在这个时候，中国又开始流行文学了。大家现在都十分熟悉的《第二次握手》，在那时能读上手抄本也就是莫大的开心了。开始，大家都是利用自习课放在课桌下面偷偷地看，有时被老师逮个正着，当下叫起，类似罚站。其实，老师也说不出小说有什么不好，只是认为手抄的不是正经读品，不能不管哟，要不会背上“误人子弟”的黑锅。

一天，对手抄本盯得最紧的那位老师，站在讲台前拿着一张《文汇报》在空中晃了晃，颇有几分兴奋地说道：昨天到县城开会，知道外面都在议论《伤痕》这个小说。其实暑假期间报纸上已登出来了，今天好不容易把它找出来了，看了后真感人。接着，他讲了故事的概要，朗诵了部分段落。念着念着，大家为女青年王晓华与其被诬为“叛徒”的母亲的跌宕起伏、波澜不断的坎坷人生而悲愤。

当大家深度陶醉在故事情节之中时，隐隐地听到了女同学赵慧情不自禁的抽噎声。老师停下声来，安慰她说：“这是小说，是虚构的，不必这么动情。”没错，小说是虚构的，但同学们都清楚赵慧的家庭却有着类似的经历。小说情节峰回路转、波澜不断，而生活中很多“好人”的命运坎坷不平，最终落个悲凉的结局，很显然这是一种政治伦理的情节使然。艺术和现实都触动了她情感的伤痛。

后来，校园里渐渐地兴起了一股阅读“伤痕”文学作品热潮，新华书店流动售书车经常到学校来推销《班主任》《命运》《献身》《灵魂搏斗》《丝瓜累累的时节》《最宝贵的》《姻缘》等书籍或报刊。有时，学校也组织同学们到公社刚刚盖起的影剧场观看《大云山传奇》《被爱情遗忘的角落》《苦恼人的笑》等电影。共鸣、泪花甚至是唾骂，都表达了那个时代的人们普遍对“冷、硬、压、打”式的社会人际关系的厌恶，展示了人们内心对自由幸福的向往憧憬之情。

萌芽是一种觉醒，是春的觉醒。也许是被关住了几十年的春色，文学再也不堪忍受高压下的寂寞，如同野火春风般在城乡蔓延燎原起来。学校“青春文学社”“火炬诗会”应运而生，用复写纸“出版”会员的作品，纸张则是用过的考卷和讲义的背面。创作涉及的内容很多，但大多是以真实、质朴甚至粗糙的形式，无所顾忌地揭开“文革”给人们造成的伤疤，从而宣泄十年来积郁心头的大痛大恨，这恰恰契合了文学最原始的功能：宣泄。字字都从心底里蹦出，没有丝毫的矫情和伪饰。比起现在那些装模作样的应景式的文字，不知要诚实了多少倍。每当忆起这些“刊物”，真后悔没有将它们保留几本下来，也许现在可能成为文物呢！

这是一个“大天大地大文章”的大时代。生活在这样时代里的人，总是充满着梦想，充满着激情，充满着不知疲倦的奋斗精神。

那年岁末，江海平原上的雪下得很大很大，满目都是洁白的。腊月的积雪并没有让大家感受到大自然的寒冽和忧伤，反而有一种穿透阴阳的纯粹和温暖。许多农民手捧白雪，祈望天空，煞有介事地说道：明年准是个好年景！

这时，“包产到户”“联产承包责任制”这些过去忌讳的话语，成为了农民和学校老师、同学最热门的话题了。后来，听说北京开了一个重要的会议，政策开始变了……

往年人们挂在脸上的“年关”的愁容不见了，到处听到舒畅的笑声，往日萧条的早市菜场也神话般地热闹了起来。

除夕夜，平时不爱说话的老父端着酒，深情地说了一句：千万不要忘掉邓小平啊！

## 五

三十年过去了，潮涨潮落。以惊涛拍岸之势的改革开放浪潮，冲上岸堤，冲刷着我们这个古老国家的历史与未来。

岁月镌刻了人类自行划定的刻痕。在表针的分分秒秒间，无数山河变换，无数青春老去。遥岑远目，记忆中的那所乡村中学，依稀还能看到改革开放前夜，时代之变迁、民族之盛衰以及国运之枯荣的历史背影。

这是一所乡村中学在那个年代发生的一切新的时代、新的历史徐徐拉开的序幕。

大地微微暖气吹。春的消息，真的近了。

# 客家首府的气度

一座城市就像一个人，如果没有独特的气度，也就不存在特有的灵魂魅力。长汀，这个与湘西凤凰一起被新西兰女作家路易·艾黎称为中国最美丽的两个山城，如果缺少了以坚韧的性格为底色的气度以及相关的印痕，就好像喜马拉雅山没有珠穆朗玛峰一样，会失去一种高耸入云的精神感觉。

长汀，第一次接触这个地名的时候，我就知道它是一个红军之乡。来到这座小山城时，向着那个时代遥望的时候，腾的一下，浑身涌腾着创作的欲望，原来它曾有一千多年的客家人首府的历史。

长汀旧时为汀州府首府，建城一千二百多年。汉代置县，唐开元二十四年（公元736年）建汀州，成为福建五大州之一。自盛唐到清末，长汀均为州、郡、路、府的治所。

古汀州北接宁化，东临连城，南毗上杭，西南与武平接壤，西北与江西省瑞金县交界。大自然只为人类提供了生存环境，而人类只有接受它，适应它，改造它。南宋绍定五年，也就是公元1232年，在长汀任县令的宋慈带领长汀百姓开辟航道，把原来由福州起运耗时长久的海盐，改由潮州起运。“一川远汇三溪水，千嶂深围四面城”。

就这样，汀州客家人借助汀江这条水上大通道，掀起了一波又一波迁徙广东的大潮流。依凭闽赣山区丰富的特产，挑山闯海，面向海洋，走向世界。汀江，这条哺育了祖祖辈辈客家人的母亲河，像一条带着慈母体温、散发着母亲温柔气息的长长背带，紧紧维系着汀州祖地与五洲客家游子割不断的亲情。

不断的战乱迁徙，全新的谋生环境，“筚路蓝缕，以启山林”，造就了客家人积极进取、坚韧不拔的品性。清代诗人、外交家、戊戌变法参与者黄遵宪在《乙亥杂诗》中有吟：“筚路桃弧展转迁，南来远过一千年。方言足证中原韵，礼俗犹留三代前。”这是对被誉为“东方犹太人”的由衷的点赞。

沿着悠悠汀江，听着潺潺水声，在青砖古道上试图探寻年轮的轨迹，纵览古汀州悠长的岁月历程，感觉自己又涅槃了一回。

上个世纪三十年代，长汀作为客家人首府的韵味慢慢淡去的时候，突然又迸发出异彩，以福建苏区首府成为全世界目光的焦点。

从红军第一次换装，到第一批军需民用企业，从红军第一个军团建制，到中央苏区第一个县级红色政权，波澜壮阔的革命历史赐予了长汀诸多彪炳史册的第一。当年，瑞金是中央苏区的行政中心，而长汀是中央苏区的经济文化中心，被誉为“红色小上海”。这些，无不增强了这座小山城性格中的韧度。

长征路上最悲壮、最惨烈的湘江战役中，由包括长汀人在内的闽西子弟兵组成的红五军团第三十四师担任断后任务，走在队伍最后。他们为掩护党中央、中革军委领导机关和大部队过湘江，以一师兵力阻击数倍敌人的疯狂进攻，全师六千多人绝大部分壮烈牺牲。这段历史如今被制作成了电视剧《绝命后卫师》。

1934年春天，福建长汀县青年钟奋然和妻子赖二妹结婚的第二天，便响应“扩红”号召，报名参加了红军。临别前，阿妹前来为丈夫送行，并承诺会按照客家人的风俗，每年为阿然做一件衣服和一双鞋子，等着丈夫阿然平安归来。阿然也向阿妹保证，等胜利后一定回来为她补办一场热热闹闹的婚礼。这就是当时他们朴实的初心。

转眼三十年过去了，痴情的阿妹等来的却是阿然的烈士证书。但是，痴情的赖二妹每天都会坐在自家的门槛上向远方眺望。这一望又是三十年，直至老人去世。

这就是长汀人，这就是长汀的坚韧。

有人曾这样评论长汀：有历史的地方，纵使繁华落尽，依旧神韵不减。在长汀，我看到了这种性格代代相承的力量，这种气度与秉性，在改革开放后数十年间治理水土流失的久久为功之中熠熠生辉。

早在上世纪四十年代，长汀就与陕西长安、甘肃天水被列为全国三大水土流失治理实验区。1940年12月，中国最早的水土保持机构——“福建省研究院土壤保肥试验区”在长汀河田设立，当时的民国政府试图治理长汀水土流失，但收效甚微。

新中国成立后，他们坚持“滴水穿石，人一我十”的精神，坚持一张“绿图”绘到底，水土不治，山河不绿，绝不收兵。历届领导班子以“功成不必在我”的境界，一任接着一任干，换届不换方向，换人不换精神，带领全县上下持续奋斗，硬是用超强度的韧性，循着“荒山—绿洲—生态家园”的路线图迈进。

在长汀这片红色的土地上，留下了时任福建省省长的习近平同志关心、支持治理水土流失的足迹。他曾语重心长地指出，革命尚未成功，同志仍需努力，要锲而不舍、统筹规划，用八到十年时间，争取国家、省、市支持，完成国土整治，造福百姓。这无疑又一次吹响了长汀水土流失治理的集结号。

三十多年来，长汀累计治理水土流失面积162.8万亩，减少水土流失面积98.8万亩，森林覆盖率由1986年的59.8%提高到现在的79.4%，植被覆盖率由15%～35%提高到65%～91%，实现了“荒山—

绿洲—生态家园”的历史性转变。

深秋的长汀依然满目青翠。扶亭栏望去，汀江澄净美丽，那种千丝万缕的脉络，延伸在江边飘拂的垂柳间，流淌在晚霞烘托的扁舟中，融汇到深秋铺路的黄叶里。徜徉在长汀山水长廊间，宋朝女词人李清照描写秋景的佳句不由涌上心头：

“水光山色与人亲，说不尽，无穷好。”

汀江的水清凌凌慢悠悠，像一幅烟雨朦胧的水墨画，更像长汀人坚韧淡定的性格。它历经了沧海桑田，见惯了白云苍狗。

置身于汀江之畔的古城墙上，一种美感涌上心头，人与大自然融为一体，人在自然中，分不清我是自然还是自然是我，脑际里条件反射般地跳出了唐代诗人张若虚的《春江花月夜》。其中这样几句吟得那样贴切，又是那样自然：“江天一色无纤尘，皎皎空中孤月轮。江畔何人初见月？江月何年初照人？”

城市的气度实质上是一种民族的文化，它将是永恒的。千百年来，多少宫殿倒塌了，多少帝国崩溃了，多少曾经繁荣的经济消失了，唯有这种气度会上接天际彩虹，下引地上清泉，永存于天地之间。

## 古镇文化的张力

这是一个偶然的或许是必然的机会，使我在这寒意料峭的时节再次踏上了闽北和平古镇那条被誉为“福建第一街”的蜿蜒的青石板路上，并在大脑中不断地搜索着十年前古镇牌匾、祠堂、族谱、书院的模样。

和平，是古代入闽三道之一的愁思岭隘道所在地，也是中原文化进入福建的重要通道。这座有着一千多年历史的古镇，像一枚小小的邮票，贴在闽北重镇邵武的南部，在中国的版图上，连个针眼点也没有，但特殊的地理位置，决定它是一个充满故事与张力的地方。

当我走进黄氏峭公祠这座砖雕精美、富丽堂皇的牌坊式八字门楼，看到墙上悬挂的一幅幅黄氏家训，听着学童们诵读着《遣子诗》和《黄峭家训》时，条件反射般地兴奋了起来，仿佛自己触摸到了这座古镇的灵魂。是啊，古镇作为交通要隘的功能早已退出了历史，但黄峭遣十八房子孙秉承家训到各地创业繁衍的故事，至今让人津津乐道。

黄峭是土生土长的和平当地人，在唐昭宗时期因勤王有功被任命为工部侍郎。唐末之际，他耳闻目睹了山河破碎、民不聊生的惨状，感到朝野现状难以匡正，无意仕途，遂弃政归里，著书立说。到了公元951年，黄峭已经八十高龄，孙子辈已达一百五十五人、曾孙三百余人。于是，他作出了一个常人想象不到的决定：除官、吴、郑三位夫人名下各留长子一房奉养老母以尽孝心外，其余十八房子孙，每人分得“瓜子金”（碎银）一升、骏马一匹、族谱一帙，到外地去立业发展，信步天下，择木而栖，相地而居。

临别的那一天，黄峭赋诗一首赠予子孙：“信马登程往异方，任寻胜地振纲常。足离此境非吾境，身在他乡即故乡。早暮莫忘亲嘱咐，春秋须荐祖蒸尝。漫云富贵由天定，三七男儿当自强。”在母亲依恋的泪眼中，这十八房子孙踏上迁徙的漫漫之程。诗句慷慨、激昂，奔腾着一股无所畏惧、永往直前的伟大力量，与孔子“父母在，不远游”的小农论调相比，何等睿智和超迈！

黄峭此举不仅拓展了子孙后辈的发展空间，也创下了人类历史上家族秉承家训而繁衍的一个奇迹。就是这次信马由缰的遣子行动，开始了一个千年不息、延绵至今的持续迁徙。这些子孙们在一个地方站稳脚跟后，第二代或第三代又会分出一拨人马到外地打拼成家创业，周而复始，以下跳棋的方式向更遥远的地方推进。后来，逐渐遍及闽、粤、赣、滇、黔、台诸省及泰国、马来西亚、新加坡、印尼、越南、柬埔寨等东南亚各国。据不完全统计，峭公的子孙后裔已达千万之众，遍及海内外五大洲。《遣子诗》代代相传，也成了黄峭后裔的《认祖诗》。他们秉承着先人的教诲，在异地发愤图强，兴旺发达，卓有成就，成为一支旺族。

家训文化在这里何能显示出如此强大的生命力和非凡的战斗力？带着这些问题，在友人的陪同下，我特地拜会了邵武黄氏峭山公后裔联谊会的副会长、办事处秘书长黄子曦。他是黄峭的第四十四代子孙，曾经担任过邵武市水电局副局长，谈锋甚健，对祖上往事如数家珍。通过他的娓娓道来，我们知道黄峭弃官归乡的第二年，即公元

908年，在家乡创建和平书院，教谕后人矢志求学，培养了许多国家栋梁。中国文人就是这样，治国不成就修身齐家，从政不成就兴儒从教。就在创办书院之时，黄峭为教育子嗣撰写了《家训》十七款，提出孝双亲、笃爱悌、敬尊长、睦邻里、畏法律、戒非为、崇勤俭、慎交友等规训。为便于后世子孙流传识记，黄峭又将《家训》改编成可朗朗上口的《训子诗》，即“二十一诫”，其中潜藏着对子孙的训诫和启蒙。仅从收录进《江夏黄氏峭山公宗史》“历代名贤录”中，就有状元两名、进士十九名。

黄峭用几十年的时光思考一个家族的兴衰规律，而他的后裔用了一千多年的行动践行他的教诲，并且不断清晰地感觉出了驱动他们的脚步、点燃他们灵感的那种无形的历史与文化的力量。黄峭子孙的东南之行，带动了一批贤者奔赴东南沿海之崇山峻岭之中，传播了文明的火种，使黄峭文化薪火相传。从千余年前黄峭遣子诗里“三七男儿当自强”的文化基因中，孕育出当今那首脍炙人口、广为传唱的闽南语歌曲《爱拼才会赢》，无不体现了福建人敢闯敢试、勇于开拓进取的精神风貌，展现出了福建文化区别于其他地方文化的独特风格。正是这样一种悠久的文化渊源，正是这样一种独特的精神支撑，在当年地瘠民贫的地理环境下，使福建人始终保持着一种韧劲和冲劲，民以海为耕，商凭海为市，并不断将这种韧劲与冲劲加以延续和升华。而今，邵武已将“黄峭文化”融入“一带一路”的宣传发展中，努力把“黄峭家风家训”打造成人人皆知的“优秀传统文化”之一，并进一步融入文化旅游精品品牌之中。

站在古镇的谯楼放眼四望，青山依旧，绿水长流，黄氏的先人曾经在楼前的那棵老榕树下嬉戏追逐。一代代人的脚步，把那条石板小街踩薄磨亮。峭公后裔对祖训连续性的认同，已然深深地贮存于人性的基因中。

一千多年岁月风烟滑过眼底，众多的黄氏宗亲来这里追祖德、报宗功，一批批走了，一批批又来了，而和平这片散发着泥土芳香的红土地就像一位张开双臂的母亲紧紧地拥抱着这些来自海内外的子孙。一帙《训子诗》，增进了黄氏宗亲对家乡的认同感、归属感及氏族的凝聚力和向心力。传说黄峭那首送别的《遣子诗》成为了其后裔初到他乡异国时彼此陌生相认，都要能够背诵出来，所以它又被称为“黄氏认根诗”。现在每年都有许多黄氏宗亲回乡讲学、捐资、投资，促进了引资引智工作，许多人士成为反独促统的骨干力量。岁岁花开，年年如此，一个家族的文化生命就这样体现在他们遵循的祖训之中。

当我离开和平古镇时已是夜幕降临，山水沐浴在夕阳的余晖之中，落霞满天，意境横生，引起我许多感触，遥想闽山鹭水，一种抚今追昔的灵感涌上心头。中国自古就是重视家族的国度，家是人生的起点，也是国家的根基。而无论对于一个国家还是一个家族而言，祖先创造的辉煌文明，是一种永恒的精神能源，它永远会对子孙后代优良品格的形成和塑造起到关键性的作用。在眼花缭乱且充满诱惑的世界里，多想想先辈的谆谆教诲，回忆先辈筚路蓝缕的创业艰辛，定能获得强大的免疫力，在前行的路上汲取不竭的精神动力，不断行稳致远。

历史的脐带喂养了昨天，也襟连着今天。只有历史和文化活着，这个民族或家族才真正地活着。

# 赤水留墨

赤水河发源于云南省镇雄县，流经贵州省部分区域，于四川省合江县注入长江，是长江上游的一条重要支流。七十年前，伟人毛泽东在这里写下了他军事生涯中的“得意之笔”，使赤水闻名遐迩，永彪党史军史。

坐汽车从酒乡古镇茅台出发，在崇山峻岭中穿行，透过车窗看到的是数不清的河流溪沟，山奇、水秀，林深、石怪，洞幽、云媚，原始独特的自然风光，古朴纯真的民俗风情，令人目不暇接。我静静地望着远处的连绵群山，任由情感漫步，追忆起了对赤水最初的了解和记忆。

当我还是个不谙世事的孩子时，在南国的水泽之乡夏夜的星空下，父辈们就常常向我娓娓讲起当年红军四渡赤水的故事。从此，古老而神奇的赤水河，便蜿蜒在我的心头……后来，我步入军校，许多历史和军事教科书告诉我，赤水河古称大涉水、安乐水、赤虺河，全长近五百公里，流域面积为两万多平方公里。赤水河源头是一个远离尘嚣、纯净自然的世界，瑰丽多姿的喀斯特地貌景观，飘忽无定的暗河伏流系统，天造地设，神奇美妙，很难说清是水的精灵点化了山的神韵，还是山的神韵倾倒了水的精灵。赤水河两岸峰峦叠嶂，溪壑纵横，自古以险要著称，为兵家必争之地。

在元厚沙沱古渡口西岸，耸立着为纪念中央红军一渡赤水而建的纪念碑，碑身正面镌刻着毛泽东手迹“红军渡”三个朱红色草书大字，基座用丹霞条石砌建，碑体青灰色，庄严壮观。站在赤水河边，注视着奔腾不息的河水，沐浴着如血的残阳，听着呜咽的竹涛，我的思绪仿佛又回到了那如火如荼的峥嵘岁月。1935年1月19日，中央红军兵分三路，互为犄角，分别由驻地向赤水方向挺进，拟入川南北渡长江西进。值此之际，蒋介石调集和直接指挥国民党中央军等数十万正规军，以及大量地方武装四面围追堵截，企图将红军围困于滇黔边境的这块狭小区域，然后一举“歼灭”。危急关头，毛泽东同志审时度势，果断改变进军方向，毅然放弃北渡长江与红四方面军会合的计划，命令红军西渡赤水河进军云南扎西。1月28日晚至29日近午，集结于土城、元厚的红军各部西渡赤水河，与先期分别渡过赤水河的红军部队会合，进军云南扎西集结休整，尔后，中央红军相机进行了第二、第三、第四次飞渡赤水河，迂回转战三个多月，行程一百余里，在赤水河架设十六座浮桥，桥船兼用，经过二十二个渡口，机动作战，运动中歼敌，取得了娄山关大捷、遵义大捷和飞渡乌江、巧渡金沙江等多次战斗的胜利，打破了敌军的重重包围，粉碎了蒋介石的碉堡战术和围歼红军于川南黔北一带的阴谋，也为在全党全军中树立以毛泽东同志为核心的第一代中央领导集体的权威奠定了基础。

我们沿着红军的足迹，来到猿猴渡口夜袭战，黄皮洞、重盘遭遇战，七里坎、白杨坎阻击战，复兴场战斗，箭滩遭遇战，土城战斗遗址。山河依旧，硝烟已散，抚今追昔，思绪万千。中外军事专家由衷评价红军“四渡赤水”战役：一渡被动迎敌，是遭遇战、消耗战、拉锯战；二渡由被动变为主动，是主动击敌；三渡有目的、有计划，是调动敌人；四渡机动灵活，是打破合围，实现了战略转移目的。画龙点睛的点评，更使我迫切地追溯红军成功四渡赤水的缘由。虽然党史与军史包括民间有许多说法，我游历中不经意听到的这样一个故事也许从一个侧面作了很好的诠释。红军从茅台镇第三次飞渡赤水时，当毛泽东走过河岸攀到山顶时，发现山坡上一个名为陈屯村的村庄被敌机狂轰滥炸，燃起了熊熊大火。这时，毛泽东带着身边的随行人员，不顾敌机的俯冲射击，硬是提水将大火扑灭了。当地老百姓得知是毛泽东帮他们灭了火，不知如何感激才好，连忙随着红军的队伍追了好几里，见到救命恩人，便虔诚地跪在地上，以最古老而又朴素的方式祈求上苍保护这支从没有见过的军队。然而在毛泽东的心里，军队打胜仗，人民是靠山，长征的胜利和革命的成功，都应验了这种全新的理念。

历史从昨天走来，融入了今天的辉煌。而今，在这红军走过的地方，丽日下淑女的裙衫在舞动，像玫瑰，像天上的彩虹；如潮的竹涛似清泉从山岭中奔涌，溢满了初夏的黎明。

记得文豪雨果有过这样一句惊世的名言：敢于冲闯命运的人才是天才。的确，对于一个政党、一个国家、一个民族来说，自己的命运必须自己来主宰，红军四渡赤水不就是一面生动的历史镜子吗？

# 武夷山的水

子曰：“仁者乐山，智者乐水。”我虽无大智，但纵情于水，痴迷于水文化。因为，水是生命的摇篮、人类的母亲、万物的命脉。

堪称大自然和人文历史神奇造化的武夷山，对于我来说是一个既熟悉又陌生的地理概念。二十多年前，我在武夷山麓的一个县城里度过了两年的军校时光，对它“耳濡”的频率很高，有着一种长于斯的亲近。不过，由于来去匆匆，我与武夷山始终没有“目染”，对其“奇秀甲东南”的神韵，只是定格在冥冥的的遐想之中。武夷山的水，是大自然的精心点化，属于典型的丹霞地貌。早在七千万年前，这里还是一片低洼盆地，周围岩石经风化、侵蚀而形成大量的碎屑物质，被水流带到湖盆里一层一层地沉积。由于地壳运动，便形成了九曲水溪，淙淙地流淌一碧清泉，像一条玉带盘绕于奇峰岩壁之中，把武夷山悠悠的心灵舒展得淋漓尽致。抓一把空气，芳香在掌上缭绕，丝丝缕缕地从指间滑过，渗入透明的水，溶解于纯和的风，继而又与那乳白色的雾霭裹在一起，一团一团地在低空游移、蒸腾、扩散……武夷山的溪、涧、泉与峰、岩、洞交相辉映，绿叶红花，相互衬托，把武夷山装点得分外美丽、妖娆。坐在古朴的竹筏上顺流而下，你能欣赏到出神入化、翠峰如簇的三仰峰、玉女峰、大王峰、镜台等一大批具有武夷之最的景观。有诗赞道：“溪流九曲，溪过列岩岫，倒影浸寒绿。”在那流淌一碧如染的九曲溪里，水里面的倒影景点更迷人，溪水湛蓝，晶莹透彻，山光倒浸，如入蓬莱仙境。

武夷山的水，跳跃着生命的音符。那碧绿碧绿的九曲溪，是水弹奏生命的琴弦；那手中长长的竹篙，是人拨响生命琴弦的键；那古朴而灵巧的竹筏，是历史沿着九曲琴弦弹出的生命音符。竹筏随着流动的画卷，载着欢声笑语，载着一颗颗憧憬的心，时而迎着耸立的峭壁，冲过湍急的险滩；时而又折入深邃的峡谷，滑向碧澄的深潭。流水之逝，逝得那般清爽、那般明丽、那般富有灵气。它那纤尘不染的粼粼清波，仿佛能拂拭生命的尘垢，能照穿人的心胸。九曲溪源头之一的红河谷河床的橘红色的花岗岩，溪流也就成为粉红色的水流，水之美，引发游人无限感叹遐想！九曲溪淙淙地流着，这清澈的水、甜美的水，宛如一支生命的歌、苏醒的歌，仿佛一道道永不僵化的碧浪，前呼后拥、飞银溅玉，沿着溪道流去，去追寻那遥远的大海，去追寻海上庄严的日出和辉煌的日落。所以，九曲水溪始终充满着生命的活力，生机盎然的两岸到处能听到水击的凯旋曲。

武夷山的水，充盈着文化的因子。游历武夷，看到清澈见底的水慷慨地润泽着两岸的土地。凡是武夷水润泽过的地方，都留下了鲜花的芳香、青草的明艳，也留下了农耕文化、茶文化、蛇文化、酒文化的积存。上千年前，这里自主筹款设立书院培养子弟蔚然成风，使闽北成为宋代人才最多的地方之一。武夷的文化有着巨大的兼容并蓄性，展示了强烈的开放性，显示了博大厚重的内涵。以“无为”而闻名的道教，以“进取”而名重的佛教，以“中庸”而著称的儒教，三个内涵各异的教派同时呼吸着武夷的雾岚，同时舒润着武夷文化的底蕴，也催生了这里“冠带诗书，翕然大肆；人才之盛，遂甲天下”的局面。朱熹年幼定居武夷山，在此生活了五十多年。他在这渗透着浓郁文化氛围的山水之间，穷天地之想，苦理道之思，探讨理学，传播理学。难怪史学家这样赞道："东周出孔丘，南宋有朱熹；中国古文化，泰山与武夷。"武夷山的水给了柳永轻婉洒脱的基因，他的一句"忍把浮名，换了浅吟低唱"就充满着武夷渔樵之风。武夷的山水最终使之成为婉约词派的宗师。从此"凡有井水饮处，皆能歌柳词"。水的秉性，成就了一位千古风流人物。

水滋润万物，哺育生命，创造文明。我爱水，因为水中有柔情。我恋水，因为水孕育了文明。爱恋水，就是爱恋自己的母亲；敬畏水，就是敬畏文明的起源。

武夷山的水，令我神思蹁跹……

# 甲秀楼放怀

我出生在南国水乡，对于山水文化，有一种本能的向往。

当我还在读中学的时候，就知道中国有九大名楼：黄鹤楼、岳阳楼、烟雨楼、镇海楼、鹳雀楼、太白楼、大观楼、望江楼、甲秀楼。而甲秀楼的“科甲挺秀”立楼之意，更是令我情有独钟。从那时起，甲秀楼古老的风韵就飘逸在我的心头。

其实，更令我心仪的还是出于清末贵阳楹联大家刘韫良之手，与昆明大观楼长联、成都望江楼长联鼎足而立，成为中国名胜古迹三大长联之一的《甲秀楼长联》。其联云：

五百年稳占鳌矶，独撑天宇，让我一层更上，眼界拓开。看东枕衡湘，西襟滇诏，南屏粤峤，北带巴夔，迢递关河。喜雄跨两游，支持岩疆半壁。恰好马撒碉隳，乌蒙箐扫，艰难缔造，装点成锦绣湖山。漫云筑国偏荒，难与神州争胜概。

数千仞高陵牛渡，永镇边隅，问谁双柱重镌，颓波挽住。忆秦通僰道，汉置牂牁，唐靖苴兰，宋封罗甸，凄迷风雨。叹名流几辈，留得旧迹千秋。对此云送螺峰，霞餐象

岭，缓步登临，领略些画阁烟景。恍觉蓬州咫尺，招邀仙侣
话游踪。

上联以综述的手法描绘了甲秀楼所处的地理环境，抒发了对楼宇磅礴之势的赞美，对筑楼所付出艰辛的感叹。下联追述历史，敬怀先贤，咏物言志，表达了对甲秀楼上留下人生踪迹的珍惜，对生活与生命的热爱。

这些年，我曾几度涉足贵阳，与甲秀楼近在咫尺，却因来去匆匆，总无一面之缘。今年初夏时节，重来夜郎古国，暖风丽日，碧空如洗，正值旅游的黄金佳期，又有当地友人伴导，我终于实现了登上甲秀楼的宿愿。

来到楼下，抬头仰望，果然不同凡响！只见它顶天立地，睥睨苍穹，一副舍我其谁的气概。楼高207米，台基高22米，总高229米，三层三檐四角攒尖顶，飞甍翘角，石柱托檐，雕栏环护，屹立江流。当地友人介绍，甲秀楼始建于明朝万历二十六年，至今已有四百多年的历史。楼为贵州巡抚江东之所建，目的是“以培风气”。楼下筑有石台，回澜潴泽，台作“奋鳌状”，即“鳌矶石”。江东之离任八年后，甲秀楼改成三层楼阁，续修石桥五洞，连接南明河两岸，名为“江公堤”，即后称之浮玉桥。清朝桥成九孔，民国时修公路占去两孔，现为七孔石桥。甲秀楼建成后，筑城添美景，人文蔚起，向学之风日盛，以培风气的初衷实现了。

世上的山川人事，常常有“盛名之下，其实难副”之弊。甲秀楼景区，却比人们所说的还要美丽。凭窗远眺，满目胜景，只见浮玉桥如白玉浮波，贯通南北两岸。桥上有涵碧潭，水深清澈可鉴人影。楼前不远处的南明河中，据说旧时有芳杜洲，盛产香附，时有沙鸥来洲小憩。极目远眺，远山含翠，近水泛绿，霁虹桥就在前方。河上渔舟

撒网，与杭州西湖相比，感到毫不逊色。

甲秀楼是一种文明的象征，黔文化的载体，引无数文人墨客争相咏叹抒怀。自明代以来，咏楼的赋、诗、词、楹联不绝如缕，楼以景美醉人，人以诗好传楼名。袁枚《随园诗话》载有鄂尔泰《甲秀楼》诗云：“鳌矶湾下柳毵毵，芳杜洲前小驻骖。更上层楼瞰流水，虹桥风景似江南。”因此，数百年间甲秀楼多次毁坏、重修，历尽沧桑，但人们始终没有割断对传统、对文明的认同。明末天启元年初毁，总督朱燮元重建，更名“来凤阁”。再毁，清康熙二十八年贵州巡抚田雯重建，有碑记。后又毁坏，乾隆四十一年巡抚裴宗锡重修。直至1994年，在浮玉桥北头修建石木结构、造型典雅的“城南胜迹”牌楼，甲秀楼及甲秀楼景区以黔中瑰宝呈现游人眼前。

啊，玲珑剔透、清秀美丽的甲秀楼，你经历了四百多年的风雨沧桑，见证了黔中多少悲欢离合，承载了多少丰厚的思想、理念和底蕴……难怪，不同年龄、性别，不同籍贯、职业，不同民族、国家的人们，都赶来这里游历。年年月月、四季更替，一批批人走了，一拨拨人又来了，因为你以特有魅力深深地吸引着他们。凡来过这里的人们，都能从不同的角度，找到积极向上的启示。有人从其筑楼的初衷，窥见华夏文明的源远流长；有人从“喜雄跨两游，支持岩疆半壁”的楼宇风格，惊叹黄帝子民的智慧刚强；有人从陈列的书画瑰宝，记取千秋志士的崇高理想；有人从各族游客的悠然往返，幸感盛世的和谐团结……

我登临甲秀楼的最高处，时值初夏，映入眼帘的那灌满了生命浆液的各种树木，一片生机盎然。我的思绪随着灿烂的阳光、欢笑的人声、和悦的春风飞向远方，似乎看到了残阳如血的娄山关，看到了奔腾不息的赤水河，看到了别具风格的苗族村寨，看到了夜郎古国先民的艰难跋涉。

汽笛打住了我纷飞的情思，哦！一切都换了人间，甲秀楼也走进了新时代！

# 访寻元中都

一

在中国五千多年文明史中，因朝代更迭、中兴、纷乱而留下的遗迹实在太多了，且为天下人知者甚众，比如北京的元大都。相比之下，元中都就没这么高的知名度了。

久居京城的我，与元大都遗址近在咫尺，但过去的确没有听说元中都。这在不得不承认自己寡闻之余，也因历史的烟尘在元中都遗址上覆盖了一层又一层，渐渐地人们不再知道它曾经的辉煌。其实，元朝建大都于北京之前，忽必烈在如今的正蓝旗建上都，并在那里继承大统，建都北京后，确立两都巡幸制。到后来元武宗海山继位，效仿先祖，在如今的张北建立了中都，于是元朝确立大都、中都、上都三都城为中心的政治格局。

元中都位于河北省张北县城西北十五公里处。前些年，虽然有农民居于遗址之上，却谁也说不出这些被风沙打磨发白了的城墙的来由，只是把村子叫作白城子村。长期以来，这里被史学界误认为是“北羊城”遗址，就是元代牲畜交易场所。有的村民小时候就听老人讲这墙有来历，但什么来历谁也不知，后来住在里面的人都搬出来了。从1998年开始，文物部门对这一遗址进行勘探发掘，才对元中都进行了科学的认定。一段尘封的历史，悄然打开。

元中都是元世祖忽必烈的孙子元武宗海山所建，至正十八年（1358年）被红巾军焚毁。这一带地处内蒙古高原与华北平原的过渡地带，古称旺兀察都，草肥水美，既有辽阔的坝上草原，又有肥沃的千里农田，是游牧文明和农耕文明重要的交汇点和结合点，又是重要的交通通道和军事重地。

这里曾是元中都，盛极一时的辉煌帝都！

这里曾是元中都，折射出了元朝的执政理念，而且是元代九十多年王朝史的一个里程碑！

这里曾是元中都，见证了大元帝国中后期六十多年国运衰落情形！

这里，每一块石板印记了一个悲壮灵魂，每一片灰瓦缩影了一个动人的故事；这里的灵魂是历史老人的苍凉，故事是从时光的洞穴里流淌出来的。

对这样一座废都，你能对它等闲视之吗？

## 二

去年初秋，有机会去了张家口一趟，在当地友人的极力推荐和劝说下，我走进了坝上草原，走进了向往已久的元中都。当时，坝上已进入了开镰收草的季节，四处漫溢着草的清香和瓜果的甘醇，一派天然的野趣，堪称绝妙的风光。寂寥的是荒草掩映中的啸天白玉螭首和七百年来飘荡在中都上空的雨雾清风，是远去的元帝国杂沓的足音。凝视着这静静矗立的残垣断壁，默默诠释着这块斑驳土地上沧桑厚重的历史。草原上凉爽的微风，使我在残破的宫阙遗址上仿佛听到既往时代的声音，七百年前的中都渐渐灵动鲜活起来，草原由于成千上万马蹄的奔驰而颤动。

没有历史的记录，也没有现实的影像，元代的短命之都——中都究竟是怎样的一座帝都呢？它的原貌又是怎样的呢？

登上中都依然高大厚实的斑驳城墙，纵目四望，你就会发现武宗皇帝选择立都之地的慧眼和匠心。这里，背依形似老鼠的青青远山，坐拥鱼肥水美的草原明珠安固里淖，水草丰美，禽翔兽集。第一次路过这里的武宗皇帝眼前肯定一亮，一下子就找到了政治战略和精神家园的契合点。于是，渴望再造一个政治中心以巩固自己的执政地位，并且通过中都成就与世祖忽必烈、成宗铁穆耳一样名垂青史的霸业欲望，促使武宗皇帝决定在这里修建中都。这里既可以培植蒙元王公盘马弯弓的尚武精神，不失草原黄金家族的虎狼威风，又可以避暑休闲修心养性，享受所有中原帝王能够享受的笙歌燕舞，同时可以应付大都和上都城里经常不太稳定的政治风云，可谓一举多得。

七百多年后的今天，我们仍然可以想象当时千夫万役会战中都如火如荼的宏大场面，修建中都成为了一场名副其实的战役，中都工地不是战场胜似战场。

逝者如斯夫，时间在默然无声中推移，而山川依然是春华秋实。

在元中都的断壁残垣上，有一种并不为人们所注意的杂草，当地人称这种草在附近的几十里都没有，只有在元中都内生长，当地民间流传着“富贵草”的说法。它应该生长在高寒地区，与当地气候有些不相称，这样就形成了奇怪的现象，在白城子的夯土部分清一色地生长着这种草。有人推断，元中都当时建城时，夯土可能是从远方运来的。

据导游介绍，来这里旅游的人都喜欢弯下身子围着“富贵草”看个够、说个够，其中不乏有萌生移植念头的人，或至少与它合个影，沾点灵气，图个吉利。古往今来，人类这种高智商的动物，有时表现得很可爱而又很可笑。

## 三

元朝是被朱元璋的明军推翻的，那么，矗立在坝上草原的那个恢宏壮丽、殿堂高耸、气势巍峨的元中都是被谁夷平的呢?

答案什么版本都有，有皇室兄弟之争而废之说，也有另一传说是红巾军烧毁了元中都。但是，我想这样说，如果不是腐败的“家天下”的政治体制，说到底就是延绵不绝的帝王文化，这颗北国草原上的明珠是很难被轻易烧毁的，毕竟元中都与上都和大都一样，也是个帝城。

残阳照着元中都废墟上的断墙，照着这里曾经发生过的与外界的战争和宫廷内讧，照着一段段苍茫史事。大德十一年正月，元朝第五代皇帝铁穆耳也就是海山的父亲病逝，因走得匆忙，连皇位继承人也没有来得及敲定。当皇冠落到了海山兄弟头上之时，两人表面上互相推辞一番之后，母亲将两个儿子的“皇命”交给阴阳家来推算，结果海山因命不好要让其弟继位。长年统兵的海山心中不服，率三路大军进发大都。慑于军威，母亲表达了“诸王群臣推戴之意”。于是海山以胜利者的姿态在上都大安阁登上了皇位，并立弟弟为“皇太子”，“约定”兄弟叔侄，世世相承。

就这样，一个昏聩的老妇人，草率地对国家的前途与命运作出了决定，不能不说是件可怕的事情。穿越千年的烟霭，去勾起跨越时空的那份凄凉，直接感受到的是元中都的悲哀、颤抖。

的确，海山的登基是元朝国运的一个分水岭，开始滑上了腐朽与昏庸的快车道。海山皇帝在位总共不到四年，而元帝国官僚机构之膨胀和吏治之腐败已经到了无以复加的程度。中都工程不但耗资巨大，而且劳役繁重，“死于木石者甚多”。

人类在驯服了一切飞禽走兽时，却很难驯服自己。翻开一部几千年的中国历史，为了权力，不知上演了多少刀光剑影、征伐战乱、血溅宫廷的活剧，字里行间充满着血腥之气。失败，自然为权力而殉葬了，胜利者有时也成了权力供桌上的祭品。

就在国库告急、民怨沸天、朝谏不绝之际，武宗于1311年初出人意料地猝死于大都玉德殿，时年三十一岁，中都成为这位年轻皇帝未了的遗愿。“宁可少活几十年，休得一日没有权”，可见权力是多么可爱。武宗死后不到三天，仁宗就下令罢撤垄断治国大权的尚书省，过了四天，又将尚书省的主要五名官员全部诛杀——表面上和平继位的“武仁授受”，实质上也充满了血腥。武宗死后十二天，尚未登基的皇太子就断然下令“罢城中都”，随后撤销了所有相关机构，中都的兴建就这样匆匆结束了。

纵览历朝王子，反目纷争似乎像基因一样融入他们的血液，世代相传，无论是在农耕文明中成长，还是在游牧文明中驰骋的，概莫能外。自社会划分阶级以来，权力便成为人世间最浓烈的美酒，更何况是有着“九五之尊”的皇权呢。天历二年（1329年），已经称帝的文宗图帖睦尔与其兄和世瑓产生争斗，两人皆为海山的儿子，为夺取当时皇太子的帝位发生激烈争斗。文宗图帖睦尔以将帝位让给和世为由，将之从漠北骗回，和世瑓得帝位后高兴返回，但是在元中都的行宫，却上演了兄弟相残的一幕。

历朝历代，“权力”两字把一些人变得虚伪、冷漠、麻木乃至残忍。而人的心肠一旦变得冷酷无情、麻木不仁，惆怅也就会离他远去，铁石心肠的人，从不忧伤的人，其所作所为，唯余可怕。《元史》记载：“丙戌，帝入见，明宗（和世瑓）宴帝及诸王、大臣于行殿。庚寅，明宗崩，帝入临哭尽哀。燕铁木儿以明宗后之命，奉皇帝宝授于帝，遂还。”元中都可以说是从这时被冷落的，后来日益毁颓至明时，名为“沙城”了。

面对着莽莽无边的草原，一片无声的葱绿，听着一个个用动听的声音讲述的动听故事，心里涌起一种莫名的忧怅，如同凉泉在心头旋流。

## 四

历史，有时出现惊人的相似之处，有时还会开天大的玩笑。历史老人对人类的嘲弄，有时就是这样无情。

颇有意味的是，在中都修建六十年后的1368年，武宗的孙子顺帝逃跑来到这里，他是中都惨淡经营半个世纪后迎来的最后一位元朝皇帝。元顺帝逃到中都的时候，中都已经在十年前被北上的红巾军焚烧过一次，宫阙万间付之一炬，残砖烂瓦狼藉遍地。心烦意乱的顺帝盘桓在中都惨损的宫苑间心情复杂而悲凉，天高云淡、草长莺飞，没有提起他丝毫的兴致，沉重的亡国之痛使他“感时花溅泪，恨别鸟惊心”，除了悲伤就是惆怅。顺帝回天无力，仰天长叹，仓皇北逃，最终死在了漠北草原。

有人曾从治国手腕的角度，把历史上中国皇帝分成了这样三类：三流的统治者，使天下不敢言而敢怒；二流的统治者，使天下不敢怒而敢言；一流的统治者，使天下既不敢言且不敢怒。农民起义者选择三流统治者的时代，知识分子会选择二流统治者的国度，在一流统治者的天下，只有一群忠实的太监忙碌着。海山及其王子，充其量也只是二三流统治者。

王朝的悲剧演化成顺帝的个人悲剧，也演化成中都彻底衰落的悲剧！顺帝临别中都的几声叹息，成为曾经地跨欧亚的蒙元帝国的遥远绝响!

在这里，我想起了《红楼梦》中的《好了歌》一段：“世人都晓神仙好，惟有功名忘不了！古今将相在何方？荒冢一堆草没了！”

这座兼具农牧文明的元代都城昙花一现，历时短暂，却见证着大元王朝的国运中衰与皇族争权的那段史实。如今，只有漠漠黄沙和簇簇白草，为后人守护着这座丰厚的文化遗存。

萧萧风雨中，磨蚀得只剩下断壁残垣的元中都成为一个王朝凄恻的背影！

站在元中都遗址的断壁残垣上，抚摸着一块块断砖和石碑，每一块都显现时间的质感，透出草原大地最初的气息，让人思考关于历史与权力的价值与虚无。改朝换代的惨烈厮杀，皇朝骨肉争斗的血腥，以及宦海中的惊涛骇浪，在人类的历史长河中，显得那样的苍白和无聊，都会被时间的风雨销蚀净尽。海山及他的皇子皇孙回首往事时，也许会因为没有举行隆重的中都的落成典礼而悔恨，或因无颜见成吉思汗而羞耻，但他们敢理直气壮地说：我的整个生命和全部精力，都献给了世界上最壮丽最开心的事业——为了权力而相互残杀。

从元中都遗址返回，一排驮着阳光的雁队姗姗飞过。在蓝色的天幕下，那翅膀之沉、鸣叫之凄，显得那样的不协调。这也许就是坝上草原这个昙花一现的帝都的忏悔的哀叫。

我仰望长空，思绪绵绵。人类的悲哀在于：从人类诞生的那天起，就违拗生存的基本规律另搞一套。不断地违背生存的基本规律和原则，也不断地接受这些规律和原则的惩罚。

生命是一个过程，历史是一个过程，世上的一切山川人事都是一个过程。元中都在历史中曾经闪耀过的浮华，曾经出现的烟灭，都会回到草原的初始，然后等待着，被时间尘埃封存，被后人所寻访，被挖掘，被探究价值。

# 陈迹飘零读“军校”

第一次站在云梦山麓这绵延数里的山谷，我与这里曾经云集的群英之时空距离已是两千五百余年了。

这个山谷鳌背峙峰，气势磅礴，峰回路转，幽深莫测，人称鬼谷。这个曾经汇聚群英的场所，便是被称为我国历史上第一所军校——战国军庠。

云梦山这个太行东侧的余脉，不仅有许多美丽的原生态自然风光，也是道家、儒家、佛家和兵家等中外思想兼收并蓄之地。元代诗人王恽在青岩山的诗中这样写道：“徘徊读尽摩崖记，却笑无能继后踪。”可见这里的历史文化蕴含极为深厚。山麓东部为山间盆地，里面有两大泉水涌流，一曰龙泉，另曰仙泉。两股泉水汇合条条涧水形成一个小湖，当地人称之为映瑞池，也叫鬼谷清溪。

车子在迤逦的盘山公路上绕了几圈，终于在石坊山门前停了下来。

“到了。”

“中国军校的鼻祖到了！”

登高远眺，但见云浮峰驰，雾霭蒙蒙。环视四方，山顶上坡陡崖削，峰险突兀，怪石嶙峋；山腰下渐趋平缓，林木繁茂，草莽绵连。我们踩着先人的脚印，心灵撞击着历史文明的碎片，渴望燃烧起激情去追赶光明。

“中华古军校”五个大字镌刻在石坊门的门楣上，朱红油漆，十分醒目。上首刻“文韬”，下首刻“武略”，相互协调对称。这大概就是军校的大门了，这种布局和结构对以后军校门第的塑造有着很大的影响，保定军校、黄埔军校，乃至现代的军校基本上是这种风格，可见文化的惯性是多么巨大啊！

“将坛”是这所古军校的标志性建筑，坛高五米，长六米，塑像将帅牵马扶剑沉思的形象，象征着中华第一古军校曾为将帅之摇篮。从将坛转向南行，有座拱券亭式山门，名曰映瑞门。正门为石砌圆拱形，两旁刻有“九霄云梦遍山野映瑞呈祥，千里太行独此处卧虎藏龙”的门联。

战国军庠创办者，也就是第一任校长，名为王禅，战国时卫国人，不过现在人们只知道他叫鬼谷子。他长于持身养性和纵横术，著有《鬼谷子》十四篇传世。春秋战国时期，中原地区多是小国，东齐、南楚、北魏、西秦都是大国和强国，中原小国为防备大国的蚕食鲸吞，就必须在外交和军事上加强筹划，招揽人才。

一个民族的智慧，一个国家繁荣，一支军队的实力，往往需要一个标志性的证明，而战国军庠是能够起到这种作用的军事领域之一。

相传鬼谷子门下的弟子最多时达到了三千多人，从现在军校办学的规模看，给它定编为师或军级单位是没有问题的。但就其办学的影响，千百年来能有几所军校与它媲美呢？孙膑、庞涓、苏秦、张仪、毛遂、尉缭、茅蒙、徐福等春秋战国的旷世奇才都曾在这里师从鬼谷子先生，学有所成后走出云梦，或成为率领千军万马的军事家，或成为叱咤风云的政治家，或成为合纵连横的外交家，在动荡不迭的大舞台上斗智斗勇，共同演绎了“鬼谷三卷隐匡天下，兵家七国才出一门”的历史活剧。遥想当年，多少战略要塞，多少边关隘谷，流石檑木，白骨横陈。石壁的刀痕、山崖的剪影，在吞纳阳刚和野性的长风中，壮烈地诉说着云梦山谷。

在社会激烈动荡、加速转型的风云际会之时，报考军校，投身行伍，不失为既保全性命，又改变身份地位的一道捷径，但鬼谷子招生也不是随便的，门槛不低，方法奇特。在云梦盆地东侧高十五米处有个舍身台，就是他的招生场所。它南北长约八十米，壁顶有两米宽的平台，往下俯瞰，悬崖绝壁，险峻异常。相传当年鬼谷子在此考录弟子时，要求弟子从此台跳下去，一则为了考验弟子的勇气和虔诚，二来测试他们的智慧。录取的弟子均是既义无反顾地纵崖而跳，又保全性命的勇敢与智慧复合之才。应该说，通过这样的入学考试，生源的质量是有保证的。

不得不令人思索的一个问题是，鬼谷子到底教学生些什么呢？从飘零的陈迹中发现，鬼谷子在军中设的教育内容十分宽泛，自然有姜太公兵法、孙武兵法，这是最正常不过的事情，军校姓军，习武为本，但鬼谷子并非只囿于此，还开设了周易学和纵横学。

《周易》是道家思想的精华。遗憾的是，许多人不理解其真正的内涵，提起它会条件反射般地将它与迷信联系在一起。其实，易经就是“一分为二，对立统一”，是朴素的唯物辩证法。鬼谷子在创办军庠之前就已博览群书，云游天下，对《周易》进行了深入探讨，并活学活用了其宇宙观、方法论，创立了“捭阖论”，在理论上实现了创新与飞跃。它主要强调用捭（分开）阖（关闭）方法了解事物生存和死亡的规律，预测事物发展的过程，通晓人们思想变化的状况，揭示事物发展变化的征兆，进而做到知彼知己，百战不殆。他并没有拘泥于某条具体兵典，也不死抱着一些成功的战例不放，而是从系统上理解，达到思维方式的高度，或许这就叫“道”，也是鬼谷子军事教育的理论基础；在两者之间找平衡——在对立之中保持一种永恒的

“度”，这是绝对的宇宙对称互补法则。

自古以来，军事并不是孤立存在的，总是与政治、经济、外交、文化的战略相关性和互相依存性紧密相联。鬼谷子似乎早就敏锐地发现和把握了这个问题，从他安排的教学所授内容看，重点在于军事和外交，纵横术即兴起于此。纵横家所崇尚的是权谋策略及言谈辩论之技巧，而纵横术的运用，多是小国由于国力不济而周旋于大国之间的需要。外交战术之得益与否，关系国家之安危兴衰。当年苏秦凭其三寸不烂之舌，合纵六国，配六国相印，统领六国共同抗秦，显赫一时。而张仪又凭其谋略与游说技巧，使六国合纵土崩瓦解，为秦国立下不朽功劳。所谓“智用于众人之所不能知，而能用于众人之所不能见”。潜谋于无形，常胜于不争不费，此为鬼谷子军事教育思想之精髓所在。在这个方面，孙武侧重于总体战略，而鬼谷子则专于具体技巧，两者可说是相辅相成。

斗转星移，日月消长。草根在地下，草叶一岁一枯荣。柳丝绿了又黄，黄了又绿。百年老树一圈圈地画满了年轮：这便是历史。“夫天地者，万物之逆旅也；光阴者，百代之过客也”，李太白如是感叹。的确，世界变了，电子、纳米技术、克隆，当今社会正一日千里地发展着。可是军事领域最本质的东西，这些支撑着战争艺术的基本规则，并没有随着瞬息万变的当今生活而发生根本变化。它们没有随着流行的时尚大幅度摇摆，顶多只有少许的调整，甚至绝大部分压根儿就没变。

水帘洞是鬼谷先生隐居之所，又是聚徒讲学之地，可谓是教室兼宿舍。这是一个天然洞穴，在云梦盆地南山阴半山崖，洞顶奇形怪状的钟乳石比比皆是，如珠似玉的水珠顺着钟乳滴落石上，如坠玉盘，叮咚有声，犹如古人抚琴鼓筝，串串水珠恰似一幅珠帘悬于洞口。洞中有一泉井，清澈见底。洞内地面石板上有两道车辙和牛蹄足迹，从洞内一直延伸到洞外。传说鬼谷子主要在这里讲经论道，他的弟子也用牛车送柴运水，天长日久，就留下了印迹。洞中泉水每每溢出，在洞外形成了一道飞瀑，地涌天悬，啸声充谷，流向辽阔的中原大地。“乘云愿洒泉为雨，飞润阎浮四百州。”古人所吟此诗，是对水帘洞再也贴切不过的描述了。细雨迷漫，雾岚绕峰。端坐鬼谷亭，只见矗立着的鬼谷子塑像右手握简书，左手背后，启目远视。从那宽阔的前额、飘洒的胡须、庄重的神态，可窥见他作为一代兵家宗师的聪明睿智、勤奋好学、知识渊博和无私授徒的高贵品质。亭子周围，环绕着鬼谷子弟子的遗迹。这里是军庠的中心位置，也是云梦山的一个制高点。毛遂、苏秦、茅蒙、张仪等洞基本上都在上下层的山崖中。他们从战国军庠里走出，演绎人类历史最精彩的故事，他们又为这个军庠增添了无限的光彩。

孙膑、庞涓下棋遗址在小峰门，是通向云梦山的一隘口，山势陡峭，易守难攻。站在峰口，可北览金牛岭、殷纣王鹿台，东眺古城朝歌，使人心旷神怡。峰口有块约九平方米的青石板，上刻古棋盘一个，相传孙、庞当年常到这里砍柴，小憩时两人即在此下棋，对垒斗智。棋盘东北侧有一石砌小庙，曰将军庙。岁月悠悠，时光无情。孙膑和庞涓下棋的遗址，早已湮没在云梦山坳的绿波野岭之中，但他们师兄弟间的故事，在史籍、在民间一直脍炙人口。

提起孙膑和庞涓这两个师兄弟，许多人至今还是扼腕痛惜，深感他俩出于一个师门，都可谓学业优异，事业有成，最后同窗反目，同室操戈，基本上都归咎于庞涓嫉贤妒能，编造罪状对孙膑施以膑刑。公元前344年齐以膑为军师，攻魏救韩，庞涓回师迎战，在马陵道中孙膑计，全军被歼，结果自杀。其实，这些都是故事的情节和当时事件的表象，深层次的原因是他俩同为军人，虽然道出于一师，但各为其主是天职。这样，在当时只愁诡计和诈术不够用的政治、军事领域，这出“同室操戈”的悲剧是难免的，只是手法不同而已。

面对着重峦叠嶂，山起云浮，气象万千的战国军庠，松涛阵阵，流泉飞瀑，仿佛是历史的回音在骤然响起。此时此刻我在想，也许是因为我们对孙膑有太多的同情、太多的尊重，以至习惯了一种思维方式，那就是把他与庞涓按我们自己设计的思路进行褒贬，因而忽略或者有意回避了那些可能会影响甚至会打乱预设思路的“内核”。在孙膑洞的门口，后人写下这样一副道出了这位兵圣一生功业和气质的楹联：道讲刑名勋垂勃海，胸罗兵甲气镇风云。而对庞涓，后人就没那么慷慨了，原本与孙膑毗邻的庞涓洞，偏偏将它移到了峡谷北山的山腰处，并杜撰了他在马陵道自杀后，阴魂不散，愧对老师和师兄，自己选择了无人光顾的荒山洞落脚的神话。

纵横之术九流十家誉中外，兵学之道三韬六略冠古今。如今的战国军庠，已是一个游人如织的旅游胜地，浓缩着中原大地风情的古朴、凝重、与太行山脉融为一体的洞穴、祠堂、溪谷等，诉说它的昨天和前天。

比起其他文物古迹来，军庠似乎更能体现文化意义，因为它不仅仅处在思想上百家争鸣、文化上百花齐放的时期，更处在动荡的风云际会之际，思想显得那样的自由，文化显得那样的活跃。离开云梦返回北京的路上，对战国军庠生起崇敬之余，也生发了许多的感慨和思索……坦白地讲，军庠作为一种文化现象，其兴盛和发展不是偶然的，春秋战国时期，时代的主题是战争。而现在，和平与发展是时代的主题，再在飘零陈迹中读起这所古老的“军校”，领略这些智谋在政治、外交、军事等领域的运用技巧，特别是对当今社会“势”与“道”的把握，昭示颇多，也使厚重的军事文化与纷繁生活结合得更紧了。

而此刻，我的心情沉重了起来。鬼谷子创办战国军庠的千秋功勋，已沉淀在苍茫史页之中了，但由此形成的军事文化影响着今天，甚至是明天。对于一个社会来说，集体记忆是最深刻的历史。时间筛过轻松，滤过平凡，沉淀在记忆中的是挥之不去的历史厚重和民族心灵印痕。

如果一个民族在历史的回响中获得一种自觉反省和深刻批判的能力，那这种回响，便获得了超越其本身历史范畴的永恒的警示价值。

# 水车诗韵

到车溪参观水车博物馆完全是不经意的，或者说是意外之中的收获吧。

这些年，因工作关系常去位于荆州的长江大学，几乎每次都要途经水电之都宜昌。在今年春意阑珊的季节，莺飞草长，蛰虫始振，再赴这个古都，与同行的小袁来了个逆向思维：不用当地官方接站，来个“天马行空，独来独往”。

没有礼仪性的陪同，给自己的心灵可以放个假了。出租车在机场至宜昌的高速公路上飞驰，激情与阳光醉吻，感觉到春天在自己的瞳仁里微笑。难得心境与风景两相宜，便不由得与“的哥”不设防地攀谈了起来。

或许是这位“的哥”的热情，或许是为了招揽生意，他与我们侃起了三峡大坝的雄伟、昭君故里的秀丽、当阳关陵的悲壮，当然还有车溪水车的古老。

嗨！真是感谢这位“的哥”对我们寡闻的臆断，车溪这个地方真是没有涉足，更不知道那里还有一个水车博物馆呢！

说起水车，勾起了我尘封已久的渴望，小时候伴随着这咿呀咿呀的声音，蹒跚地挥别了愈行愈远的童年。从懂事之时起，记得在老宅西南方的一条竖沟边，架着一部部木制的水车，仿佛一把把古韵天成的竖琴，当时大家管它叫车水机。看来，水车作为用于提水的器具或借水力推动机械转动用于农产品加工的设备，不仅在高原缺水的地方有，在水网地带的鱼米之乡也少不了它。

有了这种挡不住的诱惑，尽管第二天赶飞机航班还有些紧张，但还是几经周折、询问，终于到了车溪。

这里很安逸恬静，想不到闻名遐迩的三峡居然还有这么一块世外桃源，与只有几十公里远的大坝库区相比，形成了巨大的反差。山峦迤逦峻峭，伸向远方的迷蒙，伸向远方的飘逸和神秘。闻着花香，听着鸟鸣，置身于这样原生态的环境里，恍然时光倒流到了依赖水车取水灌溉的时代。

博物馆傍山依水，按照早期车溪沿河水车布局，集中展示了造型各异、功能或大或小的各种水车。只见每台车基上分别写着：桔槔、水碓、翻车、脚踏翻车、牛转翻车、水转翻车、机汲、拔车、筒车、高转筒车、水碾。要是没有这些文字注明，现代人是很难一一叫出它们的名字的。从构造的机械来看，每台水车也是繁简不一的。像脚踏水车由三部分组成，第一部分为竖着的木架或铁架，有两层，上层是一根横木，供手扶，下层是车轴；第二部分为木制盒状水箱，有上下两层；第三部分为提水的车叶，车叶有数十个，等距离串联在一起，形成链状，车叶环绕木轴进入水箱上下层，三部分从而形成一个整体。而手摇水车，车轴上装有摇柄，比脚踏水车简单轻便些。

这里打破了传统博物馆的展品不能触摸的惯例，鼓励游客参与农耕稼作活动，体味先民生活，以满足现代人尘封在潜意识里的渴望，勾起对悠久文明史的情致。出于新奇，更是出于体验，我们一行在博物馆工作人员的指导下，爬上木制水车踩了起来。只见旋转舀起来凌空倾倒到另外一条导流槽形成的“水幕”，转动车轴带动车叶，空车叶从水箱上层进入水中，然后从水箱下层将水不断提起倒入池中，经阳光一照，顿时七彩斑斓。那从水斗中飞溅散落而下的水珠，在光的散射下变成七彩珍珠陨落，与古木屋形成一动一静，相映成趣，妙不可言，令人产生无法抑制的赞叹。

久居北方的人，深受沙尘暴的侵袭之苦，这次陶醉于车溪，对在那里看了个痛快的古代林林总总的取水工具发生了深厚的兴趣。站在江畔的滩涂上，我试图探寻水车的轨迹，纵览远古的沧桑，聆听那久违了的咿呀咿呀的声音。

水车，古时候叫翻车，也叫龙骨车。民间最早的汲水用具该是“桔槔”。《庄子·外篇·天地篇》中载，子贡南游，返途路过汉阴时，看到一个老丈辛苦地抱瓮汲水灌溉，事倍而功半，于是告诉老翁一种省力的器具，名曰之“槔”。它的制作方式是：“凿木为机，后重前轻，挈水若抽，数如泆汤。”也就是用一条横木支在木架上，一端挂着汲水的木桶，一端挂着重物，像杠杆似的，可以节省汲水的力量。从抱瓮灌地到桔槔汲水初步利用器械，可以说是水车发明的先躯。

清代麟庆著的《河工器具图说》记载，水车本身用木板作槽，长两丈，宽四寸到七寸不等，高约一尺，槽中架设行道板一条，与槽的宽窄一样，两端比槽板各短一尺，用以安置大小轮轴。在行道板上下，通周将龙骨叶一节一节地用销子连续起来，因它的样子很像龙的骨架，故名“龙骨车”。

对于中国这样一个自古就是以农立国的国家，水利作为农业中最不可缺的一环，各朝政府虽致力于兴修水利工程。不论是灌溉渠道或是运河都动员了大量的人力、物力和财力去营建。这些渠道大多分布在各大农业区，至于高地或是离灌溉渠道及水源较远之地，显然是无法顾及的。于是，中国人从秦汉时期起，发明了另一种能引水灌溉的农具——水车，但当时主要类型是翻车和筒车，并有零星应用。到了宋元时期才得以快速发展，水车的利用不限于灌溉，它广泛应用于农产品加工。水车仿佛一架拨动日月旋转的乾坤巨轮，用一种亘古的力量连接着昨天与今天的文明。

就是在我童年时候，老家的水车还在时转时停，默默地发挥着作用呢。只见水车斑斑驳驳，转转停停中，走着亘古不变的步伐，透过转动的叶片，把甘甜的河水送到干枯的田间。那时候家乡没有什么现代工业的设施，我们对外面的世界几乎是没有什么了解，一群孩子围着水车看其运行实在是很大的满足了，印象也太深了，就是到了现在，当时车水的农民沧桑的面容仍依稀可见。水车于水乡一隅，和着流水的节拍，低述着小桥流水人家的古朴雅致。车上农民心的疲惫随之流淌不见，只因几多的梦想，几多的希翼还在。

大约到了上世纪六十年代后期，我们所在的生产大队有了第一架抽水机，用柴油燃烧发生能量，让抽水管喷涌着清水，那澎湃的水流看得我目瞪口呆。那一幕可真壮观，锣鼓喧天，人山人海，轰隆轰隆的声响震耳欲聋。机械化真是好啊，由此农民的双脚终于解放了。

水与人类永远是相依为命的，人类在大部分时间里主要是依赖水车取水的，因而水车的意义不仅仅是物质层面上的。水车里奔放出的一种文化精神，让我们这个以农耕文明为主的国度，哺育出更加辉煌的智慧，更加美丽的颜容，更加高贵的心灵，更加灿烂的篇章。与文明相通，水车有了自己的品格和内涵。

“翻翻联联衔尾鸦，荦荦确确蜕骨蛇。分畴翠浪走云阵，刺水绿针抽稻芽。洞庭五月欲飞沙，鼍鸣窟中如打衙。天公不见老农泣，唤取阿香推雷车。”这是北宋大文豪苏轼在《无锡道中赋水车》中对水车的描述，可见当时水车的使用已相当普遍了，也演绎着农耕文明那具有厚重历史底蕴的文化传承。

进入水车博物馆的每一位游客，都轻轻地抚摸着那些硕大而又精美的轮圈，都仿佛触探到了历史的体温，也留下了各不相同的指纹，不由得引发了绵绵的追思浩叹。

水资源危机是近几十年的事。在古代，人们靠天吃饭，感到危机的是如何排水取水，以实现旱涝保收。曾听老人讲过这样一个水韵绵长的故事：有一年闹旱灾，人们四处逃荒，寻食找吃。有一天，有位美貌如仙的姑娘随着母亲到一个村上行乞，两位家庭富裕的后生同时看上这位妹子，都想将其留下娶为妻室。姑娘的母亲可能是被“穷”字吓倒了，想通过嫁女的契机来改变流落颠簸的生活，便提出了凭财定婿的要求。于是，这两位后生的父母摽着劲似的列举并摆出金银绸缎。几十个轮回下来，两家打了个“平手”。最后，居于村西的王家报上族人在州衙为官的“软财产”，住于村东的张家便亮出了“撒手锏”——那部祖传的水车。至此，两家直盯着姑娘的母亲，只见她毫不犹豫领着女儿走向村东。至此，故事有了结尾，当地“水车官不换”的民谚一直在流传着。

水车的作用和魔力真大啊！

与水打交道的过程中形成了特有的思想观念和情感，从而以水为题材创作了许多神话传说、民间故事、诗词歌赋、绘画摄影、曲艺戏剧、文学作品、科学著述等。许多文学名著、脍炙人口的诗文，无不打上了河的印记、水的印记。

从车溪出来，一种清甜的气息迎面而来，我的遐想也就此打住了。

天还下着蒙蒙春雨，润物细无声，山峰、大坝、村庄，还有穿梭于江畔的人们，都仿佛被洗刷一遍，一切显得那么地清新，彰显着春天萌动的欲望。我想，如果说水是大地和山川的血脉，滋润着山涧万物生灵，那随处可见的水车，则是这个纷繁世界中击流飞歌的灵魂，提升着恣意流淌的水韵。

水车，已经终结了往昔的取水功能，沉默地立于长江畔，无法再激起人们对徒步抽水的欲望，但它是两千多年来，我国水利科学技术的缩影与社会发展的见证。

一部部水车，滋润着千秋万代的农耕文明。

水车，代表了多纬度的商品、思想、知识和价值的互惠和持续不断的交流，神话不再残缺，如诗句那样撼人。

因为有了水车，一切有生命的载体在时间和空间上的繁衍不息与互相滋养，文化的张扬，生命的礼赞，诗画的交融……

来到车溪，走近水车，找到梦里的碎片，在现代繁华和闹市的喧嚷中追忆往昔，在倒流的时光中学会感恩，知道珍惜，懂得敬畏。

## 从“东清铁路”到“一带一路”

满洲里是一座因铁路而生、因铁路而兴的城市。

今年盛夏的一个下午，长期站在北京干燥天气里的我们，刚到满洲里就让一股沁人心脾的清凉使自己浑身爽了许多。有人形容这里的空气可以“洗肺”，可我面对横卧在这广袤大地上两根绵长的铁轨时感受到了另一种气息，它可以“滤心”。

这个“一眼望俄蒙，鸡鸣闻三国”之地原名不叫满洲里，而是称霍勒金布拉格，蒙语意思为“旺盛的泉水”。一百多年前，这里是清政府边防的卡伦哨所所在地，在大清国的版图上连个针眼点也没有。

光绪二十二年，也就是公元1896年，对于中国人来说，是因不知朝谁磕头才好而惶惶不安的动乱年月，霍勒金布拉格不知怎的，成为了前去俄国参加沙皇加冕典礼的清政府特使李鸿章与沙俄密谈的一个中心议题，就是允许俄国修筑从赤塔经过这里连接沙俄符拉迪沃斯托克（海参崴）的铁路，简称“东清铁路”，并且写进了《中俄御敌相互援助条约》。当时，为了掩人耳目，没有公开，成为《中俄密约》，其实这里面掩埋着让人大吃一惊的史实。

东清铁路从1897年8月举行开工仪式，次年正式破土动工，以哈尔滨为中心，分东、西、南部三线，由六处同时开始相向施工。1903

年7月14日，东清铁路全线通车营业，最终形成“J”字形的路线。当时，俄国人将西伯利亚铁路盖达洛夫斯卡亚进入中国的首站定名“满洲里”，从此一个新的地名出现在中国的版图上，而古老的地名“霍勒金布拉格”消失了。

1904年到1905年间，日本帝国与俄罗斯帝国为了争夺朝鲜半岛和中国辽东半岛的控制权，在中国东北的土地上大打出手，而中国人只有看的份儿。很多往事许多年后仍然萦绕在这座城上，变成了世代相传的故事，进入了人们的记忆和血液。最终，战争以俄罗斯帝国的失败而告终，双方随即签订了《朴茨茅斯和约》，规定长春以南路段改属日本，称为南满铁路，成为日本军国主义全面侵华的重要工具。

此后，这条铁路又改称为“中国东省铁路”，简称中东铁路或中东路。1945年，苏联一度又拥有这条铁路。1952年，东清铁路回到中国的怀抱。

时间筛过轻松，滤过平凡。白杨树不管寒往暑来，风吹雨打，还是一圈圈地画着自己的年轮。青山依旧，河流依旧，沧桑几度，人事全非。

我站在空旷、寂寥的呼伦贝尔大草原上，试图探寻年轮的轨迹，纵览过往的沧桑，聆听那久违了的马头琴声。随风潜入耳轮的是忽远忽近的阵阵马蹄，似鼓点打着远年的画面——那不绝于耳的风号是当年争夺疆域的厮杀声吗？那黑魆魆的地平线是蒙古族人遗忘在天籁的家史吗？

在这片土地上，让我真正感受到了“‘战争’两字很悲壮，‘胜利’两字很沉重”这句话的分量，也使我的内心愈加复杂了起来。

作为殖民主义的产物，“东清铁路”就像插入祖国母亲身上的两把钢刀，触及我们民族的深层心理，一直让我们感到羞辱不已；同时，在这个曾经荒寂的东北边疆小卡哨，随着“东清铁路”的建设和开通，客观上带来西方先进的文明和理念，最早只有几户蒙古族牧民的地方有了新的发展空间与机遇，使它像挣脱了血族脐带的人第一次发现了自己的力量与美。

正是因为有了这条铁路，这里还曾是二十世纪二三十年代国际红色秘密交通线的重要站点，中国共产党与共产国际和苏联共产党联系的“红色交通站”所在地。1928年六七月间中共六大在莫斯科召开，来自中国各地的一百四十多名中共六大代表中，有一百多名都是从满洲里前往苏联的。前些年，当时护送六大代表的一名老交通员还健在，逢人便讲起那些红色而又神秘的故事。

现在看着那些熟悉的文字与照片，关乎爱与恨、喜与悲、生与死、豪情与希望，曾经深刻的启示，影响了我们几代人的价值观。对于一个社会来说，集体的记忆是最深刻的历史。

以2013年金秋为起点，“一带一路”建设作为承载时代使命的世纪工程，掀开了这条带着历史痕迹的铁路发展进程的新一页。

草原为底，铁路为带。看着一趟接一趟的班列从巍峨庄严的国门经过时，我们的自豪之情油然而生。当地的朋友告诉我们，自从2013年9月首列中欧班列（“苏满欧”）经满洲里口岸成功开行，相比海上运输的四十多天，铁路运输只需要十三天到十五天，物流时间缩减了70%，各种效益集中凸显。随后大连、沈阳、长沙等城市也陆续开通经满洲里去往欧洲的集装箱班列。满洲里铁路口岸凭借独特的地缘优势和良好的基础设施建设，成为亚欧国际联运的“新通道”。而“中欧班列”通过铁路实现了中欧两大市场的快速联通和互动，增进沿线各国人民的人文交流与文明互鉴，相逢相知、互信互敬，共享和谐、安宁。

塞北最美是夏天，草叶沁出漫天碧绿，花枝擎起含苞蓓蕾，金灿灿的油菜花一望无际，满眼苍翠，林带如织。抓一把清新的空气，里面有声、有味、有色。

满洲里，高楼大厦星罗棋布，夜晚的热闹就像梦中的月光，洒满祥和的气息，五颜六色的轿车来回穿梭，白皮肤、蓝眼睛、黄头发的外国商客、游人随处可见。清凌凌，慢悠悠，像草原人悠闲散淡的性格，更像一幅烟雨朦胧油画。它正将欧亚陆路大通道上的重要枢纽和中蒙俄经济走廊的重要支点的作用日益彰显。

从“东清铁路”到“一带一路”，不仅是时代的变迁，更是一次思想的升华，是一条通道的拓宽，是一个方向的确立。如果一个民族在历史的灾难中获得一种自觉反省和深刻批判的能力，那这种悲剧便获得超越其本身历史范畴的永恒的警示价值。

内蒙古辽阔的大草原，的确是中国坚挺的脊梁、中国宽厚的胸膛。

思想写于蓝天，精神泼向苍茫。苍穹之下，大野之上，清流之畔，我似乎听到了一个响彻千古的声音徐徐升起：构建人类命运共同体。

几千年人类文明史告诉我们，人类前行的历史就是一部文化史、文明史。事物相克相生，此消彼长，自有内在规律，不一定非要刀光剑影。其实，一个民族、一个国家，其最终意义不是军事的、地域的、政治的，而是文化的。

## 背砖篓的母亲

与这位年轻母亲的邂逅，是四年多前在赤水河畔的丙安古镇。尽管已经过去了许多时日，但她躬身背着砖篓蹒跚在山路上的造型，一直定格在我记忆的屏幕上。

那是一个初夏时节，赤水河两岸绿树飞瀑、雨雾晴岚，汲足了生命浆液的各种树木一片生机盎然；汛期来临，浑浊的洪峰咆哮奔腾，回回旋旋，形成一个又一个硕大无比的漩涡。走出古镇，我们沿着河边泥泞山路匆匆而返，可思绪一直在当年纤夫号子、石达开攻镇为据、中央红军斩关夺隘的许多冥想之中打转呢。这片伟大的土地，真是引无数英雄竞折腰。

这时，天上又下起了密如麻脚的毛毛细雨。雨烟中，我看见前面数百米处索桥边，站着一位个子不高但身材窈窕的女子，身后的竹篓搁在桥栏上，正沐浴在山雨的吹洗之中。在远处连绵的披绿的群山映衬下，索桥随风轻轻地晃悠，独站桥头的身影格外显眼突出，黑色的衣衫被风灌得鼓鼓的，显得那样的浓重，又是那样的飘逸。

映入眼帘的一切，犹如一幅浓墨的山水画，深深地烙在我的心头，也牵快了我的脚步。

六月天，孩儿脸。当我们一行不知是出于避雨的本能，还是怀有赏美的心切，疾步向桥头走去的时候，突然间风停雨歇，并不刺眼的阳光又从云层中射了出来，雨后的山川那样的清晰。

来到桥头，我似乎听到了那女子匀称而温馨的呼吸声。抬眼而视，近在咫尺的原先那个身影击碎了我原先的想象，花白的头发蓬松而盘，额上深深的皱纹镌刻着岁月的沧桑，那身对襟式的衣服上散落着许多红色的砖灰，唯有那双大大的眼睛透出坚毅刚强，驮在身后的装满红色砖块的竹篓还搁在桥栏上。

同行的一位朋友不知是出于好奇还是同情，脱口向她问道："老人家，你背这么多砖干什么?""送到山上去，人家用来盖房子。"她很自然地回答道。几句寒暄，多少有点拉近了彼此的距离，我们便与她七嘴八舌地聊了起来："送一趟能挣多少钱?"

"一篓只装三十五块，一块八分钱。"

"来回一趟要走多少时间?"我们有点迫不及待。

"大概四十多分钟。"她回答得还那样自然。

"一篓子砖块有多重呀?"同行的一位猛追问她。

"能有个七八十斤吧。"她的眼睛顿时放大了一倍。

话声刚落，我差点"哇"地叫了起来，真是令人难以想象，硬邦邦的七八十斤的砖块，驮在一个上了一定年纪的柔弱之躯上，还要爬上崎岖的山路。这种负荷与载体极不相称的感觉，使多少有点探由溯源秉性的我，不再顾忌地打问起她的近况："你今年多少岁?""四十三岁了，属虎的。"她平和的回答中，颇有点被几多岁月磨砺过的痕迹。

"嗯，农历九月份的。"

哇！这话一下子把我噎住了。眼前的这位妇女竟然与我同年同月出生，端详其面相和神态，我怎么也不敢相信她是我的同龄人。茫茫人海，真是无巧不成"文"。此刻，我便向刚才称她"老人家"的那位瞪了一眼。

有意的闲聊中，我了解到她有个女儿，去年考上了海南一所高校，成绩一直很好。孩子很争气，就是家境实在太贫寒，除了种地没有其他收入，只好与丈夫靠背砖挣钱供其上学。

“既然家里如此困难，为何不把孩子留在身边干些什么呢?”尽管我是试探性询问，但还是觉得脸上火辣辣的。

“那怎么能行呢！女儿只有学了本事回来，我这个当妈的以后才能不用背这个篓子了。再说了，我们村里还没有几个上大学的娃，城里也不缺这几个，可我们这里以后还少不了他们呢！”这话听似“正统”，但丝毫不感做作，反而觉得是那样的自然，就像从心间淌出的一股涓涓清泉。

由于匆匆赶路，又怕耽误了她当天要完成的“指标”，我们只能打住了与她的攀谈。

走到索桥的对岸，我回头凝望，只见她弯着身子，背着砖篓一步一步地向山顶上爬去，每登上一个台阶，右手撑着膝盖，左手还拿着两块砖头，大概是为了减轻背上的负荷。不过，她的脚步是那样地沉着、稳健、坚定，因为这砖篓里，驮着她为女儿所挣的学费、驮着她美好的未来，也承载着这位母亲心中的天、心中的地！

眼前的一切，使我条件反射般地想起了自己时常在梦中相见的白发亲娘，想起了朱德元帅那篇《母亲的回忆》中那位慈爱的母亲，想起了那些没有见诸报章、没有听过“母爱”两字却一直在捧出母爱的母亲们。正是她们用最原始、最本能、最纯洁的感情，滋润了人们五彩缤纷的童年之梦，轻盈着多少热血儿女拼搏腾飞的翅膀；正是她们用最原始、最本能、最纯洁的感情，减轻了多少世俗的压力，加重了这个蔚蓝色的星球的秩序的力量……

驻足远眺，遐想不住，转眼间那个身影越来越小，时现时隐，几近消失。山川无言，嘉木无言，最经久的绿荫、最不朽的意志和最真挚的情感，往往就含蕴于无言。

此刻，我仿佛感到身内的天地与身外的乾坤已融为一体，而身外的乾坤是那样地深邃、广袤、清朗、温馨。千百万只鸣虫鼓着诗与音乐的翅翼，奏出了我心灵天地间那个最熟悉的乐章：

这个人就是娘
这个人就是妈，
这个人给了我生命，
给我一个家！
不管我走多远，
不论我在干啥，
到什么时候也不能忘咱的妈。

# 追寻诗意生活

# 珍惜苦难的馈赠

“苦难”两字，现在许多人唯恐避之而不及，生怕被牵扯上哪怕一丁点关系。可是，生活在任何一个时代、任何一个地方，任何人究其一生而言，要想摆脱苦难就像用自己的手拔着头发要离开地球一样，是永远不可能的，只是程度不同罢了。关键是如何对待苦难。一个人的成功与失败，常常是从这里开始分道扬镳的。

## 对着困难摇头，就无权在胜利面前点头微笑

人与人的生命强度是不同的。有的人遭遇一点打击就会倒下，一蹶不振，甚至一切成为了终结；有些人在一连串的打击面前，还是巍然挺立，不仅顽强地活着，而且不断绽放生命的异彩。其实，这里并没有什么秘密，说白了，心态才是自己真正的主人。正如一位哲人说过的：要么你去驾驭生命，要么生命驾驭你。你的心态决定了谁是坐骑，谁是骑师。当年楚汉相争，经过垓下之围，项羽虽然损兵折将颇多，但西楚没有失陷，还有东山再起的希望，且乌江亭长已经停船岸边接应。可他无法面对失败，无法面对江东父老，硬是带领二十八骑战死乌江。一千三百多年后，南宋词人李清照路

过此地，触景生情，留下了“生当作人杰，死亦为鬼雄。至今思项羽，不肯过江东”的千古绝唱。

古罗马诗人奥维德有句名言：“值得做的事情必定是困难的。”成功不是一条捷径，它需要拼搏，需要洒下汗水，需要从平凡中创造辉煌。凯旋的大门每时每刻都在迎接每一名想奋斗的人，因为奋斗的哲学道理体现在日常生活中就是“天道酬勤”。每一个人都不会随随便便就能成功，每一个成功的人都不是靠寻找运气而改变命运，只有通过奋斗得到的果实，才会分外芳香。

新时代属于每一个人，每一个人都是新时代的见证者、开创者、建设者。今天，我们接过历史的接力棒，以实现中国梦为精神指引，接续奋斗，不断向前。在这个征程中，我们必然还会遇到这样那样的新情况、新问题，还要应对各种可以预料和难以预料的风险和挑战。这就需要我们每个人调整好自己的心态，作好攻坚克难的思想准备，以滚石上山的精神，不断积聚起实现中华民族伟大复兴中国梦的磅礴力量。

## 谁经历的苦难多，谁懂得的东西也就多

唐人刘禹锡在《浪淘沙九首》中有吟：“千淘万漉虽辛苦，吹尽狂沙始到金。”同样，人经历了苦难之后，在客观上能提升精神品质，增强自我实现的能力，使得一个人可以最大限度地摆脱生命的庸碌，调适自己与天、与人之间的和谐。从这个意义上讲，苦难也有它“功德”的一面：能刺激我们神志清明、性灵觉醒，在痛定思痛之后，教养我们的内涵，修正我们的行为；能打消你盲目的优越感，收起你不应有的傲气，多接“地气”；能让你对弱势群体和社会底层人员心生悲悯，进一步学会尊重、宽容他人；能让你慢慢地看清事情的真相，

明白什么应该做、什么不应该做，等等。正因如此，苏格拉底那句“患难及困苦，是磨练人格的最高学府”的名言，才会流传了两千三百多年仍然历久弥新。

当然，苦难不同于主动的冒险。冒险有一种挑战的快感，而应对苦难总是迫不得已的。通常情况下，苦难毁坏了人的尊严，伤害了人的心灵，扼杀了许多的创造力。苦难并不总能导致人的成功，但成功的人必然是经历了苦难。因为，苦难是意志的催化剂，它使强者更强、弱者更弱、暴者更暴、柔者更柔、智者更智、愚者更愚。有人说，阅历就是能力，就是本钱，可这个阅历并不是顺风顺水地走了多少平坦的路，而是跨过了多少的坎坷，战胜了多少艰难困苦。

## 高尚的人总是默默地忍受痛苦

苦难不是财富，经历过苦难之后的那份成长，才是我们人生的财富。那份在苦难中始终不放弃人生的梦想和信仰的决心与意志，以及历经苦难之后的那份成长与蜕变，才是生命馈赠给我们的最好礼物。修身齐家治国平天下，是中国士大夫人生价值的最高追求，但宦海有不测风云，贬官士人代不乏人，除了降职、贬逐前往荒远之地外，不少人还经历过囹圄之祸。经历了挫折的士人客观上使其打开了体察民情的渠道，打开了洞悉社会的窗口，重返政坛后“先天下之忧而忧，后天下之乐而乐”的情怀自然地融入了他们施政的理念之中。在海南岛的海口有一个五公祠，祠内祭祀着唐宋两代被贬海南的五大名臣，他们分别是：李德裕、李纲、赵鼎、胡铨和李光。五公祠的对联能很好地概括他们的精神：“只知有国，不知有身，任凭千般折磨，益坚其志；先其所忧，后其所乐，但愿群才奋起，莫负斯楼。”卢梭曾言：“磨难，对于弱者是走向死亡的坟墓，而对于强者则是生发壮志的泥土。”

二十世纪七十年代末，开启中国改革开放大幕的领导人，还有第一拨勇闯改革大潮的经济精英、文化精英，相当一部分在“文化大革命”期间受到了打击迫害。当年，他们以非凡的毅力、超人的心智，深入群众，体察民情，广交“草根”朋友，掌握百姓所思、所求、所盼，号准了中国问题的“脉搏”，深刻总结了过往的经验教训，思考中国的未来；包羞忍辱、笑对苦难，继续潜心投入自己的研究领域，发愤著书，完成了思想与学术的升级转型。穿过岁月的风尘，他们面对苦难时所展现的自信、放达、坚毅、智慧，全都化作岁月长河中晶莹的一滴，在历史的天空中熠熠生辉。这真可谓“玉经琢磨多成器，剑拔沉埋便倚天”。

## 苦苦苦，不苦何以通今古

也许有人会这样说，我平时过得好好的，也不准备干什么大事，干吗要主动承受这份苦难？即使被迫经受了一些苦难，何必东想西想琢磨这么多问题？没有苦难，风平浪静的人生永远是不完整的，除非你自己甘于平庸。

明代万历首辅张居正可谓是功成名就，尽管后人对他有许多评说，但其青史留名成为了不争的事实。他十二岁那年，省府有一个人出差到荆州，跑到了学校里找人写诗。已中了秀才的张居正也现场写了一首，湖广巡抚顾璘阅后顿时大惊：“此人天才啊！”后来当他见到张居正时，内心有一个直觉：这绝对是一个以后出阁入相的人物，但一定要让他受点挫折，人生太顺了恐怕对他能走多远反而不是一件好事。后来张居正参加应试，顾璘认为如过早让他发达，易叫他自满，断送了他的上进心。如果让他落第，虽则迟了三年，但能够使他看到自己的不足，反而更能使他清醒，促其发愤图强。张居正后来成为中兴明朝的一代杰出政治家，他在险恶的环境中坚持革新政治，匡正时弊，这种不达目的绝不罢休的坚韧精神，应该说与他少年“落第”的经历不无关系。许多年后，顾璘把自己当初的良苦用心告诉了张居正，张居正感动不已，十分感谢这位真正的贵人。

通古今，就是知晓事理，善于把握事物的规律，而非一定要当多大的官、有多大的舞台，即使位高权重，也是以知晓事理立身的。要通古今，首要的是要认识自我，而认识自我，积极承受苦难是最佳途径。经历过苦难之后，才能更加深刻地认识自我。正如史铁生所说，“生命本身就是一场苦难的轮回”。回避人生中的磨难只能带来更多的苦难，并最终导致自己的失败与落后。只有勇于承受苦难，并在苦难中蜕变成长，才能将人生的变奏曲唱出高潮。

# 让庸常的日子过出诗意来

如何发现生活中的美，让平平淡淡的庸常日子过出诗意来?

一

诗意，原意是写诗人用的一种艺术方式，对于现实或想象的描述与自我感受的表达，简单地说，就是诗的意境。德国十九世纪浪漫派诗人荷尔德林写过一首诗，名为《人，诗意地栖居》，后经海德格尔的哲学阐发，“诗意地栖居在大地上”，成为几乎所有人的共同向往。不过，中国人自古以来，就以诗意滋润着自己的生活方式。

我们的先人一开始就好奇地注视着这个世界，尽管那时生产力水平还很低，但在与自然相互依存、和谐共生中，萌发了对诗意生活的向往和价值信念的建构，大量的历史文献和文学作品之中都有这方面的记载或描写。《诗经》是中国韵文的源头，也是中国诗史的光辉起点，被誉为“世界上最迷人的语言和文字”。其中有许多在美好中体味生活、在诗意中感受生活、在生活中寻找画意的场景，不仅文字优美，而且很有情趣。比如：关关雎鸠，在河之洲，窈窕淑女，君子好逑；蒹葭苍苍，白露为霜，所谓伊人，在水一方；桃之夭夭，灼灼其华；悠悠苍天，此何人哉？……至今阅读这一穿越时空的经典，尚能唤醒沉睡的诗性和情感。

诗意的生活是一种感觉，承载着对美好生活的内心期盼，也是一种将现实生活中琐碎的情感升华为美好情感的全过程。诗振奋人，人振兴诗，好的诗歌可以产生鼓舞人心、凝聚人心的作用。

二

时间是一条无始无终的河流。从时空的概念上讲，每一天只是又一天的开始，年轮更替的瞬间表明的只是一种物理时间的转换。我们怎么转圈，也永远逃不出那个时钟的表盘。一觉醒来，看花儿开了，又谢了；看燕子来了，又走了；看天晴了，又阴了。生活在继续，我们爬在秒针上，一刻不曾停过。

于是，人类给时间赋予了许多寓意，使日子蒙上了很多人文的色彩。每个人都有其精彩的生命瞬间，而有的精彩瞬间会长时间地照亮人生的长河，但站在塔尖上的毕竟是少数，绝大多数人慢慢地沉静了之后，发现平凡才是人生的底蕴，才是大多数人的人生轨迹。人生不可能永远精彩，而且大部分时间都是平淡的。

如何在平淡、庸常的日子里活出精彩、活出艺术、活出意义，不仅影响着自己的生命质量，而且影响着身边的人文环境。有时候，环境缺乏诗意恰恰源于我们的内心缺乏诗意。心是人生最大的战场。心怎么样，人就怎么样。记得三十五年前，我在驻闽南的一个部队从事新闻工作。一个夏日的中午，政治部副主任突然把我叫去，要我立即去二十公里开外的一个团里执行采访任务。那时，两地之间的公共汽车每天只有一个班次，单位又无车可派，只能迈开双脚蹬自行车了。闽南的盛夏，火辣辣的太阳毫不留情地烤在大地上，地面上仿佛被蒸笼罩着，风儿也不知躲到哪里去了，让人透不过气来。说实话，当时真想把这活推了，可军人以服从命令为天职啊！当我很不情愿地蹬车出发时，脑子里不知咋的来了一个逆向思维：何不把此行当作一次闽南乡村采风呢？有了这个想法，顿觉得脚下生风，一路尽是风光。那些红墙古厝群落、巧夺天工的石雕，还有路边如火如荼的三角梅，一棵棵昂立的巨大的古榕树，因为那次实地亲近，原本一个个抽象单调的地名或植物变得具体而生动，有了色彩、声音和气息。沿途乡村路口石牌坊上的一行诗句便是一条通道，让我穿越时光的漫漫长廊，得以进入彼时的天地与时空、道路和庭院，欣赏四时风光、八方习俗。

有时候，只要用心，日子是诗的种子。

## 三

也许有人会这么说，自己也想过得尽量诗意些，生命的空间尽量多美化些，但繁重的生活压力、并不如意的工作环境，怎么能“风雅”得起来？还有的说，自己没有多少“艺术细胞”，怎么过也看不到生活中有什么“诗情画意”。

其实，诗意生活就在细碎繁杂的生活中，就在你的一笑一念中，而并不与诗歌绝对地画等号，有时候它是很简单的日子。就像雨天，清茶与书籍是绝配。伴着雨声，静静地品读唐诗宋词，那该多美妙啊，仿佛在那一刻明白了何为超凡脱俗。诗意，生活中随处可见，也随时可以营造，关键在于要有发现诗意的眼光。有自己兴趣的人，才会生活得有趣，才有可能成为一个有意思的人。

从某种意义上讲，发现诗意是一种艺术思维能力，也是生活能力的重要组成部分。怎样才能具备这种能力呢？首要的是不能用世俗眼光看待任何事物，不要以眼前的有用和无用作为评价事物的标准。只有超越俗世的功利心，才能感悟到人心大世界，拥有悲天悯人的情怀，进入生命逍遥之境。否则，就会不知不觉地把生活中的美好抵押进去。要真正做到理智上求真，意志上向善，情感上爱美，三者融为一体，从不同角度以同一颗高贵心灵追求精神生活。

发现生活里的美，特别是发现庸常生活里的美，并不是一件容易事，善于学习是提高发现能力的不二法门，自觉学艺术、学经典、学哲学、学历史，具备思想的一双眼睛，一只是历史之眼，一只是新闻之眼，一只盯着永恒，一只盯着现在，从而从平凡平淡的现象中看到美好、从枯燥的生活中发现诗意、从繁重的工作中体会快乐、从自然景观中感受和谐，不断增强生活的艺术性、幸福感，真正让心静下来。歌德的诗篇、莎士比亚的戏剧、曹雪芹的《红楼梦》、贝多芬的交响乐、文艺复兴时期的油画与雕塑，哪一个不是宁静心态下纯净的艺术追求？哪一部不是灵感升天与天才悟性完美契合的绝世之作？

俗话说得好，适合自己的才是最好的。诗意的生活也是如此，没有固定的模式，适合你“胃口”的就是最“诗意”的。心有彼岸心有所属，一路跌跌撞撞快乐向前，才是诗意生活的本来面目。屈原在时代的浊流中高歌“路漫漫其修远兮，吾将上下而求索”；陶渊明躬耕山野，食不果腹，仍然“采菊东篱下，悠然见南山”；苏东坡屡次被贬，亦能“竹杖芒鞋轻胜马，谁怕？一蓑烟雨任平生”；李白长期不被重用，游荡天涯，仍发出“天生我材必有用，千金散去还复来”；柳永穷困潦倒，还自嘲“才子词人，自是白衣卿相”。

每个人的内心都是一个宇宙，在这个宇宙里，感受到了灵魂的干净与尊严，感受到了生活的甘美与静好，那就是你的诗意。

# 凝望大海

小时候记得教科书里说过，原始海洋是生命的摇篮。这句简洁的判断让我在感叹大海广阔的同时，又多了几分对大海的向往。但我真正领略大海的神秘与广阔，则是二十多年前的事了。

1981年的仲秋季节，我从戎来到祖国东南前哨一个风光秀丽的海岛。

当载着新兵的火车驶过海堤时，我第一次看到了大海，发现她宽广、安详、平和、素净、纯粹，多么像母亲，那温柔的浪花轻轻亲吻着海面，优雅的举手投足让我想象着她年轻的时候该是怎样一位美丽的女子呢?

后来巡逻在海防，天天与海为伴，凝望大海便成为我生活中的一种习惯。望着大海每天潮涨潮落，望着海上庄严的日出和悲壮的日落，感悟与启迪也越来越多。

离开这个海滨城市后，我曾涉足过许多名山大川，大漠古寺，每次总是步履匆匆，流光掠影，但只要一回到海边，必定静静地坐下，深深地凝望。眼前那涤荡了多少岁月的波浪，一次次地涤荡我的思想、灵魂，乃至人生。

凝望大海，仿佛驶入了时光隧道，顿觉得在它面前人只是一个匆匆的过客。海是生命的摇篮、人类的母亲、万物的命脉所在。海滋润万物，哺育生命，创造文明。大约在三十八亿年前，当地球的陆地上还是一片荒芜时，咆哮的海洋中就开始孕育生命最原始的细胞，其结构和现代细菌很相似。大约经过了一亿年的进化，海洋中原始细胞逐渐演变成为原始的单细胞藻类，这大概是最原始的生命。大约在两亿年前，爬行类、两栖类、鸟类出现了。而所有的哺乳动物都在陆地上诞生，它们的一部分又回到海洋中。大约在三百万年前，出现了具有高度智慧的人类。海边何人初见月，海月何时初照人。大海，在你的面前我只是一个匆匆的过客，当我从这个世界上消失，你那盛满了天上云霞的碧波还在按时潮起潮落，还在魔术般地变幻着万千气象。爱恋大海，就是爱恋自己的母亲；敬畏大海，就是敬畏文明的起源。认识了大海，才能真正理解“沧海一粟”的含义。

凝望大海，面对着浩瀚无垠的海面，纳入百川的情怀，还有什么遗憾的事情放不下呢？望着那翻滚着蔚蓝色的波浪，闪着娇美的容光。大海的精神是我们终生也探究不完的，但是宽广是它的基本精神。对于世间万物来说，没有比海更辽阔、更伟大的了。不仅如此，大海将自己的资源无私地奉献给我们的世界。如果说，地球的生命源头可追溯到远古的大海，那是因为世间的无数生命体在大海中孕育和诞生。我们人类从大海里获得丰富资源的同时，更能容纳百川。当你失意时，心中郁闷得回不过神来的时候，不妨凝望一下大海。在大海面前，人显得是多么渺小啊！因为，拒绝宽容的狭隘心态，最起码是一种内心软弱的表现。

凝望大海，遥想彼岸，心驰神往，更能激起战胜困难的勇气和信心。每个人从来到世界那一刻起，就开始了生命的远航，犹如在大海中航行，驶向遥远的彼岸。面对袅袅渔歌，片片白帆，我试图一直追问彼岸的存在以及意义。彼岸是什么？其实，彼岸是生命的目标、生活的召唤、生息的动力。海的彼岸，是大海另一边的岸。一想到理想中的彼岸的存在，心就安然了，仿佛有了某种坚实的依托。不过大海有时碧波万里，温柔得像个多情的少女，有时则汹涌澎湃，风急浪高，狂啸得像个不可触动的暴君。对于每一个渡海人来说，要驶向心中的彼岸，需要有处置各种风浪的经验，需要有驾驭航行的本领，但更需要的是战胜困难的信心和勇气。我敬仰一切大海似的抱负，大海似的思想，大海似的事业，大海似的文章，大海似的气魄，大海似的人物。因为，在他们生命的大海里，在他们思想的大海里，每天都有日出与日落的壮观，每天都在追求彼岸的快乐与艰辛，每天都有由信心与勇气催生出的无穷力量。由此，我听到了孟德的“烈士暮年，壮心不已”；看到了太白“孤帆一片日边来”；想到了子寿的“海上生明月，天涯共此时”。

有人说，大海是一个热情的诗人，天天在抒写着一行行浪漫自由的诗；有人说，大海是一个天才的音乐家，浪花为指，礁石为琴，拍打出一曲曲欢快的歌。我却说，大海是一位诲人不倦的老师，浪声、涛声、潮声，声声蕴含着人生的哲理、生活的真谛，教人学会思辨，学会妥协，学会奋进，学会把握大势……

凝望大海，看到那仿佛从天上泻下的蓝色的诗行，那如同雷声袭来般的白色标点，自然进入了天人合一、物我难分的境界。大海呀，我可以化作你欢快浪花中热烈的一朵吗?!

# 关陵赏联抒怀

初冬时节，我来到湖北当阳，有幸拜谒了当阳关陵，欣赏了那里闻名遐迩、历久弥新的楹联。

关陵是埋葬蜀将关羽身躯的墓穴，位于当阳市城区西北三公里处。整个建筑为中轴对称式布局，红墙黄瓦，古柏参天，面临沮水，四望平旷，气象宏大。在陵园的牌坊、红门、马殿、拜殿、正殿、寝殿、启圣宫、春秋阁、柏子祠、钟楼、鼓楼、八角亭等建筑上，镌刻着不同朝代不同人士题写的楹联。这些楹联构思精巧、语辞凝练、对仗工整、书法瑰丽，对三国时期关公这个历史人物的一生作了高度的概括与浓缩。作为军人，在此览胜赏联，可谓是观物生情，感慨不已。

神道碑亭前柱上郑东昌题写的“夕阳丘首三分土，古道江头一片碑”。上联展示了东汉末年的政治形势，下联则道出了关羽一生的厄运和归宿。拜殿前的“生浦州长解州战徐州镇荆州万古神州有赫，兄玄德弟翼德擒庞德释孟德千秋智德无双”。此联概述了关公的生平和他显赫的功绩及其无双的智慧。这些精练的文字、浓缩的感慨，既表达了作者的心态情志，也使许多来者站在匾额前不由得沉思起历史。

在关羽的寝殿前，赫然写着“先武穆而神大汉千古大宋千古，后文宣而圣山东一人山西一人”一联。关羽系蜀汉一武将，由于历代封建皇朝给他加封，便由侯而王、而帝、而神；武穆，是指南宋将领岳飞，故言“大宋千古”“大汉千古”。中国古代有文武两大圣人，文圣人孔老夫子孔丘生于山东，武圣人关大将军关羽生于山西。关羽是中国传统文化里面忠诚、义气、勇敢、血性、节烈的化身，千百年来，老百姓出于对忠义的崇尚和精神的慰藉，对关羽不断神化，从最早的汉寿亭侯一变为宋代的武安王，再变为明代的神威远镇灭关圣帝君，最后变为清代的忠义神武灵佑仁勇威显关圣大帝。关羽从一介武夫，走进了帝王、圣人、圣灵的行列，享受着中国人的顶礼膜拜。

“心怀辅弼志义慕关公执鞭随镫驰骋疆场尽忠瘁，身有万夫雄水擒庞德破浪乘风殉难麦城遗长哀”。关公辅助刘备复兴汉室，可谓竭尽全力，鞠躬尽瘁，周仓久闻关公盛名，敬慕关公的忠义精神，曾向关公跪拜发誓说：“愿早晚执鞭随镫，死也心甘情愿。”建安二十四年关公败走麦城，留周仓与王甫死守麦城，得知关公行到夹石处被潘璋部将马忠用绊马索所获，王甫堕城而死，周仓自刎而亡。此联为张文华题周仓麦城殉难，更是颂赞关公的忠义精神和人格魅力。

“东拒孙吴西定巴蜀南镇荆襄北吞曹魏普天率土只想那两朝八百，情怜兄弟义重君臣生全忠节死显威武众姓皆知共庆这五月十三”。此联由当地人庞世泽口述而刻于关陵。这里上联写战略目的，先取荆州为本，后取西川建国，继而东拒孙权，北吞曹魏。关羽南征北战，为的是辅助刘备将汉室维持八百年。可是，两汉只经历了四百余年就谢幕了。下联写关羽的人生哲学及百姓对他的怀念。五月十三日是关羽的磨刀日。因而当地有民谣唱道：“关公夫子生得恶，五月十三把刀磨，大刀砍断长江水，小刀砍断汉阳河，问你磨刀斩哪个？”从前，当地百姓在五月十三这一天，都要来赶庙会共庆。阅罢此联，心中突然萌生两句：愚忠不可取，名节仍需嘉。

神道尽头的关公封土，高七米，周长六十八米，墓顶古木参天，绿荫蔽日。古墓原有通道可进入墓室，据说墓顶如苍穹覆盖，顶端垂下两串铁链，悬吊着巨大的棺室。两边配有长明灯等祭器。墓室四周，有四个巨大的水缸，也许是当年用来盛灯油之用。二十世纪六十年代中期封堵了墓道，现在人们只能在墓前凭吊进香。古墓前的祭亭亭柱之上，有一副石刻楹联："群山拥神宅，杯土涵太虚。"在关陵的圣像亭两侧写着："扫墓松涛挥正气，洗碑花雨泪忠魂。"这副楹联以拟人的手法褒扬关公精神，抒发祭祀者的哀思，花草皆泪哭忠魂。

楹联，最早是从骈文、律诗的对仗形式中演化而来的，源远流长，内蕴丰厚。特别是全面概括一个人漫长的一生，精确地评价其人品、道德、功过的楹联，要用短短的几句话表达清楚是件很不容易的事情。谁都知道，一副好的挽联，远远胜过官样文章长篇大论的生平介绍。

关公悲喜的一生印烙着中国传统文化的痕迹，时代的局限性是难免的，但这位平民出身的将军，一直保持着一些劳动人民的优良品德：同情人民，主持公道，仗义勇为，可谓是正义、侠义、信义、仁义、礼义集于一身，为历代百姓敬仰。看到那些接踵而至的观光者和谒陵者，我深深地理解了"关公庙宇满天下，五洲无处不焚香"的原因所在。作为军人，我并不迷信，但是崇拜关公，只要去除他思想取向和价值观念中封建糟粕的部分，最可贵的抑恶扬善的人品和威震华夏的武功是值得敬重的。正因如此，关陵楹联世人当记矣，当代军人更思焉。

# 文盲大师

## 一

佛教，对许多人来说是个神秘而又敏感的话题。有人即使时常敬香跪拜，但在凡俗尘世中却对此缄口不言。原因大概有三：一是佛学博大精深，深奥精微，一般人不是随便能说得清楚的。那些对时代变局、他人是非经常发出宏论的人，深知对佛教是不能信口雌黄的，也是不能用套话、空话糊弄得过去的。二是在唯物论世界观占主导地位的环境里，有些人总认为佛教是迷信的、不科学的。尤其是在过去“以阶级斗争为纲”的年代里，对佛教更是诚惶诚恐，谈佛色变。如不识相，很有可能成为“批倒批臭”的对象。三是当世运的周期处于纸醉金迷、利益至上的时代，在有些人眼里，佛教只是寺庙里的符号，没有什么实用的价值，管他什么来世不来世的，先把现世过好再说。于是，在他们的眼里，谈佛教还不如去寻钞票呢，更谈不上心中的敬畏之感了。

对于佛教，我没什么发言权，只是前不久有机会出差去湖北黄梅县和广东的韶关，特地拜谒了五祖寺和南华禅寺，也就是中国佛教史上的禅宗五祖、六祖的弘法传经之地。

以六祖慧能为代表的先哲大师们，为佛教中国化做出了重要贡献，将中国传统儒、道两教与佛教合流起来，成为倡导众生皆有佛性，皆可顿悟成佛的一种禅宗。禅宗成了中国佛教与中国文化乃至世界文化宝库中最灿烂、最迷人、最富有意义的思想之一，也成了后世思想家、文艺家、改革家等有志之士取之不尽、用之不竭的精神源泉，形成了具有无穷活力的禅宗文化体系，这是中国文化史上又一次思想大解放，也就是中国历史上著名的“六祖革命”。

而这位六祖慧能大师，却恰恰是个文盲。

这真是不可思议啊！

到湖北黄梅县参观五祖寺，本来是带着慧能这个文盲和尚何以能写出《菩提树》这首堪称千古绝唱的禅意诗的问号而来的。现在心中的问号虽然已经拉直，但《菩提树》这首禅诗的由来，却不能不附带讲一下。

唐高祖武德年间，五祖寺的创始人弘忍承受四祖衣钵在东山禅寺讲经说法，门徒近千人。时间一长，弘忍越感自己年事已高，体力不支，把接班人的问题摆到了重要议事日程。

当时，上座和尚神秀不仅很受弘忍的看重，曾享受过“命之洗足，引之并坐”的待遇，而且佛学造诣也很深，知名度也很高，是内定的衣钵继承人。可是，不知弘忍大师突然哪一根神经被佛祖拨动了一下，对选接班人这件大事搞起改革来了。有一天，他特地把嗣法的弟子集中了起来，当众宣布：“世人生死事大，汝等门人，终日供养，只求福田，不求出离生死苦海。汝等自性若迷，福门何可求？汝等总且归房自看，有智慧者，自取本性般若之知，各作一偈呈吾。吾看汝偈，若悟大意者，付汝衣法，禀为六代。火急作！”此时，神秀思忖片刻，便趾高气扬，随手在墙壁上写出了一首偈颂：

身是菩提树，
心如明镜台；

时时勤拂拭，
莫使有尘埃。

神秀作罢，自认为这一下给五祖算是交上一份优秀的答卷了，便沾沾自喜地回房休息，高枕无忧地等待公布任职命令了。事隔两日，在寺院伙房舀米的和尚慧能听说了此事，请人引到偈颂的墙壁前，嘴里默念道：“美则美矣，了则未了。”随即，他另作一偈，因不会识字写字，便请江州别驾张日用代写在墙壁上：

菩提本无树，
明镜亦非台；
本来无一物，
何处惹尘埃？

这首偈颂表达了慧能顿悟成佛的见解，字里行间禅意缱绻，与神秀有着不同的意境。不同在哪里？从中国传统文化的角度去解读，神秀的那首《菩提树》，在道出身心宁静的意念中，也透射出积极入世的思想，内心还是想图个出人头地。

的确，后来神秀的发展也证明了这一点，他离开五祖后当上了梁朝的护国法师。而慧能的那首《菩提树》，证明他已经四大皆空，大彻大悟了。其中的一字一句，都像活泉中所喷出的泉水一样，凡是尝过的人，都会立即感觉到它的清新入骨，衷心地体会到它是从佛性中流出的，同时也宣示了他的信心和决心。后来，他作的那首《菩提树》，成了禅宗最有名的偈语。

当时，五祖弘忍闻讯来到墙下，见到慧能的那棵“菩提树”，比神秀更为通透，在人格精神、审美心态上显示出那种难能可贵的虚静。于是，他就毅然选定慧能作为嗣法人。当夜三更，弘忍在讲经台东侧的授法洞，秘密给慧能讲授《金刚经》，并把衣钵传给了他。弘忍恐神秀不服加害于慧能，又嘱星夜南归，隐遁起来。

弘忍居然把大法传给这样一位未曾受过禅学，甚至也未接受过最基本佛理训练的南蛮，的确是具有超人的勇气。事实上，他不仅具有超人的勇气，而且具有超人的机警。弘忍深知慧能已经彻底悟道，这是其他弟子难以企及的。

去拜谒南华禅寺那天，我们是从广州沿着高速公路来到韶关的。谁说春天处处皆入画，南国的初冬依然满目青翠，踏进这座曹溪之畔的禅寺，就仿佛一步一步走进了底色十分丰富的油画中，发现这里古佛蔼蔼，香烟冉冉，梵音依依，古树参天，放生之物时浮水面，各类鸟儿和谐啼鸣，一切皆显佛家原本的特征：空门无埃，净地有禅。

这个好地方，据说南朝梁武帝天监年，也就是公元502年，印度高僧智药三藏见此地“山水回合，峰峦奇秀，叹如西天宝林山也”，遂建议地方官奏请武帝建寺。504年，寺院建成，梁武帝赐额“宝林寺”。677年，此时武则天已经牢牢掌控国家最高权力，唐朝处于全盛时期，慧能大师来到这里弘法。970年，距离慧能来南华已有百年之久，北宋皇帝赐额“南华禅寺”。来到寺内，我们依稀能看到许多当年留下的碑文和对联。有一副似是蕉叶形的对联为：万法皆空明佛性，一尘不染证禅心。

南华寺院里，最令人怦然心动的，就是供奉在核心区域的六祖真身。行礼之后抬头仰望，只见大师坐像通高八十厘米，结跏趺坐，腿足盘结在袈裟内，双手叠置腹前作入定状。头部端正，面向前方，双目闭合，面形清瘦，嘴唇稍厚，颧骨较高，好像冥冥之中他还关注着这个热闹的大千世界，为芸芸众生普度导航。

在寺后右面，有一眼卓锡泉，俗称九龙泉，传说当年六祖就常在此浣洗袈裟。泉水终年流涌不绝，清澈冰凉，每个游人一进门就能听到那哗啦啦、活泼泼的水声。泉的前面有九株被称为“植物活化石”的水松，据说是全世界最高的水松。松叶中飘出的清香，融入了流动的空气里，为善男信女清心洗肺。站在这里，总有一种寻找时间故乡、生命源头的欲望！

面对这座古寺，我充满神往，难遏心仪。在这种浩思与感叹中，我脑中突然产生了这样一个问题：一个文盲和尚，何以能用大师般的智慧将佛教中国化？萌生出这个问题，就像以石头击水荡起一圈圈水波，不断向外扩散开去。我的思绪不禁倏地飞到历史的天空，回味着中国佛教史上那段转型的历史。

## 二

慧能是个目不识丁的文盲，这是事实，但这不是他的错，而是他人生的不幸。他俗姓卢，公元638年出生于广东省新兴县。三岁时，父亲就离开了人世，可谓英年早逝，撇下了他们母子二人。后来，随母亲迁居到南海。穷人的孩子早当家，等他稍长大一些，能干些体力活时，便跟着老乡远渡重洋到印度打工。他所处的年代是唐初，社会动荡不宁，政府也管不了童工是否合法。漂泊海外期间，慧能很快学会了印度语。回国以后，已经见了些世面的慧能越发感到文化的重要，便向母亲提出想上学的愿望。但是，家徒四壁的现实，令他只能是想想而已，每天等待他的是如何砍更多的柴火，挣钱来养活母亲。

慧能接触上佛教是极其偶然的，也许是冥冥之中他的命里注定的佛缘。一天，他正在集市上卖柴，忽然听到客店中有人大声诵读《金刚经》。他以自己略通印度语的功底，本能地站在店外静静地听了起来，越听越觉得道理深刻，犹如划开万里之天，若见三江之月，理契于心，竦然起敬。于是，他就把柴火放在店外，向读经人打听经书是从什么地方得来的，读经的客人回答说是从黄梅双峰山弘忍法师那里得来的。听到这个消息后，慧能几乎在第一时间内心里顿生了去北方寻佛的念头。当他将这一想法告诉母亲时，这次得到的答复与上次要求上学时的可不一样了，老人家竟完全赞成"孩儿立志出乡关"。从此，慧能踏上皈依佛门的不归路。

后来，慧能成了一代宗师，首先得感谢他的恩师弘忍，感谢那个不拘一格降人才的选人用人环境。如果弘忍像时下那样，用人招人也要首先看文凭、看职称、看校门的话，那他肯定就没戏了，也不可能有现在大家眼中的慧能了。同样可贵的是，慧能并没有因为自己是文盲而低人三分，也没有去不懂装懂，这个先天不足反而成了他励志的基石、皈依佛门的决心。

在禅门中流传着这样一则著名的问答，说的是当年慧能来到黄梅，初见五祖弘忍，两人之间有过这样一段对话：

弘忍和尚问慧能曰："汝何方人，来此山礼拜吾？汝今向吾边复求何物？"慧能答曰："弟子是岭南人，新州百姓，今故远来礼拜和尚，不求余物，唯求作佛。"大师遂责慧能曰："汝是岭南人，若为堪作佛？"慧能答曰："人即有南北，佛性即南北，吾与和尚不同，佛性有何差别！"

弘忍这里的意思是，像你慧能这样来自文明尚未开化的偏远山村的凡夫俗子，不在家好好待着，到这里来念什么佛啊？不过，弘忍毕竟是个大师，从与慧能的对话中发现他虽然没有文化，但回答的问题，可能一般有文化的人也是达不到这个水平的。于是，他不再持地域偏见，先将他接收了下来，暂且安排在伙房做舀米工作。

没有基本的文化作支撑，要真正把佛教学懂弄通，可不是一件容易的事。当初，佛教刚传入中国的汉代时期，通常以佛经的翻译、注解、介绍为主，主要翻译的是禅经和《般若经》。那时，人们把佛教看成是黄老之学的同类，禅学被看作是学道成仙的方术之一。南北朝之前，佛教的传播范围还主要是在王室及主要权臣以及有文化的知识阶层，包括士大夫及其出身于士大夫家庭的僧人。在这种大背景下，那些不识字或识字极少的下层民众，要想进入佛门可不是那么容易的。对很多平民百姓来说，上天难，想进佛门就更难了，只能门牌之外望佛兴叹吧。

慧能到了黄梅五祖寺的伙房工作后，一年四季衣食无忧。越是这种安逸的环境，越怜悯起那些被拒在佛门外的穷兄弟。每天晚上，慧能一闭上眼睛，脑海里就浮现出那些熟悉的身影。他知道，这些人只是想求得庄稼丰收、子女平安、祛灾疗病、生意发达，迫于生计将希望寄托于迷信的神鬼，并非从佛学中寻求内心的宁静。原因很简单，他们无暇注意那些玄奥的哲理和烦琐的礼仪规矩。这种国情使慧能思忖着这样一个问题：如何将佛学与中国的下层文化或者说是俗文化结合起来，有针对性地进行改造，让那些穷兄弟也进得了佛门，以其强大的凝聚力来净化他们的思想与灵魂。应当说，这种为下层民众求佛的原始想法，是佛教中国化、本土化的开端。

在慧能改造佛教之前，佛教与中国传统文化已有些融合，摄取儒、道思想，不仅形成了中国化的佛教宗派，而且提出了一系列不同于印度佛教的理论。慧能不满足于此，还主张性净自悟，凡夫即佛，在日常生活中即可实现成佛理想。

通过慧能的改革，佛理变得更加深刻化和普遍化。他打破了僧和俗、圣和凡、佛家和其他各派思想之间的樊篱。其中有这么一偈子，任何一位儒家的弟子都是毫无异议的：

> 心平何劳持戒，行直何用修禅。恩则孝养父母，义则上下相怜。让则尊卑和睦，忍则众恶无喧。若能钻木出火，淤泥定生红莲。苦口的是良药，逆耳必是忠言。改过必生智慧，护短心内非贤。日用常行饶益，成道非由施钱。菩提只向心觅，何劳向外求玄。听说依此修行，天堂只在目前。

从上面这段话中，我们可以看出慧能思想体系内含有浓厚的儒家伦理。同时，由于他的善于辩证，使我们看到了他与老子之间的深厚关系。

“家家弥陀，户户观音”，是当时佛教在民间流行的生动写照。各宗各派的道场殊途同归，儒释道三家合流以及寺院经忏兴旺，频繁启建水陆，这一切无疑折射出民众的信仰需要。

中国“化”后的佛教，从人生角度提出了自己独特的主张，启示了修行的人生目的、生命价值、善恶标准、人性本质、道德觉悟、修养途径等内容，从而构成了禅宗的伦理思想体系。这种改造，对庶民百姓的影响自不待言，就是对政治家、思想家的人生哲学、艺术情趣的影响也是至深至远的。孙中山先生曾坦言：“佛学乃哲学之母，研究佛学，可补科学之偏。”从来批判精神十足的鲁迅先生曾对朋友深有感触地讲述：“释迦牟尼真是大哲，我平常对人生有许多难以解答的问题，他居然早已明白地启示了。”再往前一点说，近代维新代表人物梁启超、康有为、谭嗣同也还是秉承了佛教的思想理念来推广社会改良的。

佛教中国化后，从此改变了我们这个古老国度里芸芸众生的价值观念、文学艺术、民间习俗、建筑风格。我们生活中的盂兰盆会、吃腊八粥等民俗活动也是渊源于佛教，甚至我们日常流行的许多用语，如世界、如实、实际、平等、现行、刹那、清规戒律、相对、绝对等都来自佛教语汇，同时也不知不觉地使用了很多佛教的观念，如烦恼、因缘。如今，在我国寺院殿堂里具有印度血统的各路神仙，早已化为一位位在中国耳熟能详的罗汉了。

文学是历史的见证，从中国古代经典看到了禅宗的痕迹。《三国演义》开端有云："滚滚长江东逝水，浪花淘尽英雄。是非成败转头空，青山依旧在，几度夕阳红。白发渔樵江渚上，惯看秋月春风。一壶浊酒喜相逢，古今多少事，都付笑谈中。"如果站在历史哲学的立场上看，罗贯中的这一首词，便是《金刚般若经》上所说："一切有为法，如梦幻泡影，如露亦如电，应作如是观。"

## 三

那天在南华寺参观，有幸上了藏经阁。这是一幢二层砖木结构的阁楼，面宽与进深均为七间。楼下置放观音菩萨佛像，楼上珍藏着清代钦颁龙藏佛典译经著作以及许多重要文物。我们一行边参观，边向管阁的和尚请教起慧能将佛教中国化的一些情况。那位和尚先是向我们娓娓道着慧能的生平、趣闻，后面渐渐谈起了中国化佛教的思想内核，问题由浅入深地进行着。其间，我冷不丁地向他请教了这样一个一直萦绕在我脑际里的问题：那就是慧能和尚目不识丁，竟能做成这样一件大事，其中的奥妙在哪里？

对这个问题，可能千百年来，仁者见仁，智者见智，各种答案肯定是不绝于耳的。与管阁的和尚交谈中，他笑而不语，我却谈了自己的观点：就是因为他是文盲。有智慧、有悟性的目不识丁者，由于不能啃"大本本"，务实就成了他最大的擅长了，短板反而成了强项。

慧能出家前，艰辛的生活经历成了他最大的老师，"务实"对他来说是潜移默化的，生活的无奈竟为他日后成就大师伟业提供了不菲的积蓄。后来与恩师弘忍告别后，慧能就回了岭南，社会的现实也为其将佛教中国化提供了广阔的空间。这也印验了这样一个理论：

一切宗教、文化和艺术，都是大地的产儿。

有关慧能避难隐遁的时间，各种史料记载很不一致。现存的最早的敦煌本《坛经》没有说明，但弘忍临别时交代慧能，“将法向南，三年勿弘”的师训，暗示了三年时间。慧昕本《坛经》则明确提到“经五年，常在猎人中”。传说慧能的武功也很高强，在回岭南的路上，曾碰见两只猛虎正要吃一个少妇。慧能上前与猛虎斗了几个回合，猛虎就败下阵来，狼狈逃窜。猛虎刚被打走，就有一群手拿长枪、大刀的猎人赶来，并邀请慧能参加猎队。慧能想，自己时时刻刻面临着被追杀的危险，如果参加猎队倒会安全许多，于是便爽快地答应了。佛史上记载，慧能当时“杂居止于编人”，“混农商于劳侣”。

历史文化的底蕴可能让你温文尔雅，但同时也可以让你的包袱很重，弄不好会倾向保守。六祖慧能来自民间，所接触的大多数都是“众生”。因而，他改革后的禅宗，最大特点就是以灵活多样的方式，甚至是“不立文字”的随缘说法，吸引一般的民众。为了让禅宗打动民众，改造的视角触及人们日常的衣、食、住等方面。

在衣的方面，由于印度地处热带，和尚穿的袈裟不仅比较单薄，而且是由多块布拼成。慧能发现这样的袈裟不足以挡寒，逐渐将它变成了“法衣”——只在做“法事”时方才穿上，平时不再披袈裟。这倒有点像现在有些行业的礼服一样。在禅服的款式上，慧能也做了改进，具有圆领、大袖的汉唐式服装的特征；在品种上，不仅有单衣、夹衣，而且还有棉衣；不仅有布衣，而且有皮衣、帛衣等，还可以穿鞋袜，戴僧帽。这种装束，就完全是中国化的了。

在食的方面，按照佛制，僧人只能“日中一食”，过午就不能再吃东西。佛教传入中国后，直到南北朝时，出家僧人们好像还在遵守这条戒规。从慧能开始，将这一戒条逐渐废弛。禅宗兴起之后，许多寺庙有着数量不等的旱地和水田，于是规定和尚必须参加劳动，体力的付出，客观上就更需要吃晚饭了。从此，“日中一食”逐渐变成了早、午、晚的“一日三餐”。

在住的方面，印度原先的出家人基本上都是远离烦嚣，住旷野处。慧能考虑到中国的佛教是由城市传播开来的，一味将寺院建在僻静之处，既不利于传教，也不利于留人。由于受这种观念的影响，后来这些寺院，大多是规模宏伟、金碧辉煌的院落。这样，虽然有些隐居山林、少涉人世的清修僧人，但是绝大多数僧人是居住在通都大邑的大寺院里的。由此可知，中国佛教僧尼们的住处，与印度的也有着很大不同，具有很明显的中国特色。

慧能在将佛教中国化的过程中，不仅抓住了衣、食、住等外在的物化层面，而且抓住了价值观这个文化的内核。他深深地知道，中国古代是宗法社会，重家庭团聚，重农耕，重现实生活，相应地讲，中华文化也是重入世，重社会伦理，重人文教化的。慧能对中国社会实际有真切的体察，提倡在家修持，提倡孝顺父母，上下相爱，让芸芸众生过着阳光下最平常的日子，感觉的是淳朴和满足；主张禅修要与日常行为统一起来，佛法、禅修不能脱离世间，在世间修行，使禅修与现实生活隔距减小，甚至趋于一致。这一学说的提出，极大地缓解了在家与出家、入世与出世、佛教与世间的矛盾。通过这一番改造，使印度的佛教在中国真正实现了脱胎换骨，涂上了中国土著文化的油釉，也更能走进中国人的心灵。

禅宗追求一种自然、适意、清静、淡泊的人生，而在审美情趣上，则趋向于清、幽、寒、静，它影响到中国人的人生哲学，使很多人心灵得到了慰藉、平和、安详。两眼直下三千字，胸次全无一点尘。许多寺庙一天下来，游人已渐渐离去，寺庙也逐渐恢复宁静，偶尔几声小鸟的鸣叫。喧闹消弭，空气中弥漫着淡淡的香味。这是人们最想要的：保持一份宁静，感悟心的祥和。从这份宁静与淡泊中，我们看到了一份朴素的人文精神，这是其影响力和生命力的源泉所在。人文精神是在追问人存在的合理性及对人的存在进行理性探究中产生的，它以人自身作为指向和尺度，把人本身存在的价值和意义作为认识和实践的最高原则与目的，体现了以人为本的价值取向，坚守了内心的纯洁。人文精神既关注个体的价值、个人的生存意义和生活质量，也关注人类的未来命运，是对个人发展和人类走势的终极关怀。

禅宗看护人的灵魂，铸成普遍的价值基础，形成人心共同遵守的准则和体系，不管社会如何变迁，这个价值体系都会深入人的心灵，那么人心便不会失去向善的力量。一些平民为躲避战祸，削发为僧，在马蹄践踏、烟尘横飞的年代，终生委身佛窟，晨钟暮鼓，了却虔诚。为什么呢？禅宗是尘世的天堂、人心的上帝，俗世红尘之中的避难所。禅宗的无上威严和清净，使凡俗之人，甚至挥舞马刀、杀人如麻的将军，也从内心感到一种惊惧和崇敬。

当然，佛教得以中国化，不仅仅是慧能一个人的功劳，用一句比较时尚的话来说，那是集体智慧的结晶。这个集体是以慧能为代表的一群高僧们。其实，我们的很多历史文化，就是文化伟人的生命痕迹，就是后人追随他们的思想烛光式艺术创造而留下的痕迹。由于一代又一代人的不断推崇和追随，他们的足迹也不断被放大，并在某些地方形成文化的堆积，形成了一处处光照千秋的精神宝库。

## 四

我没有去过英国伦敦，但从那里回来的人都说，在伦敦大不列颠国家图书馆广场，矗立着世界十大思想家的塑像，其中就有慧能，还有孔子和老子，当地人把他们仨称为“东方三圣人”。看来，不但我们尊敬自己的老祖宗，就连老外也把慧能看得非常的高，真让我们唏嘘不已。

的确，慧能以那种遥远的神秘感引导我们，让我们从记忆残存的深层中，淘洗那看似虚无的影子。

回眸远望，慧能所处的时代，岭南是一个文化相对活跃的地区，思想自由发挥，学术创新的空间较大。慧能强调岭南人同样有佛性，并提出一套见性的主张，符合了当地平民的需要，因而长期在岭南一带流传。当时佛教传播日益广泛，更加直面中国儒、道等固有文化，需提出有中国特色的教理和修持体系，以满足社会各阶层信徒的需要。

慧能从一个“一生已来，不识文字”的普通人，成为禅宗史上的一代宗师，并成为在中国佛教史上乃至中国思想史上都占有很重要地位的思想家。这与他在佛教理论和实践层面上的变革及其所生活的社会文化环境、个人的出身和人生经历都有着密切的关系。透过他平凡而又曲折的经历，特别是创立禅宗，推进佛教中国化的实践，对文化这个千古话题带来了许多有益的思想启迪。

有否文化，标准何在？从文化的大概念来讲，可能谁也给不出一个准确的权威答案。当然，文化也是一柄锋利无比、可善可恶、能美能丑的“双刃剑”！唯有信仰，才有灵魂。唯有责任，才成大业。

慧能从不迷信“本本”，而是珍惜和尊重实践经验。慧能的高明之处就在这里，总是站在实践经验的肩膀上，又借助思维的宏大空间，使思想的翅膀不断在翱翔。其实人类就是这样，若想真正主宰自己的命运，必须得在一定的历史阶段背景下充分利用逐渐强大的主观意志力，不断探索自身的秘密，寻求超越。从某种程度上讲，思维的纵深领域从根本上决定了这趟超越之旅所可能达到的深广极限。从佛教的中国化历程中不难看出，任何事物想要得到继承与发展，就必须脚踏实地，坚持一切从实际出发，以实践为本，绝不能囿于原来的框框。

慧能首先对成佛的根据——“佛性”作了主体化、大众化、世俗化的理解，将其直接等同于“心”。佛教的民间化、世俗化，恰好启示我们，占传统社会人口大多数的下层民众，有着相对独立的民俗文化空间。佛教思想不仅影响着它，同时也受它的影响和改造，甚至为它所吞噬。任何一种思想的传播，只有充分尊重大众的主体作用，思想真正被大众所掌握，才是真正意义上的大众化，才能产生巨大的精神力量和物质力量。这里面，要注意用大白话诠释高深的道理，诠释理念，解读现象，提炼精神，总结经验，破解难题。宗教只有亲近民众才能感染民众。

在佛教与中国土著文化的碰撞、交融中，慧能吸取中国文化的人文教化成果，来调适、革新佛教，创立符合中国文化特色的禅宗；他的禅修理论弥补了儒道文化的局限、空缺。因而，禅宗才在中国土地上扎根、开花、结果，成为中华文化百花园中的一朵奇葩。时移事易，前人奉为圭臬的至理名言在今天可能就是阻碍社会发展的绊脚石，成了我们个人求得更大发展的陷阱。虽然这些客观存在的影响我们无法拒绝，但我们可选择通过对它进行一番审视，能够充分地发挥主观能动性，学习如何善用这些文化的印记，在将传统文化与我们自身融为一体的时候，取其精华，去其糟粕。通过引导并控制我们所具有的智能的功能，进而规范自己的行为，改变或创造自己的命运。不兼收并蓄，无以成大家。就像大海那样，之所以伟大，因为它能容纳百川。

这里，我们再回到文章的主题上。慧能没有文化却成了一代大师，这不得不引起我对文化的再认识，再理解。我总感到，文化作为人类社会的现实存在，几乎具有与人类本身同样古老的历史。从文化的空间上讲，它存在着三种境界：一种是识字的境界，另一种是明理的境界，再一种是彻悟的境界。先说处于第一种境界的人，只是说明他们念过书，对文字有个直观、形象的认识，甚至能够背上几个成语、典故、谚语、俚语，但他们不懂得文化的内涵并不限于表意词汇之丰富。第二种境界的人，他们熟悉诗词歌赋、经史子集，也有一定文风文采，有着其主题观念，但有时候很难走出文化的桎梏，容易犯教条主义的错误。具备第三种境界的人，原始意义上的识字多少，对他们来说并不重要，他们悟性极佳，思想活跃，心藏宇宙，贯通古今，置身于现实世界的观察与思考中，置身于为人类生活更加美好的摸索中。他们总是背对着宏大的人间的一切繁华和热闹，高屋建瓴地为天下而谋，观念的创新与实践的务实结合得很好，文化只是他们思想和表达的一种方式。从归宿上讲，处于第一境界的人，常常是做具体事情的人，第二种境界的人，当领导和学者的比较多，而真正的学术大师、思想先驱，常常出现在第三种境界的人中。

慧能应该就是这样的人。在这个意义上，任何一个伟大的大师都是那种处在文化第三境界中并扎根于他的民族而成为大师的。岁月如风，它吹去了浮华与轻荡，留下经过秋霜冬雪之后的成熟。这种成熟有如一颗晶莹、沉淀的丰收之果。闲云潭影日悠悠，物换星移几度秋。面对着这座依山面水、钟灵毓秀、一水潆洄、迷津普度的千年古寺，我仿佛看到了在历史长河中，日月更替所伴随的任何一个时代都是承前启后的一个阶段性历史环节。离开南华禅寺时，仰天长望，只见一排大雁背负着霜天匆匆地远行，鸟鸣声悠悠地回荡，仿佛历史的阵阵回音。

## 卦台山上寻哲源

哲学是怎么来的？这还用问！还不是那些哲学家折腾出的嘛。

如果不是这次偶然的机会来到天水的卦台山，我的认识可能会永远这么肤浅。其实，往深层次探究，所有哲学思想的后面都有某种生态的条件和诱因，也就是广义的文化元素——包括地理、天象、时节、气候、物种，等等。这些都参与了对哲学形成的原始制约和推动。

天水人有句俗语：不看麦积山，等于没到天水来。麦积山的壁画和雕塑的确诱人，但不去那里的遗憾与无缘结识卦台山相比，就没有什么了不起了。也许人们不愿苟同，可我还是执拗地这样认为。原因很简单，天人合一，是中华传统文化中哲学思想的精髓。到了卦台山，就找到了这一哲学思想所依附的人文遗迹。

卦台山位于天水市北三十公里处的三阳川境内，山上有伏羲创绘八卦的画卦台。山不甚高，相对高度只有一百七十米，却是一山孤耸，气象不凡，令人有仰止之感。山体虽不大，绕顶层转一周只要十分钟，但是气象万千，仿佛躺在原野静谧的梦中。登顶抬眼，见到的是两山自西北而东南为走势，绵延起伏，始合中分又合，气势雄浑，夹我于中，玄妙莫名，令人浮想联翩。渭水自两山始开处呈S形奔来脚下，逶迤东去，消失于两山终合之处，气韵含秀。远山层峦云雾轻绕，山下村落鸡犬相闻，河畔田畴阡陌交通，田野风生绿浪涌起。

传说在伏羲生活的洪荒年代，人们对于大自然一无所知。当大自然出现下雨刮风、电闪雷鸣的现象时，人们既害怕又困惑。天生聪慧的伏羲想把这一切都搞清楚，于是经常来到卦台，仰观天上的日月星辰，俯察周围的山川地势，终日苦思冥想。一日他正在卦台山上凝思瞭望，忽见对面山洞里云雾滚滚，有一身着花斑、两翼振动的龙马翻腾，河中呈太极图形的分心石相映。于是，他不禁灵机触动，立即在卦台山上创画了代表自然界“天、地、水、火、山、雷、风、泽”八种自然现象的八卦符号，组成了太极八卦图：半黑半白，头尾相抱，阴阳互生，以示阴阳交合孕生万物。

中国朴素的哲思取源于斯，卦台山由此而得名。

伏羲用辩证的方式传达了人们内心深处的朴素理性，使那蒙昧思维天空有了智云的降临。从那时起，人们望着玄青天空中浩瀚的银河、皎洁的月亮、璀璨的星星，虽然还会胡思乱想，但渐渐地走出了迷信。中华民族从蒙昧跨入了文明的门槛，是以伏羲时代为标志的，或者说他的思想是居主导地位的。

正值盛夏，晨光流岚，热烘烘的太阳正往上爬，大地开始热焰腾空，阳光洒在满目的庄稼上，洒在行人的身上。庄稼被衬得生机一片，人的心情则是一派清澈。此时，我只觉得山川皆有气脉，灵气涌动，涉足之处，正是气旋的中心，也就是人们所熟知的太极图正中间的那个点，非阴非阳，亦阴亦阳。若是练功之人，此时定会意守丹田，极易进入恍兮惚兮、天地混混沌沌、“浑然忘我”的状态。

那刻，那地，古哲像一双双幽幽的眼睛与我对视，又似一种摄魂的力量，一种神妙的旋律，令我不由自主地怦然心跳。这种意境的精义，总算让我刻骨铭心地领会了一次。

哲理只有打动大众，才能武装大众。在这方面，伏羲是当之无愧的“哲普”大师，不仅创造了这一套符号，还教会百姓去画、去念，讲述这八种自然现象的性质和它们之间的某些关系，帮助他们逐步认识自然灾害发生的部分规律，学习怎样避开这些自然灾害的危害。当然，在那时的“哲普”过程中，伏羲就因人而异，区分层次了。其中，对于那些悟性较好的“高材生”，通过现场教学，教他们运用八卦原理，推演事物的变化，预卜事物的发展。后来，周文王把八卦这个当时最重要的创新理论进行了深化研究，不断往前推进，实现与时俱进，进而得出六十四卦。后人为了加以区别，才把伏羲氏的八卦叫先天八卦，周文王的八卦叫后天八卦，两者的区别就在于先天八卦只讲自然界变化，不涉及人事，后天八卦专讲社会变化。可以这样概括，先天八卦研究的是自然科学，后天八卦研究的是社会科学。这些原始哲理经过流逝的岁月，一直濡染到当代。

人类在文明的征途上，总是不免左顾右盼，寻寻觅觅，瞩望那些最深邃的岁月，那些最宁静的角落，守望人猴作揖相别后的第一缕炊烟，聆听穿越时间隧道的垂训之言，从而感悟历史的启示。对于哲学的起源，人们也不免如此。

卦台山原先建有的亭台楼阁、庙宇庭院，飞檐云脊，画柱雕梁，青砖碧瓦，朱牖绣帘，现在除了林木丛生、山洞依旧以外，仅剩下一些残碎裂石。每个现存的曾精雕细刻的柱子、大梁、门窗，仿佛都回荡着哲思的韵味，拾遗起历史长河中的哲源之梦，使这里涂上如月的古色。千百年曾活过的都已经死去，而眼前没有生命的一切，却又生动地活动起来。庙堂上是古朴的木架，架上木质八卦高悬。原先宏观世界被抽象为一具圆盘，上刻八卦，规整常新。正面黧黑平光，有如古代铜镜，照人见影。用手指轻轻叩击，铮铮如金鸣声，清脆悦耳。据说，那是伏羲当年赠送给大禹的玉质圆盘八卦。可惜，庙宇早已拆毁，玉卦也无处寻找了。现存的残骸，“文革”动乱之前存放于卦台山另一个伏羲庙，不久前在一个农民家里发现，虽已被人截为两半，难成完璧，但总算找回一个幸存的古老八卦了吧。

眼前只见古老的一堆残碎裂石，不，应该是一部史书，更准确地说是启迪心智的教科书。听着导游娓娓动听的介绍，举目远眺，蓝天无际，碧澈如洗。猛然间，有这样几个文字在脑际里如溪水流出，叫做：辩证唯物主义哲学。记得我们从上初中时起，就接受了这样的教育——唯物辩证法是关于世界普遍联系和永恒发展的学说，揭示的是自然界、人类社会和思维发展的规律，这是整个马克思主义理论的基石。

哦，在这里，我一下子明白了，唯物基础上的一分为二的辩证观，在我们古老的易文化时期也已经存在着。这并不是生拉硬扯，牵强附会。《易经·系辞·上传》有“易有太极，是生两仪，两仪生四象，四象生八卦”的说法。“太极”是什么？终点即是起点——这是先哲观察事物、观察自然的出发点、着眼点，或者说是坐标原点。这种对立统一的辩证法，以及后来还有道家的“人法地，地法天，天法道，道法自然”的思想，都达到人与自然和谐相处的最高境界。我们的祖先，早就有了这种了不起的哲学思想！

站在卦台山，寻找古哲源。这种感觉既是历史的，也是时空的。脚踏大地，仰望天空，人与自然，在精神上彻底契合在了一起，甚至人的生理与自然的地理也契合在了一起，体内的宇宙与体外的宇宙已融为一体，而体外的宇宙是那样地深邃、玄奥、广袤、无穷……

一个没有哲学巨子的民族，是一个精神瘫痪的民族。当民族的哲学巨子仙逝后，他们不仅把超人的哲思作为弥足珍贵的遗产交给了自己的民族，同时也交给了整个世界。

天生伏羲，华夏之福。

## 德、功、言的随想

记史巨篇《左传》中云：“太上有立德，其次有立功，其次有立言。”

古往今来，风云变幻，日月消长，立德、立功、立言始终是人们追求完美人生的一种境界。

人生是一部壮丽的史诗，德是它的灵魂所在，功是它的价值体现，言是它思想的火花和行动的指南。

人，立德可以造就高山仰止、景行行止的德行，立功可以留下垂青后世的英名，立言可以传子孙以可贵的精神财富。

只有品德端正，才能苟利国家生死以，岂因祸福避趋之；才能敢道人之所难言，言必中当世之过。

只有功利于苍生、功利于国家、功利于民族，才能使德与言的不朽，多一个传世的载体。

只有用深邃而富于哲理的言作指导，才能德行天下，功名永恒。

道德败坏、灵魂龌龊者，难于创造惊天动地的伟业，不可能留下醒世警世的言文。

只有道德纯洁，才会绘出功的彩卷、道出言的真谛。

有德有功，圣也。有德有言，贤也。有功有言，能也。

人生一世，理想与追求总是与立德、立功、立言相伴，只是程度不同而已。

功的大小，受到客观条件的制约。须念的是德厚者流光，德薄者流卑。可行的是赠人以言，重于金石珠玉。

功业对立身很重要，但就价值来讲，德和言更关键。

人的历史，不仅是德、功、言的组合，而且是德、功、言的互动。德、功、言，都是人生的里程碑。

生是乐章，但人生只有一次；死是憾事，但这是大自然的法规。而真正可悲的是，于人无德、于国无功、于事无言地苟活于世。

一个有价值的生命，死后的德、功、言比生前更悠远。唯有修养道德，品德才能使民；唯有为民建功，功业才有价值；唯有仗义执言，语言才会留芳。

不朽，其实不是用碑石筑成。心灵的纪念，才是不朽的丰碑，而碑文里永不褪色的，是高尚的道德、辉煌的功勋和垂训后世的名言。

有的人活着，但在许多人的心里已经死去，是因为他无德。有的人已经死去了很久，但在人们的心里依然活着，是因为他有功。还有的人活着的时候令人敬重，死后依然被人记住，是因为他著有不朽的学说。

每个人都是在同一起跑线上诞生，但在生命的旅途中，慢慢地拉开了距离。人生的意义有天壤之别，关键在于德、功、言的差距。

德是一把火，功是一曲歌，言是一盏灯，三者交相辉映，相和相伴，谱就壮丽的人生。

德、功、言，人们常常津津乐道的是功，但长久震撼人心、牵动灵魂的是德和言。

功是对德与言的诠释，有时因为有了功，德得以升华，言成为绝唱。

德，有官德、文德、武德、商德，立德关键要正。

功，有大功、小功、远功、近功，立功在于为民。

言，有忠言、慎言、警言、誓言，立言必先有信。

只有把德作为人生的支柱，把功作为人生的支点，把言作为人生的支撑，才会活得无愧、无怨、无悔，才能为人生赋予价值。

如果不是德、功、言的巨大魅力，历史怎会波澜壮阔，写就那么华美的诗篇？文明怎会生机勃勃，诞生那样壮美的奇观？

理解了德、功、言，才能懂得，为何曾有那么多英雄豪杰叱咤疆场，那么多仁人志士仰天长歌。才能懂得为什么有无数先哲圣贤，在历史上如波涛般不断涌现，滔滔不息。

# 生命最美是过程

“生命是一个过程。可悲的是，它不能够重来；可喜的是，它也不需要重来。”这是电影《童梦奇缘》里那位科学家的话。我独自一人时，爱在心里吟诵这段散文诗。这是因为，它的内涵实在是沉甸甸的，令人惊心，也令人猛醒、沉思。

前些时候，分别了二十多年的同学相聚。席间，一些既发福又发财的同窗，很少陶醉于现在“先富起来”的成功之中，而是更多地勾起了对往事的诸多回忆，说的每一件事都像鼓点，敲得大家的心嗵嗵地不住颤动。

我常常看到，许多政要、贤达、富商，还有普通的工人、农民、公务员、教师、军人、学者，到了暮年都爱怀旧，喜欢讲述当年的悠悠往事。情节有惊心动魄的，也有淡如白水的，相同的是他们此时都很认真，有时边说边流下了潸潸的老泪，可谓是情思难断呵！

这使我明白：人啊，无论身在何处，居于何位，只有用心灵去感受过程，去畅游岁月的河，才会领略到成功的喜悦。时间，就像河流一样弯弯曲曲地流过岁月的峡谷和平原，唯有过程的金屑还闪烁在记忆的沙滩。

每个人在自己的人生舞台上都扮演主角，其他的人都是配角，所以谁都想尽力把自己的角色塑造好。生命的意义也就在无尽的追求之中了。在追求中创新，在追求中超越，最终给生命一个最美的诠释。

生命只是一个过程，在这个过程中，有鲜花和掌声，也有荆棘和泪水，有欢乐，也有痛苦。而我们为了追求那醇美如酒的欢乐，就必须忍受那酸涩如醋的痛苦。这个过程，是无数的问题，又是无数的答案。挑战和机遇、进与退、损与益、福与祸、智与愚、荣与辱、强与弱、刚与柔、难与易、胜与败、有与无、生与死……种种的矛盾冲突，交汇变幻。要学会驾驭自己，不以物喜，不以己悲，在人生海洋中坚定执着地向前航行，自律自省，形成乐观和稳定的心态。

人生百年，区区一过客耳。既然从世间一“过”，总得留下些什么吧。诸子百家留下不朽的学说，达·芬奇留下精美的画作，莎士比亚留下隽永的悲喜剧，冼星海留下《黄河大合唱》，都为这个世界增添了绚丽的光彩。双目失明的阿炳给我们留下了《二泉映月》。这部不朽的名曲，使他永远立在有月光的晚上，使他的灵魂永远像清澈的水、甜润的水，淙淙地流着，唱着一支生命的歌、不屈的歌，流向四方。

花开花落，春去春来，茫茫尘世中的你我，虽各渺渺如天上的一朵白云，却一样拥有自己崭新的个性和独特的精神。不要刻意地去追求人生的辉煌，因为人生的辉煌是由生命的过程附带的。要去寻找人生的精彩，人生的精彩是你生命的过程所固有的，只是看你如何找到。你我就是自己人生中的法官。把一切都看作一个过程，那么你就能够平静、稳定、自然地把事情做好。

大至九天揽月，小到提篮买菜，苦也罢，乐也罢，生命本身就是一种美丽！

# 放大你的人生格局

公元前206年10月，刘邦率大军直捣咸阳城，将士们纷纷趁乱抢掠金银财物，连他本人也跑到秦宫，看到美女如云，顿时神魂颠倒。此时，唯独萧何与众不同，迅速派人将秦朝有关国家户籍、地形、法令等图书档案一一清查，分门别类，登记造册，统统收藏起来。后来，这些档案资料为刘邦集团制定战争方略提供了充分的依据，对取得战争的最后胜利起了不可替代的重要作用。

在社会被武力定义的时代里，萧何的举动实为不易，当时他的战友们忙着过上几天快活日子，满足个人的欲望。而他想到的是“革命尚未成功，同志仍须努力”，想到今后的“建国大业”。这就是他的境界、胸襟和气度，说白了，就是他的人生格局。

泛舟历史长河，极目观之，可以清晰地看到，无论是站在时代的风口浪尖、紧握着日月旋转的风云人物，还是面朝黄土背朝天的田夫野老，格局决定着一个人当下人生的宽度和高度，更决定着未来的走向。

民间有这样一句谚语：再大的烙饼也大不过烙它的锅。从一定意义上说，我们所希望的未来就好像这张大饼一样，是否能烙出满意的“大饼”，完全取决于烙它的那口“锅”。格局大的人，具有鸿鹄之志，不安心平庸，在人生这个棋局对弈中运筹帷幄，纵横驰骋，同时善于取舍，能屈能伸，往往就会成为人生的大赢家；而格局小的人，不思进取，胸襟狭隘，纠结的都是鸡毛蒜皮，不仅自己不敢担当，而且眼里只容自己不容别人，常常把自己限在狭小的空间里，生活中看到的都是问题。

也许有人会说，我也想有个人生的大格局，谁也不愿平平庸庸地生活，即使是小草也在努力着为春天增添一点绿色，可惜的是没有一个人生大舞台；有人则会想，自己是个小人物，哪来什么人生大格局，摆个“穷阔气”不顶啥用。此等想法，差矣！所谓格局，就是指一个人的眼光、胸襟、胆识等心理要素的内在布局。人生格局的大小，和一个人目前的人生环境并没有必然的联系，小人物、“穷秀才”中不乏有雄鹰展翅，志在高远者。

诚哉斯言，格局不是先天性的东西，很大程度上还是取决于人的眼光长短、人生历练、知识涵养等，其中最为关键的，是登高望远的胸襟和气度。在井冈山革命斗争时期，毛泽东同志曾在黄洋界哨口问一个战士，从这里你能看到哪儿？战士回答，能看到江西和湖南。毛泽东同志却说，站在井冈山，还要看到全中国，看到全世界。中国共产党人正是胸怀远大理想，才能将自身命运与国家、民族的命运紧密相连，始终以国家和民族利益为重，团结带领人民不断从胜利走向新的胜利。

光有宏大的视野、宽阔的眼界是不够的，还要有放大人生格局的“船”与“桥”，那就是辩证法。

## 追求“有用无用”的超凡境界

格局宏大或者窄小的一个明显区别，体现在对眼前所谓的“有用”与“无用”的考量上。格局大者不会小看“无用”之人，轻看无用之物；格局小者，看人下菜碟，见风使舵，有使用价值、利用价值的就是有用，没有利没有益就不屑一顾，排斥厌烦，甚至抛弃。

庄子有云：“桂可食，故伐之；漆可用，故割之。人皆知有用之用，而莫知无用之用也。”意思是说，桂树可以食用，所以被砍伐；漆可以使用，因而被割皮。人人都知道有用的用处，而不知道无用的用处。从另一个角度看，有用有为必有害，无用无为才是福。“有用”与“无用”，本是对立统一的关系，二者总是相互依存。无所谓“无用”，也无所谓“有用”，二者可以相互转化。

春秋时期的宋国华元将军因骁勇善战而闻名，一次开战前为了鼓舞士气，下令杀几只羊犒劳有功的将士，但却没有自己车夫的份儿。他认为车夫没有一线拼杀的士兵有用，无足轻重。车夫由此怀恨在心，待两军开战后，驾车拉着华元跑到了敌军的阵营中，华元因此被俘，军队也变成一盘散沙，最终惨败。这个故事告诉我们，小人物就算地位再低也不要小看。为人处世也是如此，重要的是不能用世俗眼光看待任何事物，以眼前的“有用”和“无用”作为评价事物的标准。

只有超越俗世的功利心，才能感悟到人心大世界，拥有悲天悯地的情怀，进入生命逍遥之境。否则，就会不知不觉地把生活的美好抵押出去。

## 大小相对

王阳明有一首蕴含哲理的诗：

山近月远觉月小，
便道此山大于月。
若有人眼大如天，

当见山高月更阔。

事物的大小是相对的，没有客观标准。一切事物的存在和发展都是有条件的。生活中，有些人喜欢贪大求全，对不起眼的小事情、小积累不在乎，对小人物不尊重，最后落得一场空；有些人喜欢纠缠蝇头小利，乐于贪小便宜，忽视了应有的大战略、大舞台，虽然捡到了生活中的许多芝麻，却丢了人生这个大西瓜。其实，大小是相对的，当条件具备时，大可以变小，小可以变大，大可以变得更大，小可以变得更小。放大人生的格局，必须要培育这样一眼见底的深邃眼光，以发展的视角认识事物，以动态的眼光观察问题和分析问题。

有句谚语说得好，宇宙那么大，却装不下一个有志者的梦想；露珠那么小，却装得下天上的太阳。从一定意义上讲，我们生活中遇到问题的实质，就是在处理大小的关系。要善于大处着眼，如果只盯着眼前的一点点利益不放，反而很难有更大的作为和发展，甚至会失去更多。

## 以退为进

手把青秧插满田，

低头便见水中天。

心地清净方为道，

退步原来是向前。

据说这是唐代布袋和尚的一首诗，通过插秧来观察生活、领略自然，寥寥数语，大有深意。

退，是进的另一种姿态。“以退为进”既是积极进取的人生哲学，更是格局放大的智慧谋略。潮有涨有退，日有升有落，月有盈有缺。世间万物，皆有进有退。若仅知进不知退，便如水满必溢，登高必跌重。

当年，曾国藩镇压了太平天国，居天下第一功，凭其实力与威望，“龙袍”也是唾手可得。但他偏偏此时交了辞呈，急流勇退，从而打消了朝廷的猜忌与群臣的嫉妒，也避免了韩信那样“狡兔死走狗烹”的下场。梁启超曾评价曾国藩：“文正深守知止知足之戒，常以急流勇退为心。”又如卧薪尝胆典故中的主人公越王勾践，以退为进，能屈能伸，就是正确分析了当前的局势，处理好了进与退的关系，然后择善而从，这样的谋略、胆识和远见着实令人钦佩。项羽兵败垓下，毅然自刎乌江。其实，胜败乃兵家常事，后退一步又何妨？撞了南墙也不回头，反而是不明智的。放大你的人生格局，必须将眼光放置长远的以后，切不可逞一时之快，当断则断，该忍则忍，游刃有余于世事之间。

豁达的人生观、高尚的精神生活、独立而标高的识见、洞悉生命的思考，造就“以退为进”的善断胆略。

## 舍得相济

《诗经》云：

求之不得，

寤寐思服。

悠哉悠哉，

辗转反侧。

求之不得，确实是一件恼人的事。然而一味求得未必能得。“有舍才有得”，这简单的一句话，包含了人生中处世的智慧与道理。辩证法有时候就是这样有趣而无情。真正具有人生大格局的人，懂得奉献，懂得超脱，懂得放下，懂得驾驭得与失的关系。

舍得，是一种精神、一种领悟、一种成熟，更是一种智慧、一种人生的境界。上世纪中叶，法国有一家报纸进行了一项有奖智力竞赛，其中有这样一个题目：如果法国最大的博物馆卢浮宫失火了，情况只允许救一幅画，那么你救哪一幅？许多人说要救达·芬奇的《蒙娜丽莎》。最后著名作家贝尔特以最佳答案获得了金奖，他的回答很简单：“我救离出口最近的那幅画。”可见，舍得既是一种生活的哲学，更是一种做人与处世的智慧。在得失面前，要学会看长远、算大账。

放大你的格局，你的人生将不可思议！

# 心里装着美好，世界就美好

东晋名士、书法家王子猷是王羲之的儿子，长期居住在山阴，也就是现在的绍兴市。一天雪夜，他一觉醒来，在银装素裹的院子里慢步徘徊，吟诵着左思的《招隐》诗。此时，他灵感大发，思绪跳跃，忆起了远在剡县（而今的浙江嵊州）的好友戴逵。他想，如果能邀他来一起欣赏有多好啊！于是他二话没说，乘着小船前往。经过一夜航行，天亮之时终于到达，然而王子猷却转身返回。随行之人十分不解。可他轻描淡写地说："我本来是乘着兴致前往，兴致已尽，自然返回，为何一定要见戴逵呢?"

王子猷的行为确有些惊俗，体现了魏晋时期士人所崇尚的不拘形迹的行事风格。它告诉我们一个道理：当你喜欢一样东西时，得到它或许并不是最明智的选择。得到的，未必得到；错过的，未必错过。得不到的，反而能够产生一种距离的美感。心里装着美好，眼里的世界就美好。就像爱一个人，不要依恋而是心中装下她。"去年今日此门中，人面桃花相映红。人面不知何处去，桃花依旧笑春风。"这才是世间最动人的爱情，尽管这是一首最让人哀伤的唐诗。

其实，人心就像一个容器，装进了什么东西并加以消化，什么东西就会变成你自己。聪明智慧的人，总是要把最美好的东西装进心里，慢慢地领略，用它来不断完善自己。一个心中总是装着美好理想、美好愿望和美好东西的人，肯定无暇顾及身边的魑魅魍魉和凄风苦雨；一个心中永远充满爱、充满温暖、充满欢乐的人，也肯定不会随便被仇恨愤怒和烦恼痛苦污染侵袭。一旦美好崇高的东西占据了人的内心，这个人就很可能会成为一个崇高、美好而又幸福的人，会感受到生命的干净与尊严，那种纯粹的真善美。

现实生活中，有人越活越精彩，有人越活越麻烦；有人越活越明白，有人越活越迷糊；有人越活越俊朗，有人越活越猥琐。活成怎样的人，关键在于自己的心。最大的战争，不是在真刀实枪的战场，而是发生在人心。正如《白夜行》里说的："世上有两样东西不可直视，一是太阳，二是人心。"环视身边，有的人心里装着的全是自私自利、蝇头小利，到头来生活的峪谷一直在挤压他的空间。其实，美好的东西都是有灵性的，并不是什么样的人心都能把它装下。首先你得有广博和无边的情怀，具有恢宏的气度、宽仁的胸怀、洞察人性的能力、以己度人的体贴、言行一致的信誉，还要具有高度的智慧和自信。有了这样的生命积淀，才能够真正装下美好，把握住自己的生命航船，走得健康又阳光。

要让心里始终装着美好，就要善于把精神从肉体中分离出来，并且立足于精神自我，与那个肉体自我拉开距离，不被它所累。"精神自己"必须得到维护，否则人就是被奴役的，并且最多地被自己创造出来的客体化世界所奴役：人创造了机器，被机器奴役；人创造了金钱，被金钱所奴役；人创造了宗教，又被这些创造物所奴役。历史上，那些仰望星空、叩问天道、求索真理的先知和天才们，都是精神与肉体分开的人，在灵魂的深处有着"第二个自我"。他们怀着巨大的好奇和震惊，向苍茫宇宙敞开自己苍茫的内心。他们既是天真的小孩，同时又是无比真诚地对天发问的大智大哲。

心里始终装着美好的人，犹如一口古井，虽然幽深但不失澄澈，可以一眼望到井底。有时候，一个人可以一眼看到底，并不是因为他太过简单、不够深刻，而是因为他心里充满阳光。至纯的灵魂，原本就是一种撼人心魄的深刻。这样的简单，让人敬仰。有的人看起来很复杂，很有深度，其实这种深度是城府的深度，而不是灵魂的深度。这种复杂，是险恶品性的交错，而不是曼妙智慧的叠加。与其把自己装进复杂的套子里，不如心思敞亮地和世界对话。

也许有人会说，把美好的东西只装在心里，自己享受不了，岂不失去了美好本身的价值吗？非也，世上的“有”与“无”是相对的，条件成熟时，相互可以转化。把美好的东西珍藏在心中，使之成为一种审美意识，体现在价值观念和思维方式上——这种淡泊而高远的境界，源于对现实的清醒，追求的是沉静和安然。

儿时，美好是一件实物；长大之后，美好是一种状态。然后有一天，我们才发现，美好的东西既不是实物，也不是状态，是一种领悟。心里装着美好，也可以理解为是一种清醒、一种成熟。坦然接受生而为人的一切体验，因为人的一生，就是一堂独一无二的体验课。